붉은 ✣ 상자

붉은 상자

제1판 1쇄 2024년 3월 25일

지은이 김정용
펴낸이 이경재
책임편집 비비안 정

펴낸곳 도서출판 델피노
등록 2016년 8월 11일 제2020-000082호
주소 서울시 양천구 신정중앙로 86, 덕산빌딩 5층
전화 070-8095-2425
팩스 0505-947-5494
이메일 delpinobooks@naver.com
ISBN 979 11-91459-78-4 (03810)

THE RED BOX

붉은 은

상자

김정용 장편소설

▲ 델피노

어둠 속에서는 아무도 길을 잃지 않는다.
다만, 누구도 헤어나지 못할 뿐이다.

excusas de los muertos (죽은 자들의 변명) 中

THE RED BOX

프롤로그

지극히 단순하고 간단해 보이는 법칙.

① 가위는 보자기를 이기지만 바위에게 진다.
② 바위는 가위를 이기지만 보자기에게 진다.
③ 보자기는 바위를 이기지만 가위에게 진다.
④ 서로 같은 것끼리 만나면 비긴다.

하지만 이 속에는 우리가 미처 생각지 못한 무수한 변수가 숨겨져 있다.

- 가위! 바위! 보!

도대체 언제 시작된 걸까? 기억이 나지 않는다. 나는 왜 알지도 못하는 사람들 무리에 섞여 이 무의미한 듯 보이는 게임을 계속하고 있는 걸까? 더욱 이해할 수 없는 건 모두들 계속해서 주먹만 내고 있다는 점이다. 보자기를 내면 이긴다는 걸 알고 있지만 어찌 된 영문인지 나조차도 계속해서 주먹만을 내고 있다. 이기는 게 두려운 걸까? 아니면 언제 시작된 지조차 모르는 이 미친 가위바위보가 끝나버리는 것이 두려운 것일까?

그러는 사이, 이들 중 한 명이 보자기를 낼 수도 있다는 생각이 뒤통수를 때렸다. 상상만으로도 침이 마르고 등골이 시큰해졌다. 뇌에서는 보자기를 내라고 다급하게 신경 세포들을 자극해댔지만, 그럼에도 나는 여전히 주먹만을 내고 있다. 아니 정확하게 말하자면 보자기를 내려 해도 꽉 쥐어진 주먹이 펴지질 않았다. 이대로 가다간 지고 말 것이라는 불안감이 엄습했다. 동시에 여기 모여 있는 이들역시 보자기를 내기 위해 필사적으로 싸우고 있는 건 아닌가 하는생각이 들었다.

이것은 꿈이다. 나는 이 사실을 진작부터 알고 있었다. 하지만 달라지는 건 아무것도 없다. 나는 이 꿈에서 깨어나는 방법을 모른다.그리고 보자기를 내는 법 또한 알지 못한다. 그저 몸부림치며 깨어나기 위해 그리고 보자기를 내기 위해 안간힘을 쓸 뿐이다.

갑자기 무리 사이에서 알 수 없는 동요가 일어났다. 마치 짜기라도 한 듯이 여러 개의 눈동자가 동시에 흔들렸다. 누군가가 보자기를 낸 것이다! 모두들 당황한 표정으로 모여 있는 손과 서로의 얼굴을 번갈아 바라보았다. 여러 개의 주먹 사이로 보란 듯이 쫙 펴져 있는 손바닥이 보였다. 재빨리 누가 보자기를 냈는지 확인했다. 하지만 누가 보자기를 냈는지는 알 수 없었다.

이것은 꿈이다. 재빨리 손의 감각을 느껴보려 애써봤지만, 아무것도 전달되지 않았다. 내가 낸 건 주먹일까? 보자기일까? 아니면…… 모두들 나와 같은지 당황한 기색이 역력했다.

그렇게 얼마간의 시간이 느릿하게 흘러갔다. 더 이상 가위바위보를 외치는 소리는 들리지 않았고 젖은 휴지 같은 침묵이 그 사이를 메웠다. 보자기를 낸 사람이 나이기를 바랐던 마음은 어느새, 나만 아니었으면 하는 두려움으로 바뀌어 있었다. 발끝에서부터 차오른 얼음장 같은 한기가 순식간에 등줄기를 타고 정수리에 이르러 허공으로 떠올라 사방으로 퍼져갔다.

다시 말하지만, 이것은 꿈이다. 문제가 있다면 내가 꾸고 있는 게 아니라 다른 사람의 꿈속이라는 것뿐이다.

1. 시험의 날

남자가 붉은 상자를 처음 받은 것은 의미 모를 가위바위보를 하는 꿈을 꾼 다음 날이었다. 보낸 사람은 적혀 있지 않고, 오직 받는 이의 주소와 이름만 쓰여 있는 작은 상자. 문 앞에 놓인 그것을 처음 집어 들었을 때, 그는 다른 이들이 그러했듯 늘 오는 택배쯤으로 여겼다. 그때 그 상자를 열어보지 않았더라면…… 어쩌면 이 모든 일들은 일어나지 않았을지도 모른다. 아니다. 그건 순진한 바람이다. 해가 뜨고 지는 것을 막을 수는 없다. 거부할 수 없는 거대한 힘 앞에서 한낱 인간이 할 수 있는 일은 아무것도 없다.

고백하자면 사실 나는 지금 그 어떤 것도 확신할 수 없는 상태다. 내가 누구인지, 왜 이런 글을 쓰고 있는지조차 알 수가 없다. 다만 지금 쓰고 있는 이것이 전부 내가 꾸며낸 이야기길 간절히 바랄 뿐이다.

* * *

여기, 붉은 상자를 대수롭지 않게 여긴 또 한 사람.

최도익 (남), 27세, 경찰공무원 준비 중.

잠이 오질 않는다. 내일 있을 시험에 대한 긴장감 때문일까? 뒤척일수록 잠은 더욱더 멀어져갔다. 기도하는 심정으로 억지로 눈을 감고 울타리를 넘는 흰 양들을 셌다. 작고 하얀 짐승들이 폴짝폴짝 줄지어 담장을 뛰어올랐다. 똑같은 얼굴, 똑같은 크기, 판박이 같은 생김새의 수많은 양들이 뛰어오르는 상상을 하고 있자니 오히려 잠은 더욱 멀리로 달아나 버렸다. 설상가상, 울타리를 넘어 이쪽으로 넘어온 양들마저 오도 가도 못한 채 한쪽 구석에 잔뜩 쌓여갔다. 그만 포기하고 양들을 치우려는데 뭔가 이질적인 것이 슬쩍 눈길을 잡아끌었다.

'잘못 본 건가?'

확인해 보기 위해 울타리 안쪽에 쌓여 있는 양들을 헤집었다. 많은 양들이 이리저리 떠밀리고 뒤섞이며 한순간에 난장판이 되어버렸다. 이런 혼란 속에서 아무 일 없다는 듯이 그 자리에 서서 유유히 풀을 뜯고 있는 양 한 마리가 유독 눈에 띄었다. 무수한 움직임 속의 단 하나의 정적. 다르다는 건 때론 엄청난 불안을 만들어낸다. 표현할 수 없을 정도로 기묘한 기분에 사로잡혔다. 조금 더 가까이서 살펴보기 위해서 아주 천천히 그 양 가까이 다가갔다. 같은 크기, 똑같은 생김새. 다만 얼굴이 타오르듯 붉다는 것만이 달랐다. 눈도 붉었고 귀도, 코도, 입 안 역시도 그랬다. 붉은 양은 내 눈을 똑바로 바라보며 "매에~" 하고 울었고, 나는 그 순간 잠에서 깨어났다.

아직 검푸른 빛이 감도는 이른 새벽, 도익은 침대에서 내려와 습관적으로 TV를 켰다.

"…… 며칠 전 기록적인 폭우로 인한 피해 복구가 한창입니다. 특히 강남 일대에 전봇대 붕괴로 인한 전력 공급 중단의 피해를 최소화하기 위해 정부는……."

별다른 것 없는 뉴스에 리모컨을 침대 위로 던져버리고 커튼을 젖혔다. 좋지 않았던 꿈자리 때문인지 찝찝함이 떨쳐지지 않았다. 하필, 시험 날 이런 꿈을 꾸다니. 미신을 믿지는 않지만 꺼림칙한 기분이 드는 건 막을 수 없다. 가벼운 산책이라도 하고 시험장에 가야지 안 되겠다. 서둘러 세수를 하고 미리 정해둔 옷을 순서대로 입었다. 그리고 옷장 깊숙한 곳에서 낡고 작은 가죽 케이스를 꺼내 조심스럽게 열었다. 11시 2분에 멈춰 있는 오래된 손목시계. 아버지의 죽음과 동시에 멈춰버린 하나뿐인 유품이다. 이 시계는 아버지이자, 애착 인형이고, 가장 소중한 보물이다. 그렇기에 바늘이 멈춰 있는 11시 2분은 아주 특별한 의미를 갖는다. 도익은 그 시각을 아버지의 시간이라고 불렀다.

오늘은 경찰이 되기 위해 노력해 온 그동안의 시간들을 평가받는 날이다. 크게 심호흡하고서 야심 차게 문을 열고 첫발을 내디뎠다. 하지만 곧바로 멈춰 설 수밖에 없었다. 아래 놓인 붉은 색의 작은 상자가 그의 발을 붙든 것이다.

'택배? 주문 한 거 없는데?'

가벼웠다. 아무것도 들어 있지 않은 것 같은 느낌이 들 정도로. 혹시나 흔들어 봤더니 희미하게 달그락 소리가 났다. 송장 같은 건 붙어 있지 않았고, 보낸 사람의 주소나 이름도 적혀 있지 않았다. 단지 최도익이라는 이름과 주소만 적혀 있을 뿐이었다. 호기심이 일었지만 동시에 찝찝한 기분도 함께 밀려왔다.

'시험 날 아침부터 참……'

그냥 두고 가면 내내 걸릴 것 같아서 그 자리에서 바로 붉은 상자를 열어보았다. 안에는 검은색 쪽지 한 장이 들어 있었고, 거기에는 흰색 펜으로 이렇게 적혀 있었다.

<검은 양복을 입은 남자와 절대로 대화하지 말 것>

그게 전부였다. 다른 건 없었다. 쪽지를 보자마자 가장 먼저 떠오른 것은 절친인 영운이 녀석이었다. 이런 짓을 하고도 남을 놈이다. 어이가 없어 피식 웃음이 났다. 괘씸한 마음에 전화를 걸어 따지려다가, 그렇게 하면 결국 녀석의 장난에 놀아나는 꼴이니 아무런 반응도 하지 않기로 하고 상자째 분리수거함에 버리고 뒤도 돌아보지 않고 집을 나섰다.

이른 아침 도시를 거니는 것만으로도 찝찝했던 기분이 조금은 나아졌다.

"저…… 저기요……."

누군가 부르는 소리에 뒤돌아보니 웬 중년 남자가 서 있었다.

"저요? 왜 그러세요?"

"혹시…… 남보 빌딩이 어디 있는지 아세요?"

"아, 남보 빌딩이요……. 이 길 따라서 쭉 가시면 돼요. 아, 저기 전면 광고 붙어 있는 건물 보이시죠? [잠시만 눈을 들어 하늘을 보세요.] 라고 크게…… 바로 그 건물이에요."

"감사합니다."

중년의 남자는 가볍게 목례하고서 가르쳐준 쪽으로 걸어갔다. 처음에는 아무렇지도 않았지만, 조금 지나자 정체 모를 꺼림칙함이 몰려들었다. 뭐지? 갸웃하며 다시 뒤를 돌아보았다. 멀어지고 있는 중년 남자의 뒷모습. 낡은 구두, 조금 벗겨진 머리에 평범한 정장 차림. 마음에 걸리는 것이 있다면 그가 입고 있는 양복이 검은색이라는 것뿐.

* * *

같은 시각. 도익이 서 있는 반대편 차선으로 택시 한 대가 멈춰 섰다. 서둘러 내린 그녀의 시선은 조금 멀리 떨어져 있는 남보 빌딩의 전면광고를 향해 있었다. 그녀는 주변 어느 것에도 눈길을 주지 않고 오직 그 광고판에만 온 신경을 집중한 채 그곳을 향해 다가갔다.

성지민 (여), 33세, 결혼을 앞두고 퇴직.

그녀는 오늘 저녁 6시에 결혼식을 올릴 예비 신부다. 예식 시간에 맞추어 신부 화장을 아침 9시로 예약해 놓았는데, 미용실이 집과는 먼 강남에 있기 때문에 일찍부터 집을 나섰다. 그런 그녀가 가던 길을 멈추고 갑자기 택시에서 내려섰다.

지민이 역시 얼마 전에 붉은 상자를 받았다. 결혼으로 그만두는 회사의 동료들과 송별회를 마치고 집으로 돌아왔을 때였다.

'우와! 이건 또, 뭐야?'

그녀는 문 앞의 붉은 상자를 당연하다는 듯이 결혼 축하 선물로 생각했다. 열어보니 안에는 검은색 작은 종이 한 장뿐이었다. 적혀 있는 거라고는 흰 글씨로

<잠시만 눈을 들어 하늘을 보세요.>

앞뒤로 살펴봤지만 그게 다였다. 실망보다는 피식, 웃음이 났다. 그녀 역시 다른 사람들처럼 누군가의 장난이라고 여겼다. 하지만 그렇지 않다는 사실을 깨닫게 되는 데에는 그리 오랜 시간이 걸리지 않았다.

상자를 열어본 후, 이상하리만치 쪽지에 적혀 있는 그 문장이 머릿속을 떠나지 않았다. 마치 정신의 일부를 지배당한 것처럼, 그것

은 끊임없이 그녀를 괴롭혀댔다. 무엇을 하든, 누구와 있든, 아무리 지워보려고 해도…… 소용없었다.

잠시만 눈을 들어 하늘을 보세요 잠시만 눈을 들어 하늘을 보세요 잠시만 눈을 들어 하늘을 보세요 잠시만 눈을 들어 하늘을 보세요 잠시만 눈을 들어 하늘을 보세요 잠시만 눈을 들어 하늘을 보세요 잠시만 눈을 들어 하늘을 보세요 잠시만 눈을 들어 하늘을 보세요 잠시만 눈을 들어 하늘을 보세요 잠시만 눈을 들어 하늘을 보세요 잠시만 눈을 들어 하늘을 보세요 잠시만 눈을 들어 하늘을 보세요 잠시만 눈을 들어 하늘을 보세요 잠시만 눈을 들어 하늘을 보세요 잠시만 눈을

잠도 이룰 수 없었고, 어떤 것에도 집중할 수 없었다. 드라마를 보고 있는 중에도 갑자기 화면 가득 이 문장이 튀어나와서 그녀를 괴롭혔다. 샤워할 때도, 길을 걷다가도, 심지어는 꿈에서조차 문장은 그녀를 놓아주지 않았다. 무의식적으로 *"잠시만 눈을 들어 하늘을 보세요."* 중얼거릴 정도로 상태는 악화되어 갔다. 입을 틀어막아 보기도 했지만, 새어 나오는 문장을 막아내지 못했다. 결혼 스트레스 때문이라고 하기에는 그 정도가 너무 지나쳤다.

이 짧은 문장은 일주일이 넘도록 머릿속을 뱅뱅 돌며 그녀를 반쯤 미치게 만들었다. 여기저기 짐작 가는 사람에게 물어보기도 했지만, 택배를 보낸 적 없다는 똑같은 대답만 돌아왔다. 신랑에게 털어놓는 건 해서는 안 될 일처럼 느껴졌고, 병원에 가는 건 결혼식이 끝난 후에나 생각해 볼 수 있는 일이었다. 이런 중에도 머릿속의 그 문장은 점점 커져만 갔다.

며칠 전 비가 억수같이 쏟아지던 날. 여지없이 빗소리 사이사이에 "잠시만 눈을 들어 하늘을 보세요." 속삭이는 소리가 섞여들어 그녀를 괴롭혔다. 베개와 이불로 귀를 틀어막아 봤지만 소용없었다. 벗어나려고 하면 할수록 정신과 육체를 마구마구 후벼 파댔다. 더욱 견딜 수 없는 건 그 문장을 읽어대는 소리가 다름 아닌 자신의 목소리라는 점이었다. 제 손으로 자기의 목을 조이는 괴로움에 몸부림쳤다. 아무리 살려달라고 소리쳐도 그녀의 처절한 절규는 금세 빗소리에 묻혀 버렸다. 더 이상 견딜 수 없는 지경에 다다라 문을 박차고 퍼붓는 빗속으로 내달렸다. 우산은 고사하고 맨발에 잠옷 차림으로 미친 사람처럼 길길이 소리치며 거리를 뛰어다녔다. 하늘은 구멍이 난 것처럼 물을 쏟아냈고, 그녀는 세상에 홀로 존재하는 사람처럼 빗속을 헤맸다. 지금 이 순간 지민이를 구해줄 사람은 이 세상에 아무도 없었다. 얼마의 시간이 지났을까, 혼미해진 의식으로 쏟아지는 비를 헤치고 있던 그녀 앞에 '끼이익-!' 갑자기 나타난 차 한 대가 코앞에서 간발의 차로 급정거했다. '빠앙-!' 날카로운 경적이 찢을 듯 주변을 울렸다.

"미쳤어! 갑자기 뛰어들면 어떡해!"

차에 치일 뻔했는데도 그녀는 위험조차 감지해내지 못했다. 오히려 화내고 있는 운전자에게 "잠시만 눈을 들어 하늘을 보세요."라고 말하고는 다시 빗속으로 들어가 버렸다.

그렇게 시간은 흘렀고, 어느 하나 해결된 것 없이 결혼식 날이 찾아왔다. 오늘은 이상하리만치 새벽부터 유독 하늘이 맑았다. 미용실로 가기 위해 택시의 문을 여는 그 순간에도 문장은 그녀를 놓아주지 않았다. 뒷자리에 홀로 앉아 머릿속 가득한 문장과 처절한 싸움을 했다. 그러던 어느 순간 그.것.이 그녀의 눈에 들어왔다. [잠시만 눈을 들어 하늘을 보세요.] 빌딩 전면을 가릴 정도로 커다란 전면광고였다.

처음에는 그것이 엉켜버린 뇌가 제멋대로 만들어낸 환상이라고 생각했다. 하지만 뭔가 이전의 것들과 다르다는 느낌이 들어 앞자리 기사에게 조심스럽게 물어보았다.

"기사님, 저기 앞쪽에 있는 건물에 큰 글씨 보이세요?"

"그럼요, 이래 봬도 양쪽 시력이 전부 1.5, 1.5 예요."

"혹시 읽어주실 수 있으세요?"

"물론이죠. 어디 보자…… '잠시만 눈을 들어 하늘을 보세요'라고……"

택시기사의 말이 채 끝나기도 전에 그녀가 다급하게 소리쳤다.

"여기서 세워주세요! 빨리요. 빨리요!"

택시비를 어떻게 지불했는지도 모른 채 길 위로 내려섰다. 어떤 근거도 없지만, 저 광고판에 당도하면 무언가 달라질 것만 같은 강렬한 느낌이 지민을 사로잡았다. 혹시나 이 악몽에서 벗어날 수 있을지도 모른다는 희미한 희망을 따라 한 걸음. 그곳을 향해 발을 내디뎠다.

*＊＊

　그 시각 도익은 지민의 반대편에서 고개를 들고 광고판을 바라보고 있었다. 물론, 두 사람은 상대의 존재조차 알지 못했다. 이제 그만 잡생각을 털어버리고 시험장으로 발길을 돌리려는 찰나, 어디선가 날카로운 여자의 비명이 고막을 찢을 듯 달려들었다.

　"꺄악!"

　갑자기 날아든 비명에 무슨 일인지 전혀 파악은 되지 않았지만, 뭔가 큰일이 났다는 불안감이 가슴 한복판에 선명하게 새겨져 왔다. 서둘러 주변을 살폈다. 우왕좌왕하는 사람들과 불길한 웅성거림. 이윽고 모두의 시선이 한곳으로 모아졌다.

　"위다!"

　누군가 소리쳤고 재빨리 주변 사람들을 따라서 고개를 들고 위를 바라보았다.

　'뭐지?'

　높은 곳에서 무언가가 떨어져 내리고 있었다. 멀지 않은 곳에서 또다시 누군가 소리쳤다.

　"사람이다!"

　빌딩 옥상에서 누군가 뛰어내렸다. 곤두박질치고 있는 저 사람이 조금 전에 길을 물어본 중년의 남자일지도 모른다는 불길한 확신이 찾아왔다.

　'설마……'

실제로는 엄청난 속도로 떨어져 내리고 있었지만, 그의 눈에는 마치 슬로우 모션처럼 아주 느리고 선명하게 보였다.

"비켜요! 비켜! 위험해!"

또 다른 외침이 들려왔다. 그 소리에 정신이 조금 돌아와 다시 주변을 살폈다. 이때, 그의 눈에 처음으로 지민이가 들어왔다. 하지만 그녀는 그를 보지 못했다. 광고판 앞에 멈춰 선 지민이 주먹을 꽉 쥐고서 위를 올려다보기 위해 고개를 드는 그 순간.

'퍽!'

둔탁한 소리가 주변을 울렸다. 하지만 그녀는 전혀 다른 소리를 들었다.

'우지끈!'

자신의 목뼈가 부러지는 소리였다. 그녀는 순식간에 어둠에 휩싸였다.

"끼아악!"

사람들의 연이은 비명이 도심을 흔들었고, 쓰러진 두 사람 주변으로 생겨난 웅성거림이 기묘한 모양을 그리며 사방으로 퍼져나갔다. 평범한 출근길이 순식간에 죽음의 현장으로 바뀌었다. 몇몇 사람들은 입을 막고서 건물 옥상과 바닥에 널브러진 두 명의 시신 번갈아 바라보았고, 휴대폰을 꺼내 현장을 찍어대는 사람도 있었다. 이 난리 통 속에서 도익은 마네킹처럼 그대로 멈춰 버렸다. 이미 주검이 되어버린 중년 남자에게서 눈을 뗄 수가 없었다. 머릿속은 온통 붉은 상자 안에 들어있던 쪽지 생각으로 가득했다.

<검은 양복을 입은 남자와 절대로 대화하지 말 것>

떨쳐지지가 않는다. 어쨌든 나는 붉은 상자에 들어있던 종이에 쓰인 경고를 따르지 않았다. 짧긴 했지만 검은 양복을 입은 남자와 말을 섞었고, 그 결과는…… 하아…… 만약에 길을 가르쳐주지 않았다면 남자는 죽지 않았을까? 아니야. 그렇지는 않았을 거야……. 무슨 사정인지는 모르겠지만 그는 이미 뛰어내리기로 결심을 한 상태였어, 내가 길을 가르쳐주지 않았더라도 결국은 빌딩 위치를 알아내서 옥상에 올라섰을 거야, 결과는 같았을 거라고…… 그렇다면…… 여자는……? 남자가 조금 늦거나, 아니면 조금만 빨리 떨어졌다면 그렇게 되지 않았을 거야……. 만약에 내가 말을 걸어온 그 남자를 외면하고 아무런 대화도 하지 않고 돌아섰다면, 그 사람은 빌딩을 찾기 위해 시간을 조금 더 들였을 거야……. 그랬으면…… 그렇게 정확하게 타이밍이 맞지는 않았겠지…….

여전히 멈춘 채 굳어 있었다. 그 사이에 파리가 꼬이듯 순식간에 구경꾼들이 현장 주위로 우르르 몰려들었다. 빌딩 경비원들은 모여든 인파를 막기 위해 있는 힘을 다했지만 역부족이었다. 얼마 지나지 않아 경찰이 도착해서 현장을 수습하기 시작할 무렵이 돼서야 겨우 진정되는 듯이 보였다. 이렇게 시간이 흐르는 중에도 그는 꼼짝 않고 그 자리에 서 있었다. 거대한 충격파를 정통으로 맞은 사람처럼 좀처럼 정신을 차리지 못했다. 그때 누군가 '툭-'하고 그의 어깨를 치지 않았더라면, 아마 시험장에 들어가지도 못한 채 내내 그렇게 서 있었을지도 모른다. 어깨에 내려앉은 작은 충격이 그에게 겨우 주변을 돌볼 만큼의 작은 틈새를 만들어 주었다. 사람들의 웅성거림과 사이렌 소리, 그리고 도시의 소음들이 갑자기 볼륨을 최대로 올린 것처럼 고막을 찢을 듯이 달려들었다.

그제야 잊고 있었던 사실 한 가지가 떠올랐다. '시험!' 반사적으로 지하철을 타기 위해 역으로 뛰어 내려갔다. 다리는 후들거렸지만 멈출 수는 없었다.

'전부 나랑은 상관 없는 일이야, 그저 단순한 우연일 뿐이라고!'

사람들 틈에 섞여서 지하철 안으로 빨려 들어갔다. 그러나 바람과는 달리 요동치는 마음은 걷잡을 수 없이 그를 흔들어댔다. 일단, 시험을 치른 다음에 생각하자고 마음먹어봤지만 전혀 그렇게 되지 않았다.

시험 시간 내내 떨림과 상념을 막아보려 애써봤지만, 결국 아무것도 제대로 하지 못하고 시험은 끝나버렸다. 시험장을 나와서도 무거운 마음에 집으로는 도저히 발길이 향해지지 않았다. 아무 일도 없었다는 듯이 씻고 침대에 누워 잠을 청할 자신이 없었다. 오늘 하루가 마치 일 년이 넘는 것처럼 아주 길게 느껴졌다. 붉은 상자와 쪽지, 그리고 죽어버린 두 사람의 모습이 번갈아 떠오르며 그를 괴롭혔다.

얼마나 걸었을까? 방향도 생각하지 않고 무작정 걷다가 보니 한 번도 와본 적 없는 낯선 곳에 도착해있었다. 이미 사방에는 어둠이 내려앉아 있었고, 어디선가 작게 물이 흐르는 소리가 들려왔다. 이름 모를 마을을 관통하는 작은 물줄기는 잠시나마 마음을 쉴 수 있게 해주었다. 검은 물을 따라 걸으면서 도익은 자기도 모르게 나지막이 이 말을 내뱉었다.

"잠시만 눈을 들어 하늘을 보세요."

정신이 번쩍 들었다. 화가 나기도 했고, 무섭기도 했다. 출렁이는 감정이 도무지 진정되질 않았다. 무심코 내뱉은 말처럼 고개를 들어 하늘을 바라봤지만, 보이는 건 어둠뿐이었다. 잠시 그렇게 있다가 다시 목적지 없는 걸음을 이어갔다.

물길을 따라 걸은 지 이십여 분 정도 지났을까, 돌로 만들어진 작은 다리가 눈에 들어왔다. 무언가에 이끌리듯 그 다리로 가서 중간쯤에 멈춰 섰다. 아래를 흐르는 물은 여전히 검게만 보였다. 다리 아래 조금 떨어진 곳에서 교복 차림의 학생 둘이서 비밀스럽게 무언가를 불태우고 있는 모습이 보였다.

'요즘도 불장난을 하는 애들이 있네?'

한심하다는 생각도 들었지만, 한편으로는 부러운 마음도 들었다. 금세 두 학생의 분위기가 왁자지껄하게 변했고 그 순간 불쑥

'나 지금 뭐 하고 있는 거지?'

찬물을 끼얹은 것처럼 차가운 현실 인식이 그를 뒤흔들었다. 그제야 집에 가야겠다는 생각이 들었다. 기묘했던 하루는 덮어버리고 아무 일도 없었다는 듯이 익숙한 삶으로 돌아가고 싶어졌다. 물러나있

던 하루의 피로가 순식간 몰려왔다. 방전 상태가 되어버린 그는 얼마 못 가서 인근 주차장 입구에 버려진 의자에 털썩 주저앉고 말았다. 한심하다는 생각이 들었지만 그런 감정도 금세 사라져 버렸다. 갑자기 모든 것이 귀찮게 여겨졌다. 전화기를 꺼내 택시를 부르려는데, 어디서 한 남자의 절규 섞인 목소리가 갑자기 사방을 울려댔다.

"지옥에서도 만나지 말자!"

위다! 이번에도 위쪽이다. 서둘러 고개를 들어 여기저기를 살폈다. 역시나 아침과 마찬가지로 시간이 아주 천천히 그의 시선을 붙잡았다. 또다시 무언가 포물선을 그리면서 아래로 떨어져 내렸다. 설마 했던 일이 또다시 일어났다. 이번에도 아래로 떨어져 내린 것은 사람이었다.

'콰앙!'

둔탁한 소리가 귀를 때렸다. 한 남자가 어둠 속에서 주차해 놓은 차 위로 떨어져 내렸다. 부서진 차의 경보음이 날카롭게 울려댔지만, 이상하리만치 아무도 내다보지 않았다. 자동차는 높이가 반으로 줄어들 만큼 찌그러졌고, 남자는 그 위에 피를 흘리며 널브러졌다. 아침과 다른 것이 있다면 떨어진 사람이 여전히 숨을 쉬고 있다는 점이었다. 한 번도 경험해 보지 못한 공포가 도익을 사로잡았다. 우연이라고 하기에는 너무 잔혹하다. 하루에 두 번씩이나!

피범벅이 된 남자는 아주 느리게 눈을 깜빡였다. 그리고 애써 숨을 헐떡이며 무언가 말하려는 듯이 힘겹게 입을 움직였다. 하지만 뭐라고 하는지는 전혀 들리지 않았다. 주변을 살폈지만 사람이라고 는 나뿐이다. 남자가 손짓을 한 것은 아니었지만 마치 가까이 오라 고 손짓을 하는 것처럼 느껴졌다. 운명이 다가오라며 손을 내밀었 고, 그것에 이끌려 천천히 남자에게로 다가갔다. 피 칠갑이 된 남자 는 계속해서 무언가 말을 했지만 정확히 알아들을 수 없었다.

"말하지 마세요. 제가 119에 신고를……."

남자는 힘겹게 고개를 저었다. 그 동작만은 확실히 알아볼 수 있 었다. 신고하지 말라는 의미로 읽혔다. 어떻게 해야 할지 감도 잡히 지 않았다. 피투성이의 남자는 온 힘을 쥐어짜내려 자신의 상의를 가리키며 마지막 기운을 전부 쏟아내며 말했다.

"주머니……."

더 이상 말이 이어지지 않았다. 거칠었던 숨소리도 끝나버렸다. 내키진 않았지만 남자가 가리킨 상의 주머니에 떨리는 손을 집어넣 었다. 꼭 그렇게 해야 할 것만 같았다. 흥건한 피가 닿았고 순식간에 손이 붉어졌다. 뭔가가 잡혔다.

'이게…… 무슨……?'

손에 잡힌 것은 붉은 상자 안에 들어 있었던 것과 같은 종류의 쪽 지였다. 피로 붉게 물든 손으로 칠흑 같은 검은 종이를 펼쳤다. 거기 에는 흰색 펜으로 이렇게 적혀 있었다.

<11 : 02>

아버지의 시간. 도익은 반쯤 넋이 나간 채로 자신의 손목시계를 들여다보았다. 당연히도 11시 2분에 멈춰 있었다. 마음이 소리쳤다.

'정신 차려…… 정신 차려!'

잘 되진 않았지만 침착해지려고 최대한 애를 쓰며 휴대폰을 꺼내 현재 시각을 확인했다. 환해진 바탕화면에도 그것과 완벽하게 똑같은 숫자가 적혀 있었다. PM 11 : 02

2. 폭우

"현재 곳곳에 시간당 50mm 안팎의 폭우가 쏟아지고 있어 피해가 우려되는 가운데……."

하루 종일 라디오에선 폭우에 관한 뉴스가 이어졌다. 거센 빗줄기가 자동차 앞 유리를 향해 좀비처럼 달려드는 데도 그녀는 와이퍼를 작동시키지 않았다. 죽을 셈인가? 어쩌면 그러는 편이 나을지도 모른다고 생각했다. 도대체 언제까지 이렇게 끌려다녀야 할지…… 끝이 보이지 않는다. 그놈의 요구는 날이 갈수록 도를 지나치고 있다. 차라리……

"특히 홍수경보가 내려진 서울 강남 일대에는 시간당 100mm가 넘는 물 폭탄이……."

그녀의 자동차가 멈췄다. 비는 하늘이 전부 녹아서 한꺼번에 쏟아지는 것처럼 시야를 흩트렸고, 어둠은 거기에 음산함을 더했다. 시각은 밤 10시 25분을 가리키고 있었다. 커다란 우산을 펼치며 차에서 내리자 사방에서 빗물이 요란하게 온몸으로 달려들었다. 그녀는 그런 것은 전혀 신경 쓰지 않았다. 그녀의 눈은 오직 건물 입구 현판에 고정되어 있었다.

[대한민국 국가 정보국]

물길을 걸어 회전문으로 다가가 손잡이를 밀치고서 안으로 들어갔다. 그 짧은 순간에 그녀는 어금니를 살짝 깨물었지만, 그 모습을 본 사람은 아무도 없었다.

실미(가명) (여), 나이 미상, 정보 없음.

PM 10 : 28 늦은 시간이라 안내 데스크는 비어있었다. 회전문을 지나서 열다섯 걸음이면 보안 출입구에 당도하게 된다. 속으로 걸음을 헤아리며 최소한의 눈동자 움직임만으로 감시카메라의 위치를 살폈다. CCTV는 10시 20분부터 어떠한 기록도 남기지 않을 거라고 미리 전달받았지만, 그놈의 말을 전적으로 믿을 수는 없다. '믿음'이라는 단어와 가장 먼 인간이 바로 그놈이다.

국가 중요 시설. 그것도 정보국. 이곳에 침투해 비밀 서버 안의 특정 자료를 빼낸다는 것은 국가 전복 행위에 해당하는 범죄다. 만약에 실패하거나, 성공하더라도 붙잡힌다면…… 간첩으로 조리돌림 당하며 정치 쇼의 희생양으로 소멸되거나, 쥐도 새도 모르게 세상에서 사라지게 될 것이다.

PM 10 : 30 이곳의 보안 요원은 어떠한 경우에도 인사나 알은체를 하지 않는다. 눈으로 출입자를 쫓고 관찰할 뿐이다. 지금 이 순간 여섯 개의 눈이 나를 향하고 있다. 완벽하게 변장했지만 마치 본모습을 들킨 것 같은 두려움이 심장을 조여왔다.

첫 번째 단계 : 보안 출입구 통과

이곳은 들어올 때와 나갈 때 모두 카드를 찍어 출입 여부를 결정한다. 출입증은 일반적인 카드와 달리 특수한 칩이 내장되어 있어 30분 단위로 코드를 바꾼다. 출입증의 코드와 출입구의 코드가 일치하지 않는 경우 보안 요원이 움직인다. 카드 안의 특수 칩은 완전한 위조가 불가능해서 반드시 30분 안에 일을 마치고 나와야 한다. 늦으면, 갖고 있는 이 출입증은 무용지물이 된다. 카드는 10시 30분부터 11시까지만 유효하다고 전달받았다. 그래서 시간 엄수가 중요하다. 물론, 이것 역시 믿을 수 없다. 카드를 대는 순간 코드가 일치하지 않아 붙잡힐지도 모른다. 신뢰할 수 없다. 놈은 그런 놈이다. 하지만 여기까지 온 이상 믿어야만 한다. 다른 길은 없다.

어쩌면 나는 진입단계에서 잡히기를 바라고 있는지도 모른다. 최소한 국가 전복 행위가 아닌 무단침입 정도로 처벌을 받을 테니까.

차분한 손놀림으로 핸드백에서 출입증을 꺼냈다. 침을 삼키고 싶었지만, 긴장을 들키고 싶지 않아 최대한 참으면서 자연스럽게 카드를 가져다 댔다. 삐빅. 차단막이 열렸다. 하마터면 안도의 한숨을 쉴 뻔했지만 들키지 않을 만큼 힘을 주어 겨우 참아냈다.

PM 10 : 32 남은 시간 28분. 엘리베이터 앞에 섰다. 아래로 향한 화살표 모양의 버튼을 누르고 문이 열리기를 기다리면서 줄어드는 빨간 숫자들을 바라보았다.

5　초조함 때문인지 유독 내려오는 속도가 느린 것처럼 느껴진다.

F　혹시 출입구의 보안 요원이 뒤돌아보지는 않을까 무척 신경이 쓰인다.

3　밖에는 엄청난 양의 비가 쏟아지고 있을 텐데, 여기서는 아무 소리도 들리지 않는다.

2　오늘 밤은 유난히 길 것만 같다.

1　도착.

승강기의 문이 열렸다. 다행히 안에는 아무도 타고 있지 않았다. 차분히 들어섰다.

두 번째 단계 : 서버실 진입

목표지점인 비밀 서버는 지하 3층에 있다. 하지만 엘리베이터 버튼은 B2가 마지막이다. 이미 사전 조사로 알고 있던 사항이라 당황하지 않았다. B2를 누르고 바로 닫힘 버튼도 눌렀다. 그리고 다시 승강기 내부의 빨간 숫자를 바라보았다.

1　문이 닫혔고

B1　기이잉. 기계음이 이어졌다.

B2　시작이다.

문이 열렸다. 주저하지 않고 엘리베이터에서 내려 왼쪽으로 걸음을 옮겨 복도 끝에 있는 비상계단 문을 열고 안으로 들어갔다.

PM 10 : 35 남은 시간 25분. B2가 마지막 층이기 때문에 당연히 아래로 내려가는 계단은 없다. 하지만 서버는 B3에 있다. 사전 조사대로 계단을 다시 반 층 올라가서 B1과 B2의 중간지점 계단이 꺾이는 공간에 도착했다. CCTV가 있었지만 신경 쓰지 않고 벽에 있는 옥내소화전으로 다가가 망설임 없이 손잡이를 잡아당겼다. 허리를 굽히면 들어갈 수 있을 정도의 공간이 드러났다. 희미한 불빛 아래로 계단이 나 있었다. 서둘러 들어가 문을 닫았다. 철문이 닫히는 소리가 공간을 울렸다. 벽을 짚어가며 계단 끝에 다다르자 빛이 새어나오는 문 하나가 보였다.

세 번째 단계 : 서버 보안 요원

문 안에는 요원 한 명이 자리를 지키고 있었다. 낯선 사람의 등장에 당황한 기색이 역력했다. 인사를 해야 하나 말아야 하나 고민하는 어정쩡한 태도와 긴장한 모습을 보아하니 신참이 틀림없다. 운이 좋았다. 기선을 제압하기 위해 상대가 입을 열기 전에 선수를 쳤다.

"인사할 줄도 몰라? 너 누구야?"

"네?"

"보고 못 받았어?"

요원은 자신이 뭔가 실수했다는 생각이 들었는지, 허겁지겁 근무 일지를 뒤적거렸다. 기세를 몰아 더욱 단호하게 명령했다.

"서버실 열어!"

"저기…… 잠시만…… 제가 보고 받은 게 없어서…… 잠시 확인을……"

"장난해? 지금 시간에 여길 온 걸 보면 모르겠어? 늦으면 네가 책임질 거야?"

"저기…… 그게……"

요원은 비화기 핫라인으로 어딘가로 연락을 했다. 아무리 어리바리해 보이는 신참이라도 요원은 요원이다. 절대로 쉽게 생각하면 안 된다.

PM 10 : 38 남은 시간 22분. 상대가 응답이 없는지 요원은 몇 차례나 더 핫라인을 조작했다. CCTV와 핫라인을 통제하겠다는 놈의 말은 사실이었다. 믿을 수 없는 놈이지만 이 순간만은 고맙게 느껴졌다.

"언제까지 기다려야 하는 건데?"

"아니, 그게, 제가요……. 보고 받은 사항이 없고…… 핫라인도……"

"그래서? 여기서 밤새 기다리라고?"

"제가 처음 보는 분이라…… 이곳은 승인된 사람만…… 방침이……"

그녀는 엄지가락으로 위를 가리키며 말했다

"위에서 나왔다고! 너희 국장 모가지 날아가면 네가 책임질 거야?"

요원의 눈동자가 격하게 요동쳤다.

PM 10 : 40 남은 시간 20분. 완전히 빠져나가는 시간까지 고려한다면 더 이상 지체할 시간이 없다. 작전을 바꾸기로 했다. 책상을 발로 차며 찢어질 정도로 큰 소리로 명령했다.

"당장 안 열어!"

이에 요원은 한껏 얼어붙어

"네!"

서둘러 열쇠를 꺼내 서버실 문 옆쪽에 있는 보안 장치의 덮개를 열고 자리를 비켜주었다.

네 번째 단계 : 출입 코드

보안장치에는 일반적인 전화 패드와 같이 *와 #. 그리고 0부터 9까지의 숫자가 적혀 있다. 안으로 들어가기 위해서는 16자리 비밀 취급 인가 개별코드를 눌러야 한다. 외워둔 코드를 떠올리며 차분하게 하나하나 눌러나갔다. 3. 5. 5. 2. 1. 0. 8. 7. 6. 4. 9. 2. 4. 4. 4. 1. 숫자를 전부 눌렀지만, 문은 요지부동 그대로였다. 온 신경이 곤두섰다. 목뒤로부터 양쪽 팔에 이르기까지 순식간에 소름이 돋아났다.

PM 10 : 42 남은 시간 18분. 다시 숫자들을 눌렀지만 역시나. 문은 굳게 닫힌 그대로다. 뒤에 있는 요원의 시선이 따갑게 느껴졌다. 왜 안 열리는 거지? 끝내 열리지 않으면 어떡하지? 이것까지는 계산에 넣지 못했다. 만약 열리지 않는다면 우선, 뒤에 있는 요원을 제압하고 곧장 이곳을 빠져나간다. 그렇게 할 수 있을까? 고민하는 사이 뒤에서 목소리가 들려왔다.

"무슨 문제 있으십니까?"

"신경 끄고 네 할 일이나 해."

자, 이제 마지막이다. 이번에도 열리지 않으면 탈출 모드로 전환한다. 사실 같은 숫자로 두 번 시도했는데 열리지 않았다면, 또 해본다고 해도 열릴 확률은 거의 없다. 다만, 이전 시도 때 숫자를 잘못 누른 것이라면 이번에는 열릴 것이다. 어느 때보다 신중하고 차분하게 숫자를 눌러나갔다. 3. 5. 5. 2. 1. 0. 8. 7. 6. 4. 9. 2. 4. 4. 4. 이제 마지막으로 1만 누르면 끝이다. 결과는 하늘에 맡긴다. 굵은 침을 삼키며 마지막 숫자를 눌렀다. 하지만 너무 긴장한 탓에 아마추어도 저지르지 않을 큰 실수를 하고 말았다. 습관적으로 집에 들어갈 때처럼 마지막 숫자 끝에 #을 누른 것이다. 이럴 수가! 이런 바보 같은 실수를 하다니! 하지만 되돌릴 수도 없다. 진짜 끝이다.

"출입 번호 16자리가 인증되었습니다."

헛웃음이 나오려는 것을 겨우 주워 담았다.

PM 10 : 44 남은 시간 16분. 드디어 문이 열렸다. 서둘러 목표한 서버로 가서 데이터 복사를 위해 준비해 간 USB를 꽂고 이동 버튼을 클릭했다. 모니터에 파일 이동까지 남은 시간이 표시됐다. '8분 44초.' 큰일이다. 탈출까지 15분도 채 남지 않은 상황에서 복사하는 데만 9분이나 걸린다니! 11시 전에는 무슨 일이 있어도 보안 출입구를 통과해야 한다. 조금이라도 늦어지면 출입증은 무용지물이 된다. 그렇게 되면, 아! 다음 일은 상상하기도 싫다……. 11시 전에 여기를 빠져나가려면 계산상으로는 파일 복사는 4분 안에 끝나야 한다. 그런데 8분이라니. 서버실 요원과 실랑이하고, 보안 코드를 입력하는데 계획보다 많은 시간을 써버린 게 화근이다. 여전히 복사 속도는 더디기만 하다. 이제 결정해야 한다. 완전히 마친 다음 위험을 감수할 것인가 아니면, 할 수 있는 데까지 복사를 하고 시간 안에 빠져나갈 것인가. 온 세상이 쏟아붓는 비로 축축하게 젖어 있는데 그녀의 입안은 바싹바싹 말라붙었다.

진행률 22%. 완료까지 남은 시간 7분. 탈출 가능 마지노선까지는 3분밖에 남지 않았다. 아직 어떡해야 할지 결정을 내리지 못했다. 하지만 결정하건 못하건 이대로 3분이 지나고 나면 어떤 식으로든 일은 벌어지고 말 것이다.

초조함이 극에 달하던 그때, 전혀 예상치 못한 일이 일어났다. 시간과 상황 두 가지 모두가 그녀의 생각과 완전히 딴판으로 흘러갔다. 따르르릉! 따르르릉! 요원의 책상 위 핫라인의 벨이 울린 것이다. 걷잡을 수 없이 상황이 요동쳤다.

'미친 새끼! 11시까지는 완벽하게 통제한다며!'

그놈 말을 믿은 내가 바보다. 사태는 완전히 다른 국면으로 휘몰아쳤다. 요원이 핫라인의 수화기를 드는 순간 미션을 완수하지도, 탈출하지도 못하는 최악의 상황에 놓이게 될 것은 불을 보듯 뻔하다. 요원의 손이 수화기 쪽으로 향했다. 그녀는 본능적으로 USB를 잡아 뽑았다. 그러고는 엄청나게 빠른 속도로 달려가 그대로 날아올라 요원의 얼굴을 발로 찼다.

"으악!"

요원이 단말마의 비명을 지르며 나자빠졌다. 다행히 수화기를 들지 않았기 때문에 여전히 핫라인은 뜨겁게 울어댔다. 그때 책상 위에 있는 쓰러진 요원의 신분증이 눈에 들어왔다. 아주 짧은 순간이었지만 그녀의 눈동자가 갈등으로 파르르 떨렸다.

PM 10 : 53 남은 시간 7분. 소화전을 빠져나와 곧바로 1층으로 향했다. 엘리베이터를 기다릴 시간도 없다. 계단을 오르는 그녀의 심장은 폭발적으로 뛰었고 혈압은 미친듯이 솟구쳤다. 파일 복사를 다 마치지 못했다는 좌절감과 빠져나가지 못할지도 모른다는 두려움이 그녀를 집어삼켰다. 계단을 오르는 걸음이 더욱 빨라졌다. 결국 조급함이 그녀의 발목을 붙잡았다.

"아악!"

중심을 잃고 고꾸라졌다. 바로 서보려 했지만, 마음과는 달리 그대로 계단 아래까지 나뒹굴었다. 통증 같은 건 전혀 느껴지지 않았다. 오직 나가야 한다는 생각뿐이었다. 일어나기 위해서 벽을 짚었는데, 휘청. 하지만 이번에는 가까스로 중심을 잡는 데 성공했다. 안도의 한숨 같은 건 나오지 않았다. 마음을 다잡고 서둘러 문을 열었다.

PM 10 : 58 남은 시간 2분. 이제 마지막 단계다. 들어왔던 보안 출입구로 나가는 일만 남았다. 보안 요원들은 여전히 들어올 때와 같은 모습이다. 경계가 강화된 것 같아 보이지는 않는다. 그렇다는 것은 서버실 요원이 아직 정신을 못 차리고 있다는 뜻이다. 여기까지는 운이 따라주었다. 하지만 문제는 출입증 코드다. 그놈의 말과 달리 11시까지는 완벽히 통제한다던 핫라인이 보란 듯이 울렸다. 그것은 CCTV를 비롯한 여러 가지가 이미 통제권에서 벗어났을 수도 있다는 것을 의미한다.

PM 10 : 59 남은 시간 1분. 크게 심호흡을 했다. 보안 출입문에 거의 다다랐을 무렵, 출입문 모니터 시계가 눈에 들어왔다. 이럴 수가! 그 시계는 이미 11시를 넘어 있었다. 절망이 그녀를 향해 미소 지었다. 어찌 된 영문인지 모르지만, 침투 전 맞춰두었던 표준시보다 보안 출입문의 시간이 1분 정도 빨랐다. 그렇다는 것은 코드가 이미 바뀌었다는 얘기다. 가지고 있는 출입증으로는 통과할 수 없다. 되돌아갈 수도 없다. 조금 있으면 쓰러졌던 요원이 일어날 것이고, 핫라인을 받지 않은 것으로 인한 조치가 이미 내려졌을 확률도 높다. 틀림없이 사태 파악을 위해 누군가 오고 있을 것이다.

그러는 사이 보안 출입문 앞에 도착해버렸다. 보안 요원 세 명의 눈이 모두 나를 주시하고 있다. 신을 믿지는 않았지만, 마음속으로 기도를 하며 카드를 꺼내 들었다. 물론, 이 카드가 정상 작동해서 보안 출입문을 나서게 될 확률은 거의 제로에 가깝다. 더 큰 문제는 이 위기를 타개할 어떠한 비상 작전도 계획도 가지고 있지 않다는 데 있다. 플랜B 따위는 존재하지 않는다. 눈을 질끈 감고 카드를 리더기 가까이 가져다 댔다. 너무나도 짧은 이 순간이 영원처럼 길게 느껴졌다.

이상하게도 분명히 카드를 가져다 댔는데 아무런 소리도 들려오지 않았다. 카드 인식 음도, 문이 열리는 소리도, 보안 요원이 다가오는 소리조차 느껴지지 않았다. 마치 세상이 멈춰 버린 것 같은 긴 침묵이 사방에 내리깔렸다. 영문도 모른 채 질끈 감은 눈을 아주 천천히 떴다. 어떻게 된 일인지 분명히 눈을 떴는데도 보이는 것은 아무것도 없었다.

"…… 강남에서는 전봇대가 터지면서 일대가 정전되는 사고가 생겼습니다. 감당할 수 없는 양의 폭우로 인해……."

정전이다! 그제야 보안 요원들이 빠르게 움직이는 소리가 들려왔다. 그리고 어디선가

"발전실에 물이 차서 비상 발전기도 먹통입니다."

다급하게 보고하는 목소리가 이어졌다. 하늘이 도왔다. 랜턴을 켠 보안 요원이 다가와 들어올 때 신분을 확인했으니 나가도 된다며 옆에 있는 수동문으로 안내했다. 그러고는 번거롭게 해드려 죄송하다는 인사까지 했다. 하마터면 그녀는 이번에도 안도의 한숨을 내쉴 뻔했다.

'아니야. 안심하긴 아직 일러.'

보안 요원을 따라 회전문까지 열다섯 걸음을 걸으며 이 행운이 조금만 더 이어지기를 간절히 바랐다.

하늘은 여전히 둘로 쪼개진 것처럼 마구 비를 뿌려대고 있었다. 자동차에 올라타 시동을 걸고 그길로 유유히 정보국을 빠져나왔다. 안도감은 들지 않았다. 탈출에 성공하기는 했지만, 데이터 복사를 절반도 마치지 못한 채 USB를 뽑았으니 어쨌든 이번 일은 실패다. 행운의 여신이 내 편이 아니라는 것을 다시 한번 실감했다.

얼마 가지 못하고 자동차가 멈췄다. 핸들에 고개를 묻었다. 실패 사실을 알려야 한다. 늦어봐야 불안함만 커질 뿐이다. 빨리 보고하고 대비하는 편이 낫다. 세상에서 가장 듣기 싫은 목소리를 들어야 하고, 실패를 전해야 한다. 도망칠 곳은 없다.

"지금 고객님의 전원이 꺼져 있어……."

최악이다. 나중으로 미뤄지는 건 또다시 노심초사하며 전화를 걸어야 한다는 걸 의미했다. 싫다. 정말. 후두두둑 거세던 비가 잦아들긴 했지만, 여전히 강한 기세로 자동차를 두드려댔다. 그녀는 신경질적으로 라디오를 켰다. 광고가 이어졌다.

"잠시만 눈을 들어 하늘을 보세요……. 당신의 하늘. 당신의 마음……."

고개를 들어 앞 유리 밖 하늘을 바라보았다. 보이는 거라곤 쏟아지는 빗줄기뿐. 하늘은 보이지 않는다. 암담했다. 하늘을 보라고? 웃기고 있네. 라디오를 끄고 라이트를 켰다.

'그래, 일단 집으로 가자…….'

출발해서 도로로 들어서려는데, 갑자기 빗속에서 누군가 그녀의 차를 향해 무모한 좀비처럼 뛰어들었다. "끼이익!" 거의 반사적으로 브레이크를 밟아 다행히 사고는 면할 수 있었다. 창문을 내리고 소리쳤다.

"미쳤어! 갑자기 뛰어들면 어떡해!"

달려든 사람은 여자였다. 비에 흠뻑 젖은 채 우산도 들고 있지도 않았다. 한참을 울었는지 두 눈이 빨갰다. 하지만 괜찮냐고 물어볼 순 없었다. 갑자기 튀어나온 건 그쪽이고, 하마터면 정통으로 들이받을 뻔했으니까…… 차로 달려든 여자는 일어나지 않고 그 자리에 앉은 채 실미를 향해 이렇게 말했다.

"잠시만 눈을 들어 하늘을 보세요."

지민이는 앞으로 사흘 뒤 결혼식을 올릴 예정이다.

3. 173

거짓말처럼 새파란 하늘. 점점 커져 가는 하얀 뭉게구름. 그 아래 드넓은 운동장. 탁.탁.탁.탁. 빠르고 경쾌한 발소리에 이어 "허헙!"하고 차가운 들숨과 "하아!"하는 뜨거운 날숨이 흩날린다. 힘겹게 매트에서 일어나 양손으로 무릎을 짚고 선 가녀린 체구의 소녀. 거친 숨을 몰아쉬며 한 곳을 응시한다. 하지만 그녀의 바람과는 달리 높이뛰기 바는 매정하게도 바닥으로 떨어져 내렸다. 소녀는 아쉬운 한숨과 함께 한쪽 눈을 살짝 찡그리며 인상을 썼다.

민정희 (여), 19세, 고등학생, 높이뛰기 선수.

일주일 전, 소녀는 발신인이 적혀 있지 않은 붉은 색 작은 상자를 하나 받았다. 그 안에 든 쪽지에는 하얀 글씨로 이렇게 쓰여 있었다.

<173>

그게 다다. 다른 것은 적혀 있지 않았다.

다시, 거짓말처럼 새파란 하늘 아래에서 숨을 고르는 소녀. 탁.탁.탁.탁. 도움닫기에 이어 "허헙!"하는 차가운 들숨과 함께 날아올랐다. 펄럭이는 운동복 자락이 기다란 바를 아슬아슬하게 스쳐 지났다. 털썩. 매트 위로 떨어져 내린 소녀의 시선이 한곳으로 향했다. 대롱대롱. 하지만 이번에도 간절한 바람과는 달리 높이뛰기 바는 바닥으로 곤두박질쳤다. 실패다.

조금 먼 곳에서 이 모습을 지켜보던 소년은 다가가지도 못하고, 그렇다고 발길을 돌리지도 못한 채 안타까운 마음으로 계속해서 발만 굴러댔다. 벌써 일주일째. 붉은 상자를 받은 이후로 정희는 단 한 번도 173을 넘지 못했다. 평소에 그녀라면 이렇게까지 고전할 만한 높이는 아닌데…… 부정적 믿음이 부정적 효과로 나타난다는 노시보 효과에 빠져버린 것 같다고 소년은 생각했다. 하지만 소녀에게는 입도 뻥긋하지 않았다.

처음에는 응원도 하고 위로도 해 보았지만, 어느 시점이 지나자 그 어떤 말도 할 수 없게 되어버렸다. 누가 그 상자를 보냈는지 알수만 있다면 당장 찾아가 흠씬 두들겨 패주고 싶은 마음이 간절했지만, 현실은 할 수 있는 게 아무 것도 없었다. 소년은 아무런 도움도 되지 못하는 자신의 무능력에 또 한 번 좌절했다. 어느새 주변은 어두워졌지만, 두 사람은 어둠을 조금도 느끼지 못했다. 소녀와 소년의 마음속에 자리 잡아버린 어둠이 밤의 어둠보다 훨씬 짙었기 때문이다. 그렇게 한참의 시간이 더 흘러갔다.

인적이 완전히 끊겨버린 교문 앞. 정희가 입을 꽉 다문 채 밖으로 나왔고, 호열이는 그보다 두세 걸음 뒤에서 그녀를 따랐다. 가로등 불빛 사이로 두 사람의 발소리가 차갑게 울렸다. 앞서가는 소녀를 바라보던 소년은 뭔가를 결심했는지 힘차게 달려가 그녀의 가방을 낚아챘다.

"배 안 고파? 난 엄청 배고픈데."

소녀는 아무런 대답도 하지 않고 발길을 이어갔다. 소년은 지지 않고 미소까지 보이며 조르듯 그녀를 붙들었다.

"우리 뭣 좀 먹고 가자."

"미안해……."

"일단 배부터 채우고 나중에 미안해하면 안 될까? 응?"

소년이 손을 잡아끌었지만 소녀는 가만히 그 손을 뿌리쳤다.

"미안, 집에 가봐야 해. 부모님이 걱정하셔."

"그러면…… 짜잔!"

소년이 자기 가방에서 빵과 우유를 장난스럽게 꺼내면서 말했다.

"걸어가면서 먹자. 그건 괜찮지?"

그 모습에 소녀도 마음이 조금은 풀려 못 이긴 척 빵과 우유를 받았다. 하지만 도저히 먹을 마음은 생기지 않았다. 소년도 더 이상 강요하지 않았다. 빵과 우유가 차가운 손에 들린 채로 어둠 속에서 흔들렸다. 밤의 고요가 침울하게 사방으로 퍼져갔다.

어느덧 정희네 집 근처 개천 앞에 도착했고, 둘은 아무 말 없이 돌로 만들어진 작은 다리를 뚜벅뚜벅 함께 건넜다. 졸졸 흐르는 물소리가 마치 흐느끼는 것처럼 들려왔다. 다리의 중간 정도 갔을 때쯤, 호열이가 갑자기 정희가 들고 있는 빵과 우유를 낚아채서 그녀의 가방에 구겨 넣으며 말을 꺼냈다.

"잠깐만 나랑 같이 가자."

"어딜……?"

말이 채 끝나기도 전에 소년은 소녀의 손을 잡고 이끌었다. 앞장서서 다리를 빙 돌아서 아래로 내려가 개천 앞에 섰다. 둘은 잠시 흐르는 검은 물을 말없이 바라보았다.

잠시 후 소년이 어렵사리 입을 열었다.

"있잖아……, 그 쪽지 좀 꺼내 봐."

그 말에 정희의 눈이 동그래졌다.

"안 버린 거 알아. 오해는 하지 마, 네 가방 뒤져본 거 아니니까."

소녀는 아무런 말 없이 가만히 듣고만 있었다.

"그냥 알아. 너라면 173을 보란 듯이 넘은 다음에, 그때 버릴 생각을 하고 있을 거야."

소년이 평소와는 다른 조금은 강한 어조로 말했다.

"그거 여기서 태워버리자. 그리고 내일부터 새 마음으로 다시 하자. 응?"

소년은 보채지 않고 소녀에게 시간을 주고서 기다렸다. 시간이 천변의 물을 따라 졸졸 떠내려갔다. 잠시 후, 소녀가 가방에서 쪽지를 꺼냈다. 건네받은 소년은 바지주머니에서 라이터를 꺼내 쪽지 가까이에 가져다댔다.

"내가 왜 라이터를 가지고 있는지는 묻지 마."

호열이 씨익 웃으며 라이터에 불을 올렸다. 검은 하늘 아래 검은 천변. 그곳에서 검은 쪽지가 붉게 타올랐다. 무언가 표현할 수 없는 감정이 두 사람의 가슴에서 울컥 솟아올랐다.

조금 떨어져 있는 다리 위에는 너무나도 힘든 하루를 보낸 도익이 두 사람을 바라보고 있었다. 소년은 낯선 사람이 있다는 것이 조금 신경 쓰이긴 했지만, 지금은 소녀에게 집중해야 할 때라 금방 생각을 접었다.

최도익과 민정희. 아직 두 사람은 서로를 알지 못한다. 붉은 상자가 아직 그들이 만나도록 허락하지 않았기 때문이다. 도익은 잠시 후에 옥상에서 떨어진 남자의 품에서 <11 : 02>가 적힌 쪽지를 발견하게 되고, 정희는 아무것도 모른 채 집으로 돌아간다.

쪽지가 불에 타 세상에서 자취를 감춰갈 무렵. 꼬르륵. 정희의 배에서 민망할 정도로 큰 소리가 들려왔다. 소년과 소녀 둘은 누가 먼저랄 것도 없이 서로를 보며 웃기 시작했다. 낄낄대면서 가방에서 빵과 우유를 꺼냈는데 빵이 엉망으로 뭉개져 있었다. 그걸 보면서 두 사람은 또 꺄르르 댔다. 얼마 만의 웃음인가, 얼마 만에 찾아온 행복한 순간인가. 두 사람은 천변에 쭈그리고 앉아 허겁지겁 빵을

먹었다. 다 먹고서 집에 도착할 때까지 소년과 소녀 사이에는 웃음이 끊이질 않았다.

돌아온 집은 여느 날과 다름없이 평온했다. 지친 소녀를 위해 어머니는 늦은 식사를 준비했고, 아버지는 거실 소파에 누워 TV를 보고 있었다.

"…… N사 빌딩에서 뛰어내려 스스로 목숨을 끊는 일이 일어났습니다. 그 시각 아래를 지나고 있던 30대 성 모 씨가…… 결혼식을 올릴 예정이었다는 사실이 알려져……."

정희는 바로 욕실로 들어가 아주 뜨거운 물로 샤워부터 했다.

'그래, 신경 쓰지 말자. 너무 바보처럼 굴었어, 내일부터 다시 시작하면 돼. 그렇게 하자.'

하지만 머리를 말리면서 방으로 들어온 소녀는 다시 차갑게 얼어붙어 버렸다. 두려움이 순식간에 정희를 집어삼켰고, 수건은 바닥으로 떨어져 내렸다.

문밖에서 엄마의 목소리가 들려왔다.

"택배 온 거 있던데 책상에 올려놨어……."

'아니야! 이럴 순 없어! 뭔가 잘못된 거야!'

비명을 질렀지만, 아무런 소리도 나오지 않았다. 그 어떤 울림도 일지 않았다. 무엇에 홀린 사람처럼 소녀는 책상 위에 보란듯이 놓여 있는 붉은 상자로 끌려갔다. 손에 닿는 감촉에 소름이 끼쳤지만

참고 참으며 상자를 열었다. 이번에도 <173>

그게 다다. 이전과 완벽하게 똑같다. 소녀는 순식간에 다른 사람이 되어버린 것 같이 변해버렸다. 영혼은 사라졌고 온통 173에 잠식당한 가련한 육신만 남아 있었다. 그길로 미친 듯이 밖으로 뛰쳐나갔다.

다시 천변을 지나, 어둠을 뚫고서 어떻게든 173을 넘기 위해서 정희는 아무도 없는 밤을 내달렸다. 학교 정문은 잠겨 있었지만, 그런 것 따위가 소녀를 막을 수는 없었다. 173을 넘지 못한다면 어디에도 가지 않겠다고 다짐했다. 운동장에서 죽어버리든지, 뛰어넘든지 둘 중 하나만 있을 뿐이라고 생각했다.

그렇게 다시, 거짓말처럼 새까만 하늘. 그 아래 드넓은 운동장, 탁.탁.탁.탁. 차가운 들숨과 그것보다 더 차가운 날숨이 "하악, 하악." 밤을 수놓았다. 정희는 지금 자신과 싸우고 있다. 아니, 자신의 운명과 싸우는 중이다. 세상은 온통 검은데 어둠 속의 소녀 혼자만 빨갛게 빛났다.

같은 시각. 갑자기 사라진 그녀 때문에 정희네 집이 발칵 뒤집혔다. 금세 이 소식은 소년에게까지 전해졌다. 호열이는 정희가 학교 운동장에 있을 거라고 확신했다. 지금 이 순간, 상황의 핵심을 가장 정확하게 꿰뚫고 있는 사람은 소년이 유일했다. 문제는 그녀가 어디 있느냐가 아니라 173에 완전히 잠식당해 쉬지 않고 도전하고 도전하고 또 도전하는데 있었다. 그럴수록 소녀의 몸과 마음은 부서져 내렸다. 더는 뛰어오르지 못하도록 막아야 한다. 그렇게 하지 못한다면 돌아올 수 없는 강을 건너게 될 것이다.

'어떡해서든 막아야 해!'

소년을 밤을 밀치며 쉴 없이 달렸다. 숨이 턱까지 차올랐지만, 속도를 줄일 수는 없었다. 몸이 부서진다고 해도 정희를 말려야 한다. 헉. 헉. 작고 약한 소년의 숨소리가 계속해서 야속한 밤을 두드렸다. 세상은 온통 검은데 어둠 속의 소년만 홀로 파랗게 빛났다.

다시, 새까만 하늘 아래 홀로 싸우고 있는 소녀. 탁.탁.탁.탁. 도약은 끝없이 계속됐다. 하지만, 높이뛰기 바는 하염없이 계속해서 떨어져 내렸다. 소녀는 멈추지 않았다. 다시 바를 올려놓고 제자리로 돌아가 도약했다. 두려움과 육체의 한계가 아무리 그녀를 잡아 끌어내려도 뛰고 또 뛰었다. 소녀의 얼굴에는 어떤 표정도 남아 있지 않았다. 생각도 사라졌고, 어떤 느낌도 남아 있지 않았다. 그냥 본능적 움직임만 남은 껍데기가 되어 버렸다. 그래도 뛰고 또 뛰었다. 다시, 도움닫기에 이어 "허헙!" 하고 뛰어올랐다. 그리고 털썩. 매트 위로 추락하듯 떨어져 내렸다. 그녀의 눈동자에는 어두운 하늘만이 가득 들어차 있었다.

그런데…… 그런데…… 이번에는 들려야 할 소리가 들리지 않았다. 매트 위 쓰러져 있던 소녀의 눈에 기다란 높이뛰기 바가 들어왔다. 걸쳐놓은 그대로였다. 드디어! 드디어! 드디어! 173을 정복했다!

"아아아아아아아아!"

소녀는 온몸을 쥐어짜며 하늘을 향해 소리쳤다. 그것은 비명과는 다른, 모든 것을 다 이루어낸 사람의 포효였다.

이제 막 교문 앞에 도착한 소년은 이 소리만 듣고도 정희가 성공했다는 것을 알아차렸다. 가장 깊은 곳에서부터 눈물이 차올라 눈밖으로 쏟아져 내렸다. 소년 역시 소녀와 비슷한 소리를 내며 달려갔다.

"아아아아아아아아아아!"

누워있던 소녀에게 소년의 소리가 닿았다. '호열이다!' 정희는 있는 힘을 다해 자리에서 일어났다. 그리고 소리치며 달려오는 소년을 향해 뛰기 시작했다. 어두운 하늘 아래 빨간 소녀와 파란 소년이 소리치며 서로에게 빨려 들어갔다. 둘의 눈에는 세상 어떤 것도 보이지 않았고 오직 자신을 향해 달려오는 상대의 모습만 가득했다. 서로에게 닿기까지가 영원처럼 길게 느껴졌지만, 두 사람의 마음은 반드시 닿을 거라는 확신으로 가득했다. 그렇게 점점 가까워져 하나가되려는 순간…….

"안 돼!"

소년의 절규가 깊은 밤을 울렸다.

* * *

같은 시각. 옥상. 난간에 올라선 남자는 뒤를 돌아봤지만 더 이상갈 데가 없었다. 아래로 펼쳐진 주차장은 까마득했고, 눈앞에는 검정 양복의 무리는 한 걸음씩 간격을 좁혀왔다. 그의 뒤꿈치 절반은이미 허공에 떠 있었다.

"왜들 이러는 거요?"

말이 끝나기가 무섭게, 검은 덩치들 사이에서 가늘게 찢어진 눈매에 뾰족한 턱이 무척이나 날카롭게 보이는 한 사내가 걸어 나왔다.

"그건, 내가 묻고 싶은 건데? 대체 왜 그래요? 좋은 말로 할 때 내려옵시다."

"저리 안 가! 한 걸음만 더 다가오면······!"

뾰족한 사내는 걸음을 멈추더니 씨익, 한껏 입꼬리를 올려 미소를 지어 보였다. 하지만 그걸 미소라고 생각하는 사람은 아무도 없을 것이다. 그것은 상대를 잡아먹기 직전 맹수의 표정에 가까웠다.

장귀우 (남), 35세, 조직폭력배.

"시간이 없어요. 다들 바쁜 사람들이니까······ 뛰려면 빨리 뛰시고, 아니면 이리 오시던가."

난간 위의 사내는 마른침을 삼켰다. 그때, 경박한 멜로디의 전화 벨 소리가 들려왔다.

"하아. 바빠 죽겠는데 누가 또 전화질이야······."

귀우는 주머니에서 휴대전화를 꺼내 누군지 확인도 하지 않고 냅다 받았다.

"여보세요, 내가 지금 좀 바쁘니까······."

"도대체 왜 전화를 꺼놓는 건데? 그럴 거면 전화기를 왜 가지고 다니는 거야!"

날카로운 실미의 목소리가 수화기 밖으로 삐져나왔다. 귀우의 눈에 짧은 순간 살기가 돌았지만, 발톱을 숨기듯 다시 능글능글하게 태도를 바꾸었다.

"미안 미안. 알다시피 내가 공사가 좀 다망하셔서……."

아무 일 없다는 듯이 일상적인 통화를 하고 있는 그의 모습에 난간 위의 남자는 당황스러움보다는 두려움에 가까운 감정을 느꼈다. 귀우는 전화기를 손으로 살짝 가리고는 난간에 서 있는 남자에게 말했다.

"잠시만요, 중요한 통화라…… 잠깐은 기다릴 수 있죠?"

다시 통화를 이어갔다.

"오우! 실미. 그래 일은 잘 마치셨어?"

귀우는 마치 주변에 아무도 없다는 듯이 행동했다.

"그날 비가 많이 와서 고생을 좀 했겠어……."

통화를 하면서 난간의 남자가 눈치 채지 못할 정도로 자연스럽게, 하지만 주도면밀하게 난간 쪽으로 슬쩍슬쩍 움직이며 다가갔다. 순식간에 목덜미를 낚아채야 한다. 두 번은 없다. 이제 여섯 걸음정도 남았다. 그때 갑자기 난간의 남자가 엄청나게 큰 소리로 절규하듯 소리를 내질렀다.

"지옥에서도 만나지 말자!!"

그 말을 남긴 채 남자가 두 발을 모두 허공에 올려놓았다. 너무나 순식간에 일어난 일이라서 천하의 장귀우라도 어떤 대응도 할 수 없었다.

"쿠앙-!"

지붕이 내려앉은 자동차의 경고음이 날카롭게 밤을 찢었다. 11시 2분. 도익의 시계는 멈춰 있었다.

* * *

정희가 쓰러졌다. 이미 한계치를 넘겨버린 몸은 더는 버티지 못하고 무너져내렸다.

"안 돼!"

소녀는 그 순간, 173이 넘을 수 없는 높이가 아니라 자신이 넘게 될 마지막 높이라는 사실을 깨달았다. 앞으로 다시는 도약 할 수 없으리란 걸 운명처럼 알 수 있었다. 하지만 비명을 지를 기운조차 남아 있지 않았다. 쓰러진 소녀를 품에 안은 소년의 절규가 하늘을 찔렀다.

구급차가 그 울음을 이어받으면서 길고 길었던 소녀의 하루가 끝났다. 그러나 붉은 상자의 악몽은 이제 막 첫 페이지가 넘어갔을 뿐이다. 어쨌든 지금은 잠시 소녀가 쉴 시간이다. 오늘만은 그래도 된다.

하지만 도익의 하루는 아직 끝나지 않았다.

"이봐요 정신 좀 차려 봐요……!"

쪽지를 남기고 죽어버린 남자를 앞에 두고 어찌할 바를 모르고 있는데, 조금 먼 곳에서 낯선 목소리가 그를 향해 날아들었다.

"무슨 일인지 잘 모르겠으면 나서지 말고 그냥 조용히 가세요."

어느새 귀우가 패거리들을 이끌고 아래로 내려와 있었다. 도익이 놀란 건, 갑자기 많은 사람이 쏟아져 나와서가 아니라 그들이 전부 검은 양복을 입고 있었기 때문이었다.

<검은 양복을 입은 남자와 절대로 대화하지 말 것>

'쪽지가 말한 검은 양복의 남자가 이 사람이면?'

"어이, 형씨. 귀머거리야? 내 말 안 들려? 아님 쌩까는 거야?"

'대화하지 말 것……'

귀우가 미소를 지으며 차 위에 쓰러져있는 남자를 가리켰다.

"이 사람 알아? 친구야? 부모 형제 애인이야?"

도익은 죽은 남자와 귀우를 번갈아 보았다.

"너 말 못 해? 진짜 벙어리야?"

"아닙니다."

"말할 수 있었네!"

"당신들이 이렇게 한 겁니까?"

그 말에 피식 귀우의 웃음이 터졌다. 그러고는 그의 말투를 따라하며 비아냥거렸다.

"당신들이 이렇게 한 겁니까? 하하하. 너 혹시 정의의 사도니?"

"다시 한번 묻습니다. 댁들이 이런 겁니까!"

"아따 무섭네. 딱 봐도 우리가 쪽 수가 많은데 다 해치우시게? 초능력이 있으신가 보네."

"사람이 죽었습니다. 사람이 죽었다고요!"

"알아, 아니까. 그렇게 소리 지르면서 말하지 않아도 돼. 저놈이 멋대로 뛰어내린 거야. 우린 가만히 있었어."

"지금 그 말을 믿으라는 겁니까?"

"아니, 그럼 뭐야? 안 믿을 거면 왜 물어본 거야? 무슨 말을 했든 간에 너는 그냥 내가 밀어 죽인 거라고 생각할 거였잖아! 야, 너 정의의 사도가 되기는 다 틀렸다. 그렇게 확증편향에 빠져서 어떻게 정의를 지키겠냐? 공정해야지. 안 그래? 아! 혹시 확증편향이라는 말 모르지는 않지? 큭큭큭."

귀우는 손안에 장난감을 다루듯 도익을 가지고 놀았다.

"정의의 사도님. 일 다 보셨으면 가던 길 가시죠. 혼자 가기 심심하면 저 친구 데려가든가."

귀우가 끽끽대자 부하들로 보이는 검은 옷의 병풍들도 함께 웃었다. 참을 수 없는 분노가 치밀어 올랐다. 사람이 죽었는데 웃고 장난치는 꼴이라니!

"그만들 하시죠! 경찰 오면 그때 가도록 하겠습니다."

그렇게 말하고 신고하기 위해 휴대폰을 꺼내려는데, 미처 대비할 시간도 주지 않고 귀우가 순식간에 날아올라 도익의 가슴을 발로 찼다.

"퍽!"

도익이 비명도 제대로 질러보지 못하고 한쪽 구석으로 나자빠졌다. 이에 귀우는 빙글거리면서

"아! 이 아저씨 진짜 말귀를 못 알아들으시네."

귀우가 입맛을 다시며 말을 이었다.

"그냥, 가던 길 가세요."

흥미를 잃은 뾰족한 사내는 뒤돌아 무리들을 이끌고 자리를 떴다.

"내가 이래 봬도…… 경찰이 될 사람이거든…… 너희 같은 놈들
은 그냥 못 보내!"

귀우는 뒤도 돌아보지도 않고 손을 들어 깔짝깔짝 흔들어댔다.

"그러세요? 잘 알겠습니다. 빠이빠이."

도익은 유불리를 생각할 겨를도 없이 덩치들을 향해 달려들었다.

"내가 그냥은 못 보낸다고 했지!"

검은 덩치의 무리들 사이로 도익이 날아들자 잠시 모두 놀라 멈
춰 섰다. 하지만 그뿐이었다. 결과는 보나마나였다. 기적 같은 건 일
어나지 않았다. 무참히 짓밟혔다. 영웅도 정의의 사도도 그곳에 없
었다. 하지만 쉽게 쓰러지지 않았다. 짓누를수록 바락바락 소리치며
대항했다. 그러나 역부족, 애초에 승산 없는 싸움이었다. 하지만 포
기는 없다. 두목으로 보이는 뾰족한 턱의 그놈만 집중 공격하기로
작전을 바꿔서 쏟아지는 주먹과 발길질을 온몸으로 맞아가며 죽기
살기로 달려들었다.

"다 덤벼! 이 자식들아!"

날아드는 주먹을 뚫고 도익은 장귀우의 두 무릎을 태클하듯 끌어
안고 쓰러졌다.

"으악!"

누구의 것인지 모를 비명이 하늘을 울렸다. 사방에서 그를 짓누르

고 때려댔지만, 죽어도 두목의 다리만은 놓지 않겠다는 일념으로 꺾고 조이면서 버텼다. 그러고 있는데 갑자기 엄청나게 커다란 손이 그의 목을 잡고 입을 틀어막았다. 속수무책. 다리를 붙잡았던 양손이 풀어졌다. 겨우 풀려난 귀우는 제대로 걷지 못하고 비틀댔다. 덩치들이 벌 떼처럼 달려들어 도익을 억지로 승합차에 구겨 넣었다.

"쾅!"

자동차 문이 닫혔을 때, 그는 다시는 살아서 땅을 밟지 못할 것 같은 두려움에 휩싸였다.

4. 연결 고리

"쿨럭쿨럭"

마른기침 소리가 집안 가득 울려 퍼졌다. 흙빛 얼굴의 남자가 걱정스러운 눈빛으로 실미 앞에 따뜻한 물 한 잔을 내려놓고서 맞은편에 앉았다. 창밖에는 여전히 거세게 비가 내리치고 있었다.

"쿨럭쿨럭. 이렇게 비가 많이 오는데 어딜 그렇게 돌아다니다 온 거야?"

"그냥, 일이 좀 있었어."

그녀의 머릿속은 실패한 정보국 일로 가득했다.

"쿨럭쿨럭, 얘기 좀 할까?"

"지금 하고 있잖아"

"실미야…… 그러지 말고…… 쿨럭쿨럭"

"피곤해, 나중에"

"쿨럭쿨럭"

힘겹게 자리에서 일어선 정남은 성급하게 소주 한 병을 꺼내더니 허겁지겁 한 번에 전부 마셔버렸다. 그러자 잠깐의 평온이 찾아왔다.

이정남 (남), 55세, 알코올 중독, 장물아비.

"실미야……."

그녀는 건네받은 물을 마시지도 않고 자리에서 일어났다.

"비를 맞아서 그런지 좀 으슬으슬하네……. 감기약 좀 찾아줘."

"어…… 알았어…… 전에 사다 놓은 게 어디 있을 텐데……"

정남이 감기약을 찾아 여기저기 뒤지는 사이 실미는 방으로 들어가 문을 잠갔다. 복잡하게 얽힌 마음이 좀처럼 풀어지지 않았다. 내키진 않지만, 휴대전화를 들었다.

"고객님의 전화가 꺼져있어……."

'그래, 정보국 일 실패는 오히려 잘 된 거야. 언제까지고 끌려다닐 수만은 없잖아…….'

굳게 닫힌 실미의 방문을 바라보던 정남이 조심스럽게 한숨을 내뱉었다. 뭔가 불길한 예감이 지워지지 않는다. 평소와는 조금 달라 보이는 그녀의 모습. 뭔가를 감추고 있는 것 같은 느낌. 정남은 아무렇지도 않은 척 닫힌 문 안으로 자신의 목소리를 밀어 넣었다.

"감기약 식탁에 놨어. 먹어."

실미는 대답하지 않고, 서버실에서 가져온 요원의 신분증을 만지 작거리기만 했다. 급박한 시간에 핫라인이 울렸고, 요원을 제압했 다. 탈출하기에도 턱없이 부족한 시간. 그녀의 눈에 이 신분증이 들 어왔다. 그렇게 다급한 중에도 고민에 휩싸였고, 결국 가지고 나왔 다. 만약에 붙잡혔더라면 틀림없이 왜 신분증을 챙긴 건지 취조당했 을 것이다.

'그러면 나는 뭐라고 대답했을까……'

어금니를 꽉 깨물었다. 실미는 화장대 두 번째 서랍을 열고, 깊숙 한 곳까지 손을 넣어서 낡은 깡통 하나를 끄집어냈다. 아주 오래돼 보이는 파란색 쿠키 깡통. 뚜껑을 열자 그 안에는 신분증이 가득했 다. 작은 포스트잇에 오늘 날짜를 기입하고 '정보국'이라고 적은 후 에 요원 신분증 위에 붙이고서 다른 신분증들과 나란히 넣고 뚜껑 을 덮었다. 잠긴 문 너머로 익숙한 기침 소리가 작게 들려왔고, 실미 는 그 소리를 들으며 팔로 머리를 베고 누웠다. 늘 듣던 소리인데도 오늘따라 왠지 더욱 무겁고 거칠게 느껴졌다.

정보국에 다녀온 이후로 그녀는 집 밖으로 한 걸음도 나가지 않 았다. 밥을 먹을 때나 화장실 갈 때를 제외하고는 방에서조차 나오 지 않았다. 여전히 놈의 전화는 꺼져있다. 그렇게 사흘째 되던 날, 그녀는 직접 찾아가서 담판을 짓기로 하고 집을 나섰다.

정남이 그녀의 방문을 열었다. 그러고는 익숙한 듯 화장대 두 번 째 서랍을 열어 낡은 쿠키 깡통을 꺼냈다. "쿨럭쿨럭" 곧바로 가장 최근 날짜가 붙어있는 신분증을 찾아냈다. 그의 손이 거칠게 떨렸다. 정보국이라니! 정남은 진저리를 쳤다. 다급하게 부엌으로 가서 소주를 꺼내 병나발 불었다. 가빠진 호흡은 좀처럼 진정되지 않았다. 그는 젊은 시절 정보국 일에 얽혀 호되게 곤욕을 치른 적이 있었다. 다시는 기억에서 꺼내고 싶지 않은 그때의 일들, 지울 수만 있다면 영혼을 팔아서라도 지우고 싶은 시간들. 정남은 치가 떨릴 정도로 그들을 증오했고 어떡해서든 정보국과 엮이면 안 된다고 생각하며 살아왔다. 그런데 실미가…… 암담했다. 어찌할 바를 모르게 되어버린 정남은 일단, 요원 신분증을 티가 나지 않도록 다시 잘 넣고, 원래대로 서랍 깊숙한 곳에 깡통을 넣어두었다.

* * *

"어. 미안 미안. 알다시피 내가 공사가 좀 다망하셔서……."

실미는 놈을 이해할 수 없었다. 정보국에서 데이터를 복사해 오는 것이 그렇게 중요한 일이라고 몇 번이나 강조에 강조를 하더니, 막상 정보국에 다녀온 후에는 연락을 끊고 보고조차 나중에 하라고 한다. 실패한 사실을 알고서 괴롭히려고 그런 거라는 생각을 지울 수 없다. 이 USB를 가지고 있는 한 마음의 짐은 계속될 것이다. 차라리 실패를 가지고 협박하거나 괴롭히는 편이 훨씬 나을 것 같았다. 하지만 절대로 그렇게 하지 않으리란 걸 안다. 그런 놈이다. 가장 비열한 방법으로 상대의 목을 죈다. 아마도 말라죽을 지경이 될 때쯤에야 비열하게 웃으며 나타날 것이다. '미친 새끼!' 욕이 절로 나왔다. 정말 참을 수 없는 건 조만간 장귀우 그 인간 생각대로 될 거라는 점이다. 어디를 가도 답답하고 무엇을 해도 터질 것 같은 기분은 바뀌지 않았다.

[오늘은 일찍 들어와. 오랜만에 고기 구워 먹자.]

정남의 메시지에 실미의 한숨은 더욱 깊어졌다. 시동을 켜고 핸들을 움켜쥐었다. 오늘은 집에 들어가지 않을 것이다. 세상 모든 것에서 도망치고 싶다는 열망이 그녀 안에 가득 차올랐다.

자동차는 도심을 벗어나 인적이 드문 강변에 도착했다. 일부러 멀리 떨어진 곳에 차를 세우고 한참을 걸어 익숙하게 다리 아래로 내려갔다. 줄지어 있는 교각들과 넓게 펼쳐진 갈대숲. 이곳은 그녀에게 사람들과 아주 멀리 떨어진 것 같은 기분을 느끼게 해주는 유일한 장소다. 마음이 혼란스러울 때면 종종 찾아오곤 했다. 아이러니하게도 이곳을 알게 된 건 그놈 때문이다. 비밀스러운 거래나 협박하기 적합한 장소라고 놈이 말했다. 그 인간이 가르쳐줬다는 사실을 제외하면 실미는 이곳을 좋아했다. 가만히 앉아서 흔들리는 갈대들을 보거나 물소리를 들으며 버려진 것 같은 소외감을 즐겼다.

한참을 공허한 마음에 쓸쓸함을 채우고 있는데, 멀지 않은 곳에서 자갈을 밟는 자동차 소리가 들려왔다. 이 시간에 여기 올 사람은 장귀우 그놈뿐이다! 실미는 본능적으로 갈대숲에 몸을 숨겼다. 예상대로 검은 승합차가 다리 아래까지 내려왔다. 그녀는 숨소리를 지워가며 그 모습을 지켜보았다.

자동차 문이 열렸고, 건장한 놈들이 피떡이 된 사내를 끌어내렸다. 흐느적거리는 걸로 봐서는 의식은 없는 것 같았다. 차갑고 축축한 바닥으로 남자가 물건처럼 내동댕이쳐졌다. 잠시 후 덩치들이 손을 털고 돌아가려고 차에 올랐는데, 갑자기 장귀우 그놈이 차에서 내렸다. 뭔가를 발견했는지 쓰러진 남자 쪽으로 다가갔다. 그러더니 남자의 손목시계를 한참이나 바라보았다. 이 광경을 숨어서 지켜보던 실미는 의아한 생각이 들었다. 뭐 하는 거지? 장귀우는 피떡이 된 남자의 얼굴과 시계를 몇 번이나 번갈아 보더니 딱히 아무것도 하지 않고 다시 차에 올랐다. 승합차는 다시 자갈 밟는 소리를 내며 멀어져 갔다. 갈대숲에서 나온 실미가 쓰러져 있는 남자에게 다가갔다. 바로 시계를 살폈다. 비싸 보이지 않는 그냥 오래된 손목시계다. 태엽이 다 됐는지 멈춰 있었다. 별것 아니네.

흐릿한 달빛 아래서 여린 몸의 그녀가 낑낑거리며 피떡이 된 남자를 리어카에 실었다. 혹시 누가 보기라도 한다면 오해하기 딱 좋은 광경이지만 실미는 그런 건 신경 쓰지 않았다. 놈은 가끔 사람들을 이곳에 내다 버린다. 목숨이 끊긴 건 아니지만, 그대로 두면 어찌 될지 모르는 그런 사람들. 대체로 건장한 남자들이나 가끔 여자나 노인도 끼어 있었다. 성별이나 연령을 가리지 않는다. 놈의 잔혹함에 다시 한번 치가 떨렸다.

그녀는 머리를 식히러 여기 왔을 때 아무도 없으면 다행으로 여

기고 돌아가지만, 버려진 사람이 있을 때면 교각 아래 버려져 있는
고물 리어카에 실어 옮겼다. 사정상 경찰서로는 갈 수 없고, 병원 주
변은 CCTV가 있어서 곤란하다. 그나마 사람이 다닐법한 골목에 두
고 오는 것이 그녀가 할 수 있는 최선이었다.

골목 귀퉁이에 그를 내려놓은 그녀는 옷을 뒤져 지갑을 꺼냈다.
반드시 지키는 철칙. 신분증 외의 다른 건 절대 손대지 않는다. 아무
리 비싼 보석, 명품 그밖에 값나가는 것이 있더라도 절대. 그런 것에
손을 대면 인생은 끝난다. 정남 아저씨처럼. 그녀는 신분증만 꺼내
고 지갑은 쓰러져 있는 남자 옆에 버리듯 내던졌다. 장귀우 그놈이
이상한 행동을 해서일까? 신분증을 보며 이름을 꼭 기억해야겠다고
마음먹었다. 차가운 밤, 허름한 골목을 빠져나오는 그녀는 계속해서
'최도익' 그 이름을 곱씹었다.

* * *

시간은 아랑곳없이 흘러간다. 죽음도, 슬픔도, 안타까움도 시간
앞에서는 모두 속수무책이다. 그런 것들로는 시간을 막을 수 없다.
얼마나 이렇게 있었던 걸까? 이것이 생각인지 느낌인지 도익은 구
분조차 할 수 없었다. 오랜 시간이 지난 것 같기도 했고, 놈들이 방
금 전에 자신을 버려두고 간 것 같기도 했다. 바닥은 차가웠고. 딱딱
하고. 축축했다. 눈을 떴지만, 안개가 낀 것처럼 사방은 뿌옇기만 했
다. 그렇게 시간은 흘러갔다.

서서히 입 안에서 피 맛이 돌기 시작하자 기다렸다는 듯 온몸 구석구석에서 비명이 들려왔다. 소리칠 수 없을 만큼의 고통이 몸과 영혼을 뒤흔들었다. 그리고 빛. 강렬하고 날카로운 빛이 눈을 찔렀다. 좀비처럼 몸을 꺽꺽거리며 일어서려 애써봤지만, 엉망이 된 다리로는 제대로 지탱이 되지 않았다. 벽을 짚고 일어나보려고 했지만 털썩! 바닥의 충격이 온몸으로 전해졌다. 그렇게 또다시 의식은 사라져갔다.

시간은 아랑곳없이 흘러간다. 자비도 없고, 인정도 없고 사정을 봐주지도 않는다. 이번에는 눈보다 코가 먼저 반응했다. 맛있는 냄새. 몸이 음식을 원한다. 완전치는 않지만, 몸뚱이가 어느 정도 제 기능을 되찾았다는 신호다. 눈이 떠졌다.

낯선 방. 본능적으로 화들짝 몸이 일으켜 세워졌다.

"으윽!"

아직 덜 여물었는지 여기저기서 고통이 밀려왔다. 하지만, 다행히 못 버틸 정도는 아니었다. 서둘러 추스르고서 주변을 살폈다.

'여긴……?'

어딘지 모르겠다. 와본 적 없는 곳이다. 뒤돌아보니 누웠던 이불과 베개에 땀이 흥건했다. 미처 상황 파악을 할 틈도 없이 낡아 부서질 것만 같은 미닫이문이 열렸다.

"일어났어?"

목소리가 귀에 닿기도 전에 진한 육향이 코에 먼저 닿았다. 문을 연 사람의 얼굴보다 손에 들려 있는 커다란 고깃덩어리에 먼저 눈이 갔다.

"우걱우걱."

며칠을 굶은 탈주범처럼 허겁지겁 국밥을 입 안으로 쑤셔 넣었다.

"천천히 먹어. 그러다 체할라."

육중한 체구의 아주머니는 가늘고 긴 담배를 쓴 표정으로 깊게 빨아들이더니 곧 긴 연기를 내뿜었다.

"얼른 먹고 얼른 가. 신고는 안 할 테니까 걱정 말고."

"저기……"

"암말도 하지 말고 처먹기나 해."

무뚝뚝한 말투와는 반대로 아주머니는 따끈한 국밥을 한 그릇 더 말아 앞에 놓아주었다.

"감사합니다."

아주머니는 대답 대신 다시 담배 한 모금을 빨아들였다. 오래되고 지저분한 국밥집. 손님은 아무도 없다. 담배를 비벼 끄는 아주머니 뒤로 깨어난 방의 미닫이문이 쓰러질 듯 보였다. 어찌 된 일인지 물었지만, 아주머니는 대답 대신 반찬을 더 내주고는 담배만 태웠다. 한참 후, 수북하게 쌓여 있는 내장을 썰며 그녀가 혼잣말하듯 중얼거렸다.

"가끔 망헐 놈들이 피떡이 된 사람을 가게 앞에 내던져놓고 가. 인적이 드물어서 그런지, 문 닫은 가게처럼 보여선지 새벽에 문 열라고 보면 가끔 그렇다니까. 천하의 죽일 놈들."

"아주머니 제가……"

"먹었으면 가. 가서 똑바로 살어, 이런 꼴 또 보지 말고, 신고는 안 할 테니까 걱정 말고."

뒤늦게나마 아주머니가 남의 일에 엮이고 싶지 않아 한다는 걸 눈치챘다. 그러니 더 물을 수도 없었고, 물어서도 안 된다고 생각했다. 말로 표현할 수 없을 만큼 감사했다. 이분이 아니었다면 정말 큰일 날 뻔했다. 생명의 은인이다. 어떤 식으로든 보답해야 한다는 마음이 가득 찼다. 그게 도리다.

"아주머니, 제가……"

말을 꺼내며 뒤적거리는데 뭔가 허전함이 밀려왔다. 있어야 할 것이 만져지지 않았다.

'어라? 어디 있지?'

안주머니며, 뒷주머니, 하물며 속주머니까지 전부 뒤져봤지만 지갑은 없었다. 도리는커녕 국밥값도 못 낼 처지에 한숨조차 나오지 않았다. 얼마를 드린다 한들 받지 않으실 것 같았지만, 그래도 받지 않으시는 것과 못 드리는 것은 차이가 크다.

"죄송합니다. 제가 지갑을 어디 흘렸나 봐요. 돌아와서 국밥값하고 사례를……"

"헛소리하지 말고, 다시는 이런 곳에 얼씬거릴 생각도 하지 마."

"아닙니다. 이 은혜는……"

아주머니는 말이 끝나기도 전에 김이 펄펄 나는 솥 쪽으로 가버리셨다. 그냥 이렇게 가는 건 정말 아니다. 물론 다시 돌아와서 마음의 빚을 조금이라도 갚을 생각이지만, 지금 이대로 그냥 가는 것은……

카운터의 오래된 주황색 전화가 날카로운 소리로 울어댔다. 아주머니는 앞치마에 손을 대충 훔치고서 수화기를 들었다.

"여보세요? 어…… 없다니까…… 그걸 내가 어찌 알아, 암튼 나한테는 없어……."

중요한 얘기를 나누는지 아주머니는 통화에 몰두했다. 찬스다. 극구 거절하실 것을 알기에 이 순간을 놓치지 말아야겠다고 생각했다. 서둘러 손목의 시계를 풀었다. 아버지의 유품. 가장 소중한 것. 여전히 통화 중인 아주머니에게 다가가 앞치마 주머니에 시계를 찔러 넣었다.

"이거 저한테 목숨보다 소중한 거예요. 국밥값 가지고 올 테니까 그때 돌려주세요."

"아니…… 이놈이……"

대답도 듣지 않고 도망치듯이 국밥집을 나왔다.

"감사합니다. 감사합니다. 꼭 다시 올게요."

아주머니는 그제야 미소를 지어 보였다. 그도 웃음으로 보답했다. 조금은 가벼운 마음이 되어 뛰기 시작했다. 아직 달리기에는 몸이 쑤셨지만 그래도 할 만은 했다.

* * *

"그래서?"

영운이 냉장고에서 어제 먹다 남은 치킨 박스를 꺼내며 물었다.

"뭐가 그래서야?"

도익이 되물었다.

"그래서?"

"아까부터 뭐가 자꾸 그래서냐고?"

"그니까 하고 싶은 말이 뭐냐고?"

"하고 싶은 말?"

"응, 시험을 망쳤다는 말하고 싶은 건지, 기분 나쁜 빨간 상자 애기 하고 싶은 건지, 아니면 우연이 겹쳐서 추락사를 하루에 두 번 목격한 애기를 하고 싶은 건지, 그것도 아니면 뚜드려 맞은 애길 하고 싶은 건지…… 그것 또 아니면…… 돈을 빌려 달라는 건지."

"전부 다야."

"전부 다?"

"어. 각각 다른 애기가 아니라, 그게 다 하나의 애기거든."

"내가 말 했나?"

"뭘?"

"넌 참 일을 복잡하게 만드는 재주가 있다고."

"그러면 내가 이건 말했나?"

"넌 또 뭐?"

"넌 덩치에 비해 참 영민하다고"

"너 그거 외모 비하 발언이야."

"외모 비하가 아니라 네 비상한 두뇌에 대한 칭찬이야."

"짜식. 말이나 못하면!"

영운이 피식거리며 마지막 치킨 조각을 입안으로 털어 넣었다.

나영운 (남), 27세, 도익의 친구, 해커.

"그래, 다른 건 다 그렇다 치고, 그 상자 말이야 그게 좀 끌리긴 하네."

"끌려?"

"호기심을 자극한다는 말이지, 무슨 90년대 미스터리 같잖아. 그게 맘에 들어."

순간 도익의 얼굴이 심각해졌다. 영운은 친구의 표정 변화를 눈치챘지만, 모른 척했다.

"정말 상자에 들어있던 쪽지 그거 무슨 예언 그런 걸까?"

"네 말만 가지고는 어떤 결론도 못 내려. 표본이 너무 적어."

영운이 새우깡 봉지를 열며 말을 이어갔다.

"그럼에도 흥미롭다는 사실은 변하지 않아. 너희 집 주소와 이름이 정확히 써 있다는 걸 봐서는 불특정 다수를 대상으로 한 장난은 아니야. 의도야 어찌 됐건 도익이 바로 너한테 보내졌다는 게 포인트지."

"나?"

"혹시, 그 상자랑 쪽지 가져왔어?"

"그게…… 버렸어."

"그럴 줄 알았다."

"그럴 줄 알았다니? 지금 내 말을 못 믿는 거야?"

"네가 거짓말할 놈은 아니라는 건 아는데, 아무래도 이러면 객관적으로 보기가 좀 그렇지."

"됐어. 너한테 뭘 해결해 달라는 거 아니니까. 그만해."

"알아, 근데 미스터리 마니아로서 꼭 보고 싶네, 또 그 상자가 오면 꼭 보여줘."

"상자가 또 온다고?"

상자가 또 올지도 모른다고 어렴풋이 생각은 하고 있었지만 그냥 잊고 지내려고 했는데 친구의 말에 도익은 다시 흔들렸다.

"상식적으로 생각해도 두 번째 상자가 배달될 확률은 굉장히 높아. 우리야 의도를 모르지만, 보낸 놈은 뭔가 의도가 있을 테니까."

"그럴까?"

"어쩌면 이미 너희 집 앞에 와 있을지도 몰라."

"야, 그런 재수 없는 소리 하지 마."

"그게 왜 재수 없는 소리야?"

"그럼, 그게 좋은 소리냐?"

영운이 새우깡 한 주먹을 입에 넣고 우걱거리며 말을 이었다.

"넌, 왜 그 상자를 불길한 쪽으로만 생각해?"

"그건……"

훅 들어온 친구의 질문에 잠시 할 말을 잃었다.

"물론, 기분이 나쁠 수도 있어. 보낸 사람도 쓰여 있지 않고, 쪽지만 덜렁 들어 있기도 하고…… 다른 말 없이 단도직입적으로 용건만 딱 쓰여 있는 것도 그래, 충분히 불길하게 생각할 수는 있어. 근데 말이야 내용을 보면 꼭 그렇게 부정적으로 여길 필요는 없다는 게 내 생각이야. '검은 양복을 입은 남자와 대화하지 마라.' 달리 보면 위험을 미리 알려주거나 충고해 주는 걸로 읽힐 수도 있다고. 우연히 그게 자살과 폭력에 휘말려서 그렇지, 쪽지 자체는 협박을 하거나 해를 가하려는 의도는 없어 보이잖아."

한 번도 생각해 보지 않은 관점에 어느 정도 수긍이 갔다.

"그렇긴 하네. 내가 너무 예민했는지도 몰라."

"그러면 말이 나온 김에 지금 너희 집에 가서 상자가 또 와있나 볼까?"

영운이 당장이라도 모험에 뛰어들 준비가 되어있는 꼬맹이처럼 말했다.

"알았어. 알았으니까. 이따 같이 가보고, 일단 돈 좀 줘 봐. 얼른 시계부터 찾아야 돼."

"얼마나 필요한데?"

"생각은 안 해 봤는데 치료비랑 사례비랑 이것저것 하면. 형편은 안 좋지만……"

"그래서 얼마?"

"그러니까 얼마가 좋을까?"

"그걸 왜 나한테 물어?"

"흠, 그럼 일단 한 오십 만원 정도만 빌려줘."

"내가 그런 돈이 어디 있어?"

"모아 놓은 돈 없어? 다 털어 썼어?"

"내가 묻고 싶은 말이다. 너는 오십 만원도 안 모아났냐?"

"사돈 남 말하네."

둘은 서로를 한심하다는 듯이 바라봤다. 그러고는 거의 동시에 한숨을 내쉬었다.

"하아……."

* * *

"쿨럭쿨럭"

아무리 참아 봐도 기침 소리를 감출 수는 없었다. 지독한 불면증이 있는 실미가 늘 수면제를 먹고 잠이 든다는 건 알고 있지만, 혹여나 기침 소리에 깰까 조심스러웠다.

"쿨럭쿨럭"

정남은 기침할 때마다 실미를 살폈다. 그러면서 떨림이 멈추지 않는 손으로 낡은 쿠키 깡통을 꺼냈다. 아무래도 실미가 정보국 요원을 건드린 게 마음이 쓰였다. 자신이 나서서 돌려주든, 사정을 하든 어찌 됐건 해결해야 한다고 생각했다. 빼곡한 신분증들 사이에서 어렵지 않게 요원의 신분증을 찾아내 바들거리는 손으로 바지 주머니에 집어넣었다. 그러고 나서 깡통 뚜껑을 닫으려는데 다른 신분증 하나가 시선을 잡아끌었다.

최도익. '순자네 순댓국집 앞'

　정남은 그대로 얼어붙었다. 어느 때와 비교할 수 없을 정도로 거친 숨이 몰아쳤고, 주체할 수 없는 떨림이 깊은 곳에서부터 머리끝까지 흔들어댔다. 술 때문이 아니다. 그것과는 완전히 다른 종류의 떨림이었다.

　"쿨럭쿨럭, 쿨럭쿨럭"

　기침도 마구 쏟아졌다. 서둘러 방에서 나와 소주병을 꺼내 벌컥벌컥 들이켜 봤지만 진정되지 않았다. 아니, 오히려 떨림은 커져만 갔다. 다급하게 안방 책상 아래 감춰둔 낡은 금고의 다이얼을 돌렸다. 경련 때문에 잘되지 않았지만, 한 손으로 다른 손을 부여잡고 금고를 열었다. 안에는 붉은색의 작은 상자가 가득했다. 도익이 받았던 것과 같은 종류의 상자들. 정남은 아무도 보는 사람이 없는데도 긴장을 늦추지 않고 금고 안에 도익의 신분증을 넣고 다시 잠갔다. 그러고는 금고가 보이지 않도록 주변을 자연스럽게 어지럽혔다.

　달빛은 밝았고, 실미는 눈을 뜬 채 어두운 밤을 바라보고 있었다.

5. 만남

폐업한 점포가 군데군데 눈에 띄는 용산 전자상가의 어느 낡은 건물 지하. 누가 봐도 불법적인 일이 행해질 것 같은 분위기의 작은 사무실. 여섯 대의 모니터에는 일반인들은 좀처럼 알 수 없는 문자와 기괴한 코드들이 정신없이 움직이고, 메인 컴퓨터 포트에는 실미가 정보국에서 자료를 복사해 온 USB가 꽂혀 있다. 쉬지 않고 키보드를 두드리며 마우스를 움직이는 한 남자의 뒤로 귀우가 다리를 살짝 절며 모습을 드러냈다.

"어때 잘 돼가?"

"과장님, 이게 문제가 많아요."

남자는 귀우를 틀림없이 과장님이라고 불렀고, 귀우 역시 그 호칭이 자연스러운지 별다른 반응을 하지 않았다.

"다리는 왜 그러세요? 다치셨어요?"

"어, 그럴 일이 좀 있었어."

이곳에서의 귀우는 완벽하게 다른 사람인 것처럼 보였다. 말투도, 행동도, 표정조차 익히 알고 있던 그 사람이 아닌 것 같았다. 악마 같은 조직폭력배의 모습은 보이지 않았고, 심지어 점잖은 신사처럼 보이기까지 했다.

"파일에 무슨 문제 있어? 전체를 복사해 오지 못해서 그런 거야?"

"그렇기도 하고요. 아니기도 해요. 일단 파일 대부분이 온전치 않아요. 그나마 괜찮은 파일은 매칭 파일이 있어야 열리는 것들이고……"

"매칭 파일?"

"쉽게 말해서 열쇠같은 건데요. 두 개의 파일을 같은 폴더에 넣고 동시에 열어야 볼 수 있는 거라고 생각하시면 돼요."

"그 말은 파일을 열 열쇠가 복사되지 않았다는 거야?"

"통상적으로 매칭 파일은 따로 보관해서 서버 전체를 복사했어도 열 수 없었을 거예요."

"다른 방법은 없고?"

"일단 여러 가지로 시도는 하고 있는데, 그게 서울에서 김 서방 찾기라……"

"고생이 많다."

"고생은요 뭐. 과장님이 해주신 거에 비하면……"

귀우는 치하하듯 그의 등을 두드렸다.

"어떡해서든 가능한 파일들은 전부 열어보겠습니다."

"그래, 수고 좀 해줘. 잘 알겠지만, 보안 유지 잊지 말고."

"네. 그런데 구본수 부국장 쪽에서 뭔가 낌새를 차린 것 같긴 해요."

"왜? 무슨 일 있었어?"

"서버 근무 요원이 폭행당하고, 비화기에 문제가 있는 걸 보고받았는데도 뭉개더라고요."

"구본수……."

귀우는 깊은 생각에 잠겼다. 그러더니 잊고 싶은 기억이 떠올랐는지 고개를 가로저었다.

"미안한데 일 하나만 더 해줄 수 있어?"

"넵. 명령만 내리십쇼."

"최도익이라는 놈 조사 좀 해줘. 그 시계를 가지고 있더라고."

"그 시계요?"

"최해식 부장님 시계."

"최도익이라고 그랬죠? 들어본 적 있는 것 같아요. 부장님 아들이 있다고."

"뭐 아는 거 있어?"

"그런 건 아니고요, 들어봤다 정도에요. 조사해 보겠습니다."

"뭐 하나라도 나오면 바로 보고해."

* * *

한숨을 내쉰 도익의 미간에 깊은 주름이 졌다. 손에는 붉은 상자와 쪽지가 들려 있었다. 영운이 역시 심각한 표정으로 그 상자와 쪽지를 바라봤다.

"그러니까 어젯밤에는 없었는데……"

"새벽에 운동 가려고 보니까 문 앞에 있더라고."

"저번에 온 상자랑 같은 거야?"

"아마도…… 거의…… 그런 것 같아."

영운은 쪽지를 소리 내어 다시 읽었다.

<다리를 절뚝거리는 사람에게 도움을 받는다.>

쪽지를 한참이나 들여다보던 영운이 갑자기 날렵한 동작으로 컴퓨터 앞에 자리를 잡고 앉았다. 재빠른 손놀림. 날카로운 눈빛. 검색창에 다양한 키워드를 입력해가며 이것저것을 살폈다.

'붉은 상자. 발신인 불명 택배. 예언의 쪽지……' 두 시간 넘게 그 자리에서 꼼짝하지 않고 그대로 조사에 열중했다. 가끔, 아니 자주 젤리를 한 움큼 집어먹는 것을 제외하고는 불필요한 움직임도 없었다. 하지만 결과는 신통치 않았다. 그렇지만 어느 정도 예상은 했다는 듯이 영운의 표정은 무덤덤했다. 그렇게 기지개를 켜고 한숨 돌리고 있는데 도익이 다가와 물었다.

"돈 들어왔어? 입금될 거 있다고 했잖아."

"귀신같은 놈."

"얼른, 오십만 쏴줘."

"말은 바로 하자. 내가 언제 빌려준댔어? 난 그런 말 한 적 없다."

"그래서? 안 빌려주겠다고?"

"꼭 그런 건 아니지만, 그렇다고 뭐 빌려준다는 것도 아니고."

"뭔 소리야!"

* * *

순자네 순댓국집.

도익은 담배 한 보루와 사례비가 담긴 봉투를 가지고 가게 앞에 당도해 잠시 매무새를 고치고서 문을 옆으로 밀었다. 철컥! 미닫이 문은 꿈쩍도 하지 않았다. 살펴보니 안에는 불이 꺼져 있었다. 손을 모아서 눈에 대고 유리문 안쪽을 들여다보았다. 사람의 모습은 보이지 않았고, 의자들은 전부 테이블 위로 올려져 있었다. 한 두 걸음 떨어져서 보니, 문에 '금일 휴업' 표지가 눈에 들어왔다.

"아주머니!"

문을 두드렸다. 쾅쾅.

"계세요? 저예요……. 시계 맡긴 놈! 안에 계세요?"

쾅쾅쾅. 아무래도 안 계신 것 같다. 내일 다시 와야겠다.

다음 날. 또다시 담배 한 보루와 봉투를 들고 찾아왔다. 하지만 여전히 '금일 휴업'이었다.

"아주머니! 계세요?"

역시 대답은 없었다. 뭔가 이상한 기분이 들었다.

다음 날도, 다음 날도, 또 다음 날도 '금일 휴업'은 이어졌다. 순댓국집의 금일은 며칠이 지나도 변하지 않고 금일이었다. 가게 문 앞에는 전단지와 고지서가 쌓여갔고, 그만큼 초조함도 쌓여만 갔다. 아주머니에게 무슨 일이 일어난 것은 아닌가 하는 걱정과 함께 시계를 되찾지 못할지도 모른다는 불안감이 그를 괴롭혔다. 그리고 그 다음 날도, 또 다음 날도 '금일 휴업'은 계속되었다.

마음속에서 이제 그만 포기하라는 소리가 들려왔다. 하지만 절대 그럴 수는 없다. 다른 건 몰라도 시계는 반드시 찾아야 한다. 경솔하게 시계를 맡긴 것이 아닌가 하는 자책감이 들기도 했지만 시간을 돌려서 다시 그 상황이 된다고 해도 같은 선택을 했을 거라며 자신을 위로했다. 해가 저물었고 그의 고개도 함께 저물었다. 오늘도 한숨을 쉬며 기약 없는 '금일 휴업'을 등지고 돌아가기 위해 걸음을 옮겼다. 그런데 이상하게도 평소와 달리 발이 떨어지지 않았다.

'뭐지?'

무언가 덜미를 잡아당기는 듯한 기분. 천천히 가게 문 쪽으로 다가갔다. 별다른 것 없는 문 닫은 식당의 풍경. 어째서 이상한 기분이 들었는지 설명할 수 없지만, 이대로 그냥 가버리면 안 될 것 같은 느낌은 점점 확신으로 변해갔다. 찬찬히 주변을 살폈다. 그러다 별 생각 없이. 아니, 무엇인가에 이끌리듯 발아래 수북이 쌓여 있는 우편물들을 한 움큼 집어 들었다. 그제야 발길을 잡아끈 기묘한 느낌의 정체를 알 수 있었다. 우편물들이 문제가 아니었다. 수북한 그것들 아래에 붉은 상자가 마치 기다리고 있었다는 듯이 놓여 있었다.

상자에는 선명하게 '장순자'라고 적혀 있었다. 상자와 간판을 번갈아 봤다. '순자네 순댓국' '받는 이 장순자' 틀림없다. 상자는 아주머니께 온 거다. 운명이 요동치며 심장을 두드려댔다. 상자를 열어봐야 할지, 가져가도 될지, 아니면 그대로 두어야 할지 도무지 가늠이 되지 않았다. 그러고 있는데 갑자기 이유 모를 한기가 느껴졌다. 위험이 감지된 것 같은 느낌? 누군가 지켜보고 있는 것 같은 기분! 일단 자리를 떠나야 할 것 같은 예감이 들어서 지체 없이 품 안에 붉은 상자를 넣고 그곳을 벗어났다. 집으로 갈까 하다가, 아무래도 상의를 해야 할 것 같아서 일단 친구 집 쪽으로 방향을 틀었다.

"뭐? 그 아주머니도 붉은 상자를 받았다고?"

"첫 번째 상자인지, 아니면 그동안 몇 번 받으신 건지는 몰라."

"그러면. 너를 구하고 치료해준 것도 어쩌면 단지 우연이 아닐지도 모르겠네?"

두 사람은 한동안 말이 없었다. 잠시 후, 영운이 상자를 보며 말을 꺼냈다.

"글씨체도 같지?"

"그런 것 같아."

"지금으로서는 아무것도 예단할 수 없어, 전부 추측이야. 상자가 더 필요해."

"쉬운 게 하나도 없구나."

"안 열어볼 거야?"

아주머니께 보내진 상자를 열어보자는 영운의 말에 그는 길게 숨을 뽑아 쉬었다. 생각이 깊어졌다. 쉽게 결정이 안 되는 모양이다. 둘 사이로 공기가 무겁게 내려앉았다.

* * *

소녀의 미소에도 무거운 공기는 좀처럼 사라지지 않았다. 정희가 씩씩하게 굴 때마다 엄마와 아빠 그리고 소년은 아픈 마음을 감추지 못했다. '173'을 뛰어넘은 그날 밤 정희는 병원에 실려 왔고 근육과 신경에 손상이 있다는 진단을 받게 되었다. 다시는 높이 뛰어오를 수 없다는 의미다. 하지만 아이러니하게도 의사의 말이 끝난 그 순간부터 소녀의 얼굴에는 미소가 떠나지 않았다. 운동하기 싫었는데 잘됐다고, 앞으로는 하기 싫은 건 안 하고 살 거라면서 웃으며 얘기했다. 하지만 그 모습이 오히려 더 안쓰러워 보였다.

"왜들 그래? 무슨 초상이라도 났어? 걷지 못하는 것도 아니잖아."

소녀의 말에 엄마 아빠는 애써 미소지어 보였지만 그것도 잠시뿐. 무거운 병실의 공기는 변하지 않았다. 안 되겠다 싶었는지 호열이가 분위기 전환을 시도했다.

"말이 나와서 말인데, 사실 네 예쁜 얼굴 하고 육상은 별로 안 어울렸어."

"그럼, 뭐가 어울리는데?"

"음…… 글쎄, 잘 모르겠지만 너는 뭔가 품격 있는 게 잘 어울릴 거야.”

“큭큭큭. 뭐라고? 품격?”

“어.”

“야, 너도 말하면서 아니다 싶지? 큭큭큭.”

“아냐, 내가 정희 너 품격 있어서 좋아하는 거야. 킥킥킥.”

어느새 엄마와 아빠의 얼굴에도 조금씩 미소가 번져갔다. 소년은
다행이라고 생각했다.

‘그래, 아무것도 아니야. 조금씩 다시 행복해지면 되는 거야’

그렇게 누가 먼저랄 것도 없이 농담이 이어졌고 어느새 무거운
기운은 한결 나아져 있었다.

“그럼, 저는 이만 가보겠습니다.”

“어이쿠, 시간이 벌써 이렇게 됐네.”

엄마는 음료수 몇 병을 챙겨서 호열이 가방에 넣어주었다. 정희가
몸을 일으키며 목발에 손을 대자 호열이 말렸다.

“그냥 누워있어.”

“싫어. 병원 정문까지는 배웅할래.”

“몸도 안 좋은데 쉬어.”

“아니야. 누워만 있자니 답답해 죽겠어. 엄마, 잠깐 나갔다 와도
되지?”

엄마의 걱정 속에 아빠가 작게 고개를 끄덕였다.

“금방 들어올 테니까 걱정 마.”

정희는 목발을 짚고 일어섰고 호열이는 가방을 멨다.

"그럼 또 뵙겠습니다. 안녕히 계세요."

"그래, 잘 가라."

"조심해서 가고, 또 놀러 와."

소녀와 소년은 나란히 병원 복도를 걸었다. 비록 목발을 짚고 있어서 속도는 느렸지만 마치 한 사람이 걷는 것처럼 안정되고 평온해 보였다. 두 사람은 아무 말도 하지 않았지만, 불편하지 않았다. 어떤 말을 할지 고민하지도 않았다. 자연스럽게 침묵을 받아들였고 나란히 걷는다는 사실에 감사하며 정문에 도착했다.

"잘 가."

"응."

소녀는 소년의 모습이 보이지 않을 때까지 걸어간 길을 바라보았다. 이제 소녀는 어둠 속에 홀로 남겨졌다. 목발을 짚고서 걸어온 길을 다시 돌아가야 한다. 갑자기 코끝이 찡해졌다. 아무리 힘주어 참아보려 해도 차오르는 눈물을 막을 길이 없었다. 터져 나오기 일보 직전. 온 힘을 다해 눈물을 참으면서 절뚝거리는 다리로 서둘러 정문 옆 야외 휴게소로 향했다. 한쪽 구석에 자리를 잡고 목발을 옆에 내려두자마자 폭발하듯 울음이 터져 나왔다. 주체할 수 없을 정도로 눈물이 흘렀다. 슬픔인지, 서러움인지, 괴로움인지, 그것도 아니라면 아무것도 아닌지⋯⋯ 눈물은 울컥울컥 끝없이 솟아올랐다. 소녀의 흐느낌이 밤을 수놓았다.

시간이 지나자 울음은 조금씩 잦아들었고 터져버릴 것만 같던 가슴과 돌아버릴 것 같았던 머리도, 어찌할 바를 몰라 빙빙 돌기만 했던 생각들도, 부서져 버렸던 마음 역시 조금씩 제자리를 잡아갔다. 종종 잊고 살지만 누구에게나 혼자 우는 시간은 필요하다. 눈물을 닦고 고개를 들어보니 퉁퉁 부은 눈에 찬 공기가 닿아 시원함이 느껴졌다.

"부럽네."

처음 들어보는 목소리가 귀에 닿았다. 둘러보니 조금 떨어진 곳에 환자복을 입은 덩치가 큰 아주머니가 가늘고 긴 담배를 입에 물고 있었다. 정희가 눈물을 훔치며 물었다.

"저한테 하신 말씀이세요?"

"그럼, 여기 너 말고 딴 사람 있니?"

장순자 (여), 65세, 순댓국집 사장.

이상한 사람이라고 생각해 얼른 자리를 뜨기 위해 목발을 잡았다.

"나도 그렇게 울고 싶은데, 눈물이 안 나. 다 말라 버렸나 봐."

그 말에 소녀는 목발에서 천천히 손을 뗐다.

"뭔 사연인지는 모르겠지만. 최소한 죽을병은 아니잖아. 혹시, 학생도 죽을병이면 미안하고."

순자는 다시 담배를 깊게 빨아들였다.

"저 죽을병 아니에요."

"그렇지? 그럴 줄 알았어. 다행이네."

"그러면…… 아주머니는?"

"얼마 안 남았대. 근데 험하게 살아서 그런지 눈물도 안 나."

"죄송해요."

"뭐가?"

"제가 너무 크게 운 것도 그렇고. 또……"

"학생 마음이 참 예쁘네. 예뻐."

"저, 혹시 제가 도와드릴 일 있으면 말씀하세요. 저 603호실이거
든요."

"그럴 필요 없어. 나 내일 퇴원해."

"……"

"바로 죽는 건 아니니까 그렇게 쳐다보지는 말고. 어차피 죽을 거,
병원에 있으면 뭐 해 하고 싶은 거 해야지."

순자는 담배 하나를 더 꺼내 입에 물었다. 말리고 싶었지만, 소녀
는 그러지 않았다.

"뭘 하시고 싶으신지 여쭤봐도 실례가 안 될까요?"

"실례는 무슨."

순자는 어두운 하늘을 향해 다시 길게 담배 연기를 내뿜었다.

"별거 없어. 잠깐이라도 고향 내려가서 살까 해."

"고향이 어디신데요?"

"목포."

"저는 목포 한 번도 안 가 봤어요."

"그래? 재미있을지는 모르겠지만, 한 번은 가볼 만하니까 나중에
놀러 가봐."

말을 마치고서 순자는 담배를 깊게 들이마셨다. 그러고는 누가 물어본 것처럼 말을 이어갔다.

　"어렸을 때 살던 동네로 가서 집을 하나 얻어 가지고 대문을 노란색으로 칠할 거야, 아주 쨍한 노란색으로. 어렸을 때 사람들이 나를 노란문 집 딸내미라고 불렀거든. 난 그 소리가 그렇게 듣기 좋더라고. 돌이켜 보니까 그때가 제일 행복했던 것 같기도 하고…… 이제는 노란 대문 집 뚱땡이 할매라고 부르겠지만. 그렇게라도 불러주면 정말 좋을 것 같아."

　눈물인지 콧물인지 순자는 몇 번을 훌쩍거리다가 담배를 바닥에 비벼 껐다.

* * *

　"상자를 받은 사람이 너랑 순댓국집 아줌마랑 이렇게 딱 둘 뿐일까?"

　"모르겠어."

　영운이 다시 깊은 생각에 빠져들었다. 그러면서도 쉬지 않고 견과류를 와그작 씹어댔다. 그리고 얼마 후에 다시 입을 열었다.

　"네가 받은 두 개의 쪽지를 보면, 하나는 경고야 그리고 다른 하나는 예언이고. 봐봐. 첫 번째는 '대화를 하지 마라.'였어. 그건 대화를 하건 말건 네 의지에 달려 있다는 뜻이야. 다만 그걸 어기면 뭐 어찌어찌 된다는 뭐 그런 거겠지."

"그런데?"

"두 번째 '다리를 절뚝거리는 사람에게 도움을 받는다.' 이건 네 의지와는 상관없이 네가 뭘 하든 도움을 받게 된다는 예언이야."

"그게 어쨌다는 거야?"

"표본이 여전히 적긴 하지만 쪽지의 형식이라고 할까? 그게 두 가지 이상일 확률이 높다는 거야. 예를 들어 예언, 충고, 경고, 지시…… 뭐 내 말은 그냥 그럴 수도 있다고."

영운이 눈이 탁자에 있는 순자 앞으로 배달된 붉은 상자로 향했고, 뭔가를 눈치를 챈 도익이 빠르게 상자를 집어 등 뒤로 감췄다.

"남의 상자를 뜯어보는 건 범죄야"

"일반적으로는 그렇지."

"일반적으로라니?"

"공공의 이익을 위해서나, 수사에 도움이 되는 경우에는 범죄라고 할 수 없어."

"우리한테 수사 권한은 없어."

"지금은 아주 작은 정보 하나라도 필요한 상황이라고."

도익이 단호하게 고개를 저었다.

"아니, 우린 이 상자를 열어볼 수 있는 명분도 자격도 없어. 아주머니께 돌려드리고 양해를 구하고 내용을 물어보는 게 최선이야."

"아이고, 청렴결백 고고하신 선비 납시셨네요."

"그러지 말고 내일도 만약에 순댓국집 닫혀 있으면, 같이 아줌마를 좀 찾아보자."

                          * * *

   다음 날 순댓국집 문에 붙어있던 금일 휴업 표지가 사라져 있었다. 뿐만이 아니라, 건물 대부분도 사라져 있었다. 포크레인이 남은 부분도 가차 없이 짓눌렀다.

   "잠깐! 멈춰! 멈춰!"

   도익이 물불 가리지 않고 철거 현장으로 뛰어들었다. 삑삑, 삑삑. 다급한 경고음과 욕설이 날아왔다.

   "지금 뭐 하는 거야! 미쳤어? 갑자기 뛰어들면 어떡해!"

   갑작스런 난입에 철거가 잠시 중단됐다.

   "이 식당 주인 어디 있어요? 아주머니 어디 계시냐고요!"

   "너 뭐야?"

   "주인 어디 있냐고요!"

   "그걸 내가 어떻게 알아? 너 누구야? 사고 나니까 빨리 꺼져!"

   인부들이 우르르 몰려와 도익을 잡고 밖으로 끌어냈다.

   "아주머니! 저 왔어요! 어디 계세요!"

   버려지듯 쫓겨났지만 지지 않고 소리쳤다, 그러나 결국 경찰을 부르겠다는 엄포에 포기할 수밖에 없었다. 이 모습을 지켜보던 영운이 끌끌 혀를 찼다.

   "무식한 건지 아니면 생각이 없는 건지…… 가끔 참 그래."

   "너 지금 그런 말이 나오냐!"

   "이봐 친구, 진정 좀 하지."

"내가 지금 진정하게 생겼어. 너 그 시계가 어떤!"

"워. 워. 워."

아무리 달래도 흥분은 가라앉지 않았다. 하지만 영운이 꺼낸 말 한마디에 도익은 언제 그랬냐는 듯이 온순한 양이 되어버렸다.

"철거 업체 통해서 가게 주인 전화번호 알아냈어."

"야! 왜 그걸 이제야 말해!"

"네가 말할 시간을 안 줬잖아, 그렇게 난리를 쳐대는데……"

"알았어, 알았으니까. 번호가 뭐야? 빨리, 빨리!"

"그런데……"

"또, 뭐가 그런데야?

"그게 말이야. 장순자라는 분이 주인이 아니야. 세입자더라고."

"연락만 되면 주인이건 아니건 상관없어."

"그게……"

"또 뭐? 연락처는? 지금 어디 계시데?"

"일단 아주머니는 휴대폰이 없으시데, 연락은 늘 가게 전화로 했다고 하고……"

"그래서?"

"뭐가 그래서야?"

"그렇다고."

"어디로 가셨는지 안 물어봤어?"

"물어봤는데 모른다네."

"아주머니 연락처는?"

"……."

"어휴……."

쿠당탕-! 철거 현장에서 먼지가 폴폴 솟아 올라왔다. 이제 포기해야 하나 망연자실하고 있던 그때, 도익에게 기시감이 찾아왔다. 언젠가 본 듯한 느낌, 경험해 본적 있는 것 같은 기분. 서둘러 주변을 살폈다. 철거를 구경하는 사람들 사이에 이질적으로 보이는 한 남자가 포착됐다. 의심이 된다기보다 꺼림칙한 느낌에 가까웠다.

'어디서 본 사람인데?'

기억이 잘 나지 않았다. 아는 사람 같지는 않은데, 그렇다고 처음 본 것 같지는 않은.

'어디서 봤더라? 언제 봤더라? 틀림없이 적어도 한 번은 본 것 같은데. 뭐지?'

차분히 더듬어 봤지만, 사람들 사이에 섞여 있는 남자에 대한 기억은 존재하지 않았다. 예민해진 탓이라 여기고 생각을 접으려는데, 아주 미세한 기억의 파편 하나가 날카롭게 떠올랐다. 그날 아침. 검은 양복의 남자가 투신을 했고 여자가 깔렸다. 사람들이 모여들었고 거기에서 나는 마네킹처럼 얼어붙었다. 그때, 내 어깨를 치고 지나간 그 사람이다!

'틀림없어! 우연이 아니야!'

언젠가의 꿈처럼, 하얀 양들의 무리에 섞여 있던 붉은 양이 모습을 드러냈다. 남자 역시 뭔가를 눈치챘는지 그 길로 바로 뒤돌아 그곳을 빠져나갔다.

콰과광-!

철거는 계속됐고 도익은 그의 뒤를 쫓았다.

"잠깐만요!"

전력을 다했다. 경찰공무원 체력 시험 준비를 해온 탓에 달리는 것만큼은 자신 있었다. 놓친다는 생각은 애초에 하지 않았다. 탁탁 탁. 탁탁탁탁. 거침없이 내딛는 발걸음이 지면에 닿아 경쾌한 소리를 냈다. 남자도 만만치 않았다. 아무리 달려도 거리는 좁혀지지 않았다. 더구나, 주변 지리를 잘 알고 있는지 골목골목 요리조리 거침없이 달려나갔다. 질 수 없다. 여기서 속도를 더 높이면 빨리 지치긴 하겠지만, 어차피 간격을 줄이지 못하면 따라잡지 못한다. 있는 힘을 모두 짜내어 기세를 올려 쫓아갔다. 둘 사이의 간격은 점점 줄어들었다.

'조금만 더……'

하지만. 어느 순간이 지나자 간격은 점점 더 멀어져 갔다. 속도가 현저히 느려졌다. 결국, 만회할 수 없을 만큼 벌어지고 말았다. 분에 못 이겨 애꿎은 허공에다 소리를 질러댔다.

"으아아! 젠장!"

다리가 후들거렸다. 가슴은 터지기 직전이고, 얼굴은 붉으락푸르락. 땀은 비 오듯 옷을 모두 적셨다. 조금 멀리 운동장 세면대가 눈에 띄었다. 화풀이하듯 거칠게 세수하고 수도꼭지에 입을 대고 벌컥벌컥 물을 마셨다. 그리고 운동장 스탠드에 벌렁 드러누웠다. 그러고 있는데 누군가 자신을 부르는 소리가 들려왔다. 지나치게 달린 탓에 진이 빠져서 잘 못 들은 줄 알았지만, 아니었다.

"최도익 씨 맞죠?"

멀뚱멀뚱. 소리가 나는 쪽을 바라보았다. 대여섯 걸음 정도 떨어진 곳에 고등학생으로 보이는 소녀가 서 있었다. 너무 당황스러워서

"제가…… 최도익인데…… 요…….."

소녀가 내민 것은 뜻밖에도 붉은 상자였다.

"이걸…… 어떻게……?"

어안이 벙벙한 채로 상자를 받았다. 거기에는 선명하게 최도익이라고 쓰여 있었다. 하지만 주소가 달랐다. 처음 보는 주소였다.

"어떻게 된 건지 묻지 마세요. 저도 몰라요."

"이게……."

정희는 가방에서 또 다른 상자를 꺼냈다. 그리고 쪽지를 꺼내더니 소리 내 읽었다.

"내일 오후 3시. 학교 스탠드. 또 다른 상자를 주인에게 전할 것. 이건 저한테 온 거예요."

학교 건물 전면의 커다란 시계를 보았다. 3시가 조금 넘어 있었다.

"어제 상자 두 개를 받았어요. 그게 다예요. 더 아는 거 없으니까 묻지 마세요."

소녀는 인사도 없이 뒤돌아 가버렸다. 붙잡을 수 없었다. 그녀가 몹시 두려워한다는 것이 느껴졌기 때문이다. 자신이 상자를 받았을 때 느꼈던 것과 같은 종류의 두려움을…… 그는 떠나는 소녀에게서

눈을 떼지 못했다. 여학생은 발을 절며 점점 멀어져갔다. 그 순간, 쪽지에 적힌 문장이 떠올랐다.

<다리를 절뚝거리는 사람에게 도움을 받는다.>

6. 악연, 혹은 인연

덜컹. 거침없이 문이 열렸고, 소주병을 잡으려던 정남의 손 떨림이 기적처럼 멈췄다. 본능적으로 포착한 공포 때문이다. 뚜벅뚜벅. 어두운 그림자들이 순식간에 집 안을 가득 메웠다. 당황한 정남은 영문도 모른 채 자신을 둘러싼 그들에게 물었다.

"누…… 누구세……?"

질문이 끝나기도 전에 무참한 발길질이 쏟아졌다. 막을 새도 없이, 피할 시간도 주지 않고서 마구 짓밟았다. 그러는 동안 몇몇은 집 안을 뒤졌다.

"왜들…… 으아악!"

왜 이러는 거냐고 항변도 제대로 하지 못하고 당할 수밖에 없었다. 저항은 꿈도 꿀 수 없었고, 얼른 이 순간이 지나갔으면 하는 허망한 바람만이 나부꼈다. 그렇게 폭력으로 얼룩진 시간이 엉망진창으로 흘러갔다. 놈들은 정남을 질질 끌고 승합차에 버리듯 던져 넣었다. 비명 한번 질러보지 못한 채 짐짝처럼 내동댕이쳐졌다.

집으로 돌아오던 실미는 한 무리의 남자들이 정남을 집에서 끌고 나와 승합차에 내던지는 모습을 똑똑히 목격했다. 본능적으로 몸을 숨기고 상황이 어떻게 흘러가는지를 살폈다. 승합차가 출발했고, 그녀도 다시 시동을 걸었다.

'따라간다 한들 나 혼자서 구할 수 있을까? 경찰에 신고할까? 아니야, 경찰이 끼어드는 건 아저씨나 나한테 좋을 게 없어. 그럼 어떡하지? 역시, 그 방법뿐인 걸까⋯⋯.'

뒤쫓는 걸 알아챘다고 해도 상관없다는 듯 그녀는 승합차 꽁무니로 바짝 따라붙었다. 놈들 또한 미행이라고 의심하지 않는 것처럼 별다른 조치 없이 계속 앞으로 나아갔다. 그러다 갑자기 승합차가 깜빡이도 켜지 않고, 속도도 줄이지 않고서 급격하게 좌회전을 했다. 놀란 그녀도 바로 핸들을 꺾었지만

끼이익-!

하마터면 옆 차선 자동차와 그대로 충돌해 큰 사고가 날 뻔했다. 빠앙-!

"눈을 어디다 달고 운전하는 거야!"

욕지거리가 날아왔다. 하지만 그딴 건 전혀 신경 쓰이지 않았다. 실미는 승합차가 좌회전해서 들어간 곳에서 눈을 떼지 못했다. 그곳은 다름 아닌 경찰서였다.

* * *

난장판이 된 집 안, 깨진 창으로 달빛이 쏟아져 들어왔다. 폭격을 당한 것 같은 풍경에 무엇부터 치워야 할지 엄두조차 나지 않았다. 실미는 그 폐허에 앉아 정남이가 사둔 소주를 병째로 들고서 마셨다. 머리가 복잡했다. 무언가를 해서라도 머리를 식히고 싶은데, 딱히 그럴만한 것이 없었다. 바닥에는 그녀가 이미 비워버린 소주병들이 나뒹굴었다. 실미는 비틀거리며 방으로 가서 낡은 쿠키 깡통을 가지고 나왔다.

"이딴 걸 왜 모으냐고?"

취한 그녀는 누가 있는 것도 아닌데, 허공에 대고 말을 던졌다.

"물증이야. 내가 한 모든 일들의 흔적. 범죄의 증거. 언제까지 이러고 살 수는 없잖아……."

신분증을 꺼내서 적힌 메모를 하나하나 읽어나갔다.

"김성민 충무로, 오은지 신촌, 장원식 광명, 기도진 삼전동, 이상혁 종각……."

그러다 갑자기 읽은 걸 멈추고 고개를 들고서 깨진 창밖 꺾어진 달을 보았다. 안개가 낀 것처럼 흐릿했다.

"지긋지긋해…… 그냥…… 전부……."

문득, 그 이름이 떠올랐다. 최도익. 아마도 이 난장판이 그날을 생각나게 한 것이리라. 쑥대밭이 된 방구석에서 소주를 병나발 불며 실미는 연신 중얼댔다. 최도익. 최도익……. 이유는 없었지만, 괜히 깡통을 뒤적거렸다. 완벽하게 순서대로 넣어 두지는 않았지만 그래도 대충이나마 순차적으로 보관해두었는데. 이상하게도 최도익 그의 신분증만 보이지 않았다. 몇 번이나, 몇 번이나 다시 살폈지만 없었다.

'그럴 리 없어……. 하나도 빼지 않고 전부 모아뒀다고!'

이건 단지 신분증 하나가 없어진 것만을 의미하지 않는다. 내가 한 일이, 내 과거가 사라져버렸다. 집착이 그녀를 짓눌렀다. 순식간에 술기운이 증발해버렸다.

'왜? 없지? 빠뜨렸을 리가 없는데? 어디다 둔 거야!'

찾다 찾다 안방까지 흘러들었다. 두 사람이 사는 집. 내가 아니면 그다. 안방은 그야말로 난장판 중의 난장판이었다. 원래도 발 디딜 틈 없이 이것저것 꽉꽉 들어차 있는데, 놈들이 잔뜩 어지러뜨린 통에 난리도 이런 난리가 없었다. 모래밭에서 바늘 찾기다. 그래도 지지 않고 열어볼 수 있는 건 다 열어보고, 뒤집어 볼 수 있는 건 다 뒤집어 보았다. 얼마나 끙끙댔는지는 모르겠지만 한참이 지난 것 같은데 절반은커녕 삼분의 일도 뒤지지 못했다. 실미는 바닥에 벌렁 드러누웠다.

'지금 뭐 하는 거냐. 그까짓 거 찾으면 또 뭘할 건데? 그게 뭐가 그렇게 중요한데? 아저씨는 잡혀가서 무슨 꼴을 당할지 모르는데 나는……'

술기운 때문인지 힘든 하루의 피로감 때문인지 아니면, 버거운 삶이 무게 때문인지 누운 그대로 스르르 잠이 들었다. 간혹 밖에서 사이런 소리가 들려오곤 했지만, 아랑곳하지 않고 깊은 잠 속으로 스며들어 갔다.

눈을 떴을 때 하늘은 여전히 어두웠다. 잠을 쫓아내려고 눈을 비비는데 책상 밑에 무언가가 눈에 들어왔다. 그곳으로 파고들어 두더지처럼 물건들을 마구 파헤쳤다. 잠시 후 꽁꽁 숨겨둔 금고가 모습을 드러냈다. 예상대로 잠겨 있었다.

'이걸 어떻게 열지?'

일단 되는대로 아무거나 생각나는 숫자로 다이얼을 돌려보았다. 그런데 너무나도 쉽게, 어처구니가 없을 정도로 단번에 철컥! 금고가 열려버렸다.

- 9년 전

고개를 푹 숙이고서 허겁지겁 햄버거를 먹고 있는 실미를 정남이 안쓰럽게 바라보았다.

"맛있어?"

실미는 아무런 대답 없이 먹는 것에만 열중했다. 정남은 아직 펼치지도 않은 자신의 햄버거를 소녀 앞에 놓아주었다.

"이것도 먹어, 난 햄버거 별로 안 좋아해."

그 말에 실미는 정남을 빤히 바라보았다. 그리고는 고맙다는 말도 없이 햄버거를 자기 쪽으로 끌어당겼다. 정남이 물었다.

"생일이 언제야?"

역시 대답은 돌아오지 않았다.

"네 생일 되면 햄버거 열 개 사줄게."

이 말에 소녀가 피식했다. 어찌 보면 비웃는 것처럼 보이긴 했지만, 어쨌든 반응은 했다.

"웃으니까 얼마나 좋아."

이 말에 실미의 얼굴은 다시금 차가워졌다.

"그러지 말고 생일 언제인지 가르쳐주면 안 돼?"

소녀는 입 안에 햄버거를 가득 물고서 시큰둥하게 대답했다.

"몰라요."

"세상에 자기 생일을 모르는 사람이 어디 있어?"

"출생신고가 안 돼 있었대요, 그래서 발견된 날로 출생 신고해서 진짜 생일은 몰라요."

"고맙다."

"뭐가요?"

"그런 얘기 해줘서."

이렇게 대화는 끊겼고 소녀는 다시 우걱우걱 햄버거에 열중했다. 잠시 후

"그러면 오늘로 하자. 네 생일."

"?"

"오늘부터 내가 네 아빠 해줄게."

"싫어요. 아저씨 너무 궁상맞아요. 돈도 없고."

"그래도 먹고 사는 데는 지장 없어."

"완전 후져!"

실미는 남은 햄버거를 전부 먹어 치웠다. 콜라의 얼음까지 전부 부숴 먹은 다음

"죽어도 아빠라고 안 할 거예요. 아저씨는 아빠가 아니니까."

"그래."

"근데, 생일은 오늘로 할게요."

"그럴래?"

"그러면 지금 햄버거 더 먹어도 되죠?"

굳게 닫혔던 금고가 생일로 열렸다. 잠시 마음이 일렁였다. 감상적 기분에 빠지고 싶지 않아 마음을 다잡고 금고 안을 살폈다. 예상과 달리 장물은 보이지 않았다. 아무래도 그것들은 따로 보관하고 있을 거라고 짐작했다. 대신 금고 안에는 용도를 알 수 없는 붉은 색의 작은 상자들이 잔뜩 있었다. 그녀는 하나를 골라 열어보았다. 메모 한 장이 들어 있는 게 전부였다.

<얼굴에 화상 흉터가 있는 사람이 찾아온다.>

'이게 뭐야?'

다른 상자를 몇 개를 더 꺼내 살펴봤지만, 점괘 같은 한 두 줄짜리 문장이 쓰여 있을 뿐 별다른 건 없었다. 다시 도익의 신분증을 찾기 위해 금고 안을 열심히 뒤적거렸다. 그러다 새하얀 편지봉투가 눈에 들어왔다. 온통 붉은 색 상자들 사이에 있어서 그런지 유난히 눈에 띄었다. 하지만 그녀의 주의를 잡아끈 것은 흰색 자체가 아니라 봉

투에 쓰여 있는 작은 글씨였다. [실미에게]

　실미야. 네가 이 편지를 읽고 있다는 건, 상황이 무척 좋지 않다는 뜻이겠지? 미안하다. 하지만 아무리 생각해도 나를 구해줄 사람은 너밖에 없는 것 같아서 염치 불고하고 이렇게 몇 자 적는다. 중요한 부탁이 있어, 내 목숨이 달린 일이야. 있으나 마나 한 나 같은 놈도 죽는 건 싫고 무섭단다. 그러니 보잘것없는 나를 위해 네가 좀 해줬으면 하는 일이 있어. 부탁한다. 그리고 미안하고 또 미안하다.
　네가 붉은 상자 하나를 찾아주었으면 해. 금고에 들어 있는 것과 같은 종류인데 조금 달라. 그 상자에는 숫자 '5'가 쓰여 있어. 그건 최도익이라는 남자의 손에 들어가게 될 거야, 어쩌면 이미 상자를 가지고 있는지도 몰라, 만약에 가지고 있다면 훔쳐야 하고, 아니라면 기다렸다가 낚아채야 해. 그 붉은 상자를 손에 넣게 되면, 아래에 적힌 번호로 연락해서 전해 주면 돼. 그러면 끝이야. 다른 건 알려고도 하지 마. 그냥 상자를 찾아서 전해 주고 그 길로 뒤도 돌아보지 말고 네 갈 길 가. 전부 잊어, 나도 잊어버려. 그길로 새 삶을 살아. 너한테 이런 짐까지 지우긴 싫었는데 정말 미안하다. 미안하다는 말 밖에 할 말이 없구나. 면목이 없다.

　반복해서 편지를 읽었다. 뭔가 선명하지는 않았지만, 아저씨를 도와야 한다는 생각만은 변함없었다. 끝자락에 있는 전화번호를 외우고 편지를 불태웠다. 그다음에 금고 안을 조금 더 살펴 도익의 신분증을 찾아냈고, 깊숙한 곳에 숨겨놓은 현금다발도 전부 끄집어냈다. 그렇게 문을 닫고서 뒤도 돌아보지 않고 집을 나왔다. 왠지 다시는 이곳으로 돌아오지 못할 것 같은 기분이 들었다. 떠나는 그녀의 손에는 낡은 깡통 하나만 덩그러니 들려 있었다.

* * *

제대로 파악하기도 전에 다리를 저는 소녀는 도익의 시야에서 점점 멀어져갔다. 서둘러 큰소리로 그녀를 붙잡았다.

"잠깐만요! 그냥 이렇게 가면……"

소녀가 멈춰 서자 괜스레 죄책감이 들었다. 정희는 각오를 했다는 듯이 뒤돌아보았다.

"더 할 말 있으세요?"

"어 그게, 이 상자 어디서 났어요?"

소녀는 다리를 절뚝이며 다시 그에게로 걸어왔다.

"그냥 집 앞에 있었어요. 아저씨 거랑 내거 둘 다."

"혹시, 학생 상자에는 뭐가 들었는지 물어봐도 될까요?"

"아까 말했잖아요. 그냥. 쪽지 한 장이요. 오늘 날짜, 시간, 장소, 최도익에게 상자를 전해라. 그게 다예요."

그러고는 쪽지를 펼쳐 보여주었다. 말한 그대로였다.

"잠깐만요."

도익은 양해를 구하고 이번에는 자신이 전해 받은 상자 안의 쪽지를 펼쳐보았다.

<세 사람의 목숨이 네 손에 달려있다.>

이번 쪽지는 이전의 것과는 사뭇 다르게 느껴졌다. 세 사람의 목
숨이라니. 쪽지에 몰두하고 있는 그에게 소녀의 목소리가 닿았다.

"됐죠? 이제 가도 되죠?"

소녀는 다리를 절뚝이며 뒤돌았다.

"잠깐만."

정희는 뒤돌아보지도 않고 되물었다.

"또 뭐요?"

"도와줘요. 학생의 도움이 필요한 것 같아요."

"죄송하지만. 싫어요."

"학생이 나를 도와준다는 쪽지를 받았어요."

"아니요. 무슨 사정인지 모르겠지만 싫어요. 쪽지 때문에 다리가
이 꼴이 됐어요. 이제 지긋지긋해요. 끝이에요."

정희는 뒤도 돌아보지 않고 앞만 보고 걸어갔다. 도익은 차마 소
녀를 붙잡지 못했다.

* * *

"이로써 가설 중에 몇 가지는 맞았다는 게 확인됐어."

"응?"

"쪽지를 받은 또 다른 사람이 있을 것이다. 상자는 또 올 것이다."

"그러네."

"그 여학생한테 그동안 받은 쪽지 있으면 좀 보여 달라고 하지."

"그게 막상 상자를 받은 다른 사람을 실제로 만나니까 어찌해야 할지 모르겠더라고."

분위기가 잠시 침울해졌다. 이에 영운이 한껏 오버하며 호들갑을 떨어댔다.

"근데 너희 집에는 이렇게 먹을 게 없냐?"

"너희 집이 과도하게 먹을 게 많은 거야."

"우리, 뭐 시켜 먹자. 넌 배 안 고파?"

"밥이 넘어가겠냐? 나를 미행하는 사람이 있고, 세 사람의 목숨이 내 손에 달렸다는데."

"그러니까 힘을 내려면 든든히 먹어둬야지! 무슨 일이 일어날지 모르는데."

"내 손에 목숨이 달렸다는 세 사람 중의 하나가 너일 수 있다는 생각은 안 들어?"

"아니, 뭐 그렇다고 해도 설마 네가 날 죽도록 내버려 두겠냐?"

"그런 긍정적 마인드는 대체 어디서 나오는지 진짜 궁금하다."

"배고픔에서 나오는 거야. 나는 늘 배고프고 늘 긍정적이지. 그러지 말고 뭣 좀 시켜 먹자."

이때를 기다렸다는 듯이 "띵동-!" 초인종이 울렸다.

"누구지?"

"짜식. 혹시 너 미리 시켜둔 거냐? 완전 감동이다!"

"아닌데."

다시 벨이 울리고

"옆집이요."

처음 들어보는 낯선 목소리다.

"네? 누구시라고요?"

"새로 이사를 왔어요. 떡 좀 가지고 왔는데."

갑자기 영운이 소리치며 달려 나갔다.

"와. 떡이다!"

"안녕하세요."

실미가 눈웃음을 지으며 둘에게 인사를 했다.

"아, 네. 안녕하세요."

"앞으로 잘 지내요."

"감사합니다. 맛있게 먹을게요."

"바로 해 온 거라 맛있을 거예요."

가벼운 인사를 나누고 그녀는 돌아갔다. 영운이 급하게 떡 봉지를 뜯으며 말했다.

"요새도 이사 떡을 돌리는 사람이 있네!"

30분 후.

현관문이 천천히 열렸다. 일반 가정집 문을 여는 건 실미에게는 말 그대로 식은 죽 먹기 수준이다. 예상대로 두 남자는 떡을 전부 먹어 치우고 세상모르고 잠들어 있었다. 두 시간 정도는 깨어나지 못할 것이다. 본격적으로 '5번 상자'를 찾으려는데 바닥에 떨어져 있는 검은 쪽지가 들어왔다. 금고에 들어있던 것과 같은 것이다. 글씨체도 똑같았다. 세 사람의 목숨? 무슨 소린지 모르겠다. 이게 중요한 게 아니다. 서두르자.

빠르고 능숙하게 집을 뒤졌다. 한 시간 정도 샅샅이 살폈지만, 숫자 '5'가 적힌 붉은 상자는 찾을 수 없었다. 아무래도 아직 이 남자의 손에 들어오지 않았을 확률이 높다고 생각됐다. 시간을 확인하고 집안 곳곳에 도청 장치를 설치했다. 그리고 아무런 흔적도 남기지 않고, 아무 일도 없었다는 듯이 연기처럼 빠져나갔다.

문을 열고 밖으로 나온 순간 실미는 하마터면 큰 소리로 비명을 내지를 뻔했다. 가늘게 찢어진 눈매에 뾰족한 턱의 남자가 기다렸다는 듯이 그녀를 맞이했다.

"나는 원래 운명을 안 믿는데 말이야, 도저히 안 믿을 수가 없어요……."

"여기서 뭐 하는 거야?"

"내가 묻고 싶은 건데. 너는 남의 집에 들어가서 뭘 하고 나온 거야?"

"알 거 없잖아."

"뭐, 그렇긴 하지. 그런데 나는 궁금한 건 못 참는 사람이거든. 앞으로 최도익에 관련해서 알게 되는 거 있으면 바로바로 보고해. 하나도 빼지 말고."

"왜?"

"요새 너 질문이 많다? 괜찮겠어? 궁금한 게 많으면 일찍 죽더라고. 경험상 그래, 묻지 않는 것이 생명 연장의 지름길! 내 말 무슨 말인지 알지? 하하하."

차가운 웃음이 복도를 울렸다. 실미는 지금 찌른다면 한 방에 놈을 보낼 수 있지 않을까 생각했지만, 역시나 실행에 옮기지는 못했다. 이런 그녀의 마음을 읽기라도 한 듯 장귀우는 더욱 경박하고 크게 웃음을 이어갔다.

7. 막다른 길

영운은 조금의 망설임도 없이 순자의 이름이 적힌 붉은 상자를 열었다. 예상대로 검정색 쪽지가 들어있었다. 도익이 남의 것을 허락 없이 열어서는 안 된다고 했지만, 그의 생각은 달랐다. 이건 모두를 위한 일이며, 위험을 막기 위한 불가피한 선택이다.

<식당은 철거된다.>

이 짧은 쪽지를 몇 번이나 반복해서 읽으면서 생각을 정리했다. 아주머니가 상자를 열어보지 않았지만, 국밥집은 철거됐다. 받은 사람이 그것을 읽지 않아도 붉은 상자의 예언은 이뤄진다는 사실을 알게 됐다. 이러한 사실을 수첩에 꼼꼼히 적고 있는데 현관문이 열렸다. 서둘러 상자를 감추려 했지만, 한발 늦었다. 돌아온 도익이 열린 상자와 그를 바라봤다.

"아니, 내가 열어보려고 연 건 아닌데, 그냥 어쩌다 뭐 보니까……

그게 말이지, 내 말은."

도통 무슨 소리인지 알 수 없는 변명을 하는데도, 도익은 별다른 잔소리도 하지 않았고, 표정 역시 평소와 다르게 심각했다. 틀림없이 무슨 일이 생긴 것이라고 짐작했다.

"왜 그래? 무슨 일 있어?"

도익이 대답 대신 가방에서 붉은 상자를 꺼내 책상 위에 올려놓았다. 이전의 것들과 모양과 크기가 전혀 달랐다. 전체적으로 조금 큰 것처럼 보였지만, 훨씬 납작했다. 새로운 타입의 상자의 출현에 영운이도 살짝 긴장했다. 역시나 안에 들어있는 것은 쪽지가 아니었다. 도익이 꺼내든 건 한 장의 사진이었다.

"혹시, 아는 사람이야?"

사진 속 여자를 가리키며 영운이 물었지만, 도익은 전혀 다른 대답을 내놓았다.

"주소를 봐."

"주소?"

"상자가 너희 집 앞에 있어서 네 앞으로 온 건 줄 알았는데, 내 이름이 쓰여 있더라고."

"흠, 그렇다는 건…… 네가 어딜 갈지, 뭘 할지 미리 알고 있다는 건데…… 자, 잠깐!"

갑자기 영운의 눈이 빛났다.

"왜 그래?"

영운이 순댓국집에서 가져온 상자를 집어 들며 말했다.

"근데 이 상자는 왜 순댓국집으로 온 걸까? 아주머니는 식당에 안 계셨는데 말이야. 이상하지 않아? 아주머니가 어디 있건 그쪽으로 갔어야지 않겠냐는 거야, 내 말은!"

"무슨 말이 하고 싶은 건데?"

"어쩌면 말이야. 진짜. 이건 어디까지나 어쩌면인데. 아주머니께 보내진 이 상자. 어쩌면 내가 열어볼 걸 알고 보내진 걸지도 몰라."

"근데 그럴 이유가 없잖아. 그냥 너한테 보내면 되는 거 아니야?"

"봐봐. 그 여학생이 받은 상자에도 너한테 전해줄 장소와 시간이 정확히 적혀 있었다고 했잖아. 네 말대로라면 그 상자도 그냥 도익이 너한테 그냥 보내면 되는 건데, 굳이 그렇게 한 거잖아. 그렇다는 건……"

"그렇다는 건?"

"이건 근본적인 질문으로 돌아가야 하는 문제야. 붉은 상자는 왜 확정된 미래를 알려주는 거지? 알려주나 안 알려주나 어차피 일어날 일을 말이야. 여기에 내가 처음 세운 가설이 '혹시 미래를 바꿀 기회를 주는 건가?'였어, 그런데 현재까지의 상황을 지켜본 결과 쪽지에 적힌 미래는 바꿀 수 없더라고. 그러면 왜 바꿀 수도 없는 미래를 알려주는 걸까?"

"왜 그런 건데?"

"아무리 생각해 봐도 한 가지 이유 말고는 없어."

"뭔데?"

"악취미. 빠져나갈 수 없는 곳에 갇혀 있다는 걸 알려주고서 발버둥치게 하려는 거지."

침묵이 길어졌다. 해가 지고 어둠이 깔린 지 한참이 지났지만, 두 남자는 여전히 그 자리 그대로 멈춰 있었다. 그렇게 시간이 더 흐른 후 도익이 먼저 말을 꺼냈다.

"순댓국집 아주머니야."

"뭐?"

"순댓국집 아주머니라고."

"어?"

"그 사진. 아주머니라고."

영운이 다시 사진을 살펴보았다. 어색하게 웃고 있는 것만 봐도 분명히 사진 찍히는 걸 알고 있는 상황이다. 몰래 찍은 게 아니다. 그렇다는 건 찍어준 사람과는 아는 사람일 확률이 높다는 의미다. 뒷면을 보니 연한 노란색으로 비스듬하게 영어로 FUJI COLOR라고 연속적으로 찍혀 있었다. 집에서 인쇄한 것이 아니라 업체에서 출력한 것으로 보인다. 하지만 어느 가게인지 특정할 만한 단서는 아니다. 사진을 내려놓으려는데, 뒷면 한쪽 귀퉁이에 아주 작게 무언가 적혀 있는 것이 눈에 띄었다.

"이게 뭐지?"

"뭔데?"

"1/3. 맞지?"

"그러네. 삼분의 일이네."

거기까지다. 또다시 두 사람은 말을 잇지 못했다. 이로써 도익의 손에 목숨이 달려 있다는 세 사람 중 한 명이 순댓국집 아주머니라는 것이 명백해졌다. 이제 단순히 시계를 찾아야 하는 일이 아니라, 한 사람의 목숨이 달린 문제가 되어버렸다. 아득해졌다. 부정하고, 도망치고 싶었지만, 이미 많은 일을 겪은 터라 믿을 수밖에 없었다. 도익은 자신의 행동에 따라 아주머니의 생사가 갈릴 수 있다는 사실에 무거운 책임감을 느끼며 막연한 두려움에 빠져들었다.

"일단, 아주머니를 찾아야 해."

* * *

새파란 하늘, 하얀 뭉게구름 그리고 드넓은 운동장. 탁.탁.탁.탁. 빠르고 경쾌한 발소리에 이어 "허헙!"하고 차가운 들숨과 "하아!"하는 뜨거운 날숨이 흩날린다. 소녀들이 줄지어 높은 곳을 향해 뛰어올랐다. 그곳에서 한참 떨어진 스탠드 기둥 뒤에서 또 한 명의 소녀가 그 모습을 흔들리는 눈으로 바라보고 있었다.

'하나도 안 부러워. 땡볕에서 저러고 있어 봐야 시커멓게 돼서 못생겨질 뿐이야. 그리고 높은 데다 막대기 하나 걸어놓고 그걸 넘으려고 발버둥 치는 거 너무 원시적이고 바보 같아. 또 그걸 넘었다고 좋아하는 건 어떻고! 단순해, 유치해!'

정희는 절뚝이며 발길을 돌렸다. 눈물은 흐르지 않았지만, 소녀는 울고 있었다. 교문을 빠져나오자마자 걸음이 멈췄다. 어디로 갈지

길을 잃었다. 소년에게 전화가 걸려 왔지만 받지 않았다.

집으로 돌아온 정희는 커다란 배낭을 꺼내 운동복과 운동화 그리고 메달, 상장, 경기 사진들을 마구잡이로 욱여넣었다. 가누기도 힘들 만큼 무거워진 배낭을 메고 절뚝이면서 다시 집을 나섰다. 어디로 갈지, 어떻게 할지는 정하지 않았다. 갑작스러운 침략을 당한 피난민처럼 소녀는 그저 묵묵히 앞만 보며 걸었다.

한참을 가다 보니, 바보 같다는 생각이 치밀어 올랐다. 대상도 없는데 혼자 떼를 쓰고 있는 것 같아 기분은 더욱 안 좋아졌다. 그냥 전부 버리면 되는데, 그걸 못해서 짊어지고 끙끙대는 자신이 너무 싫었다. 그 길로 눈에 보이는 슈퍼마켓에 들어가 커다란 쓰레기봉투를 하나 샀다. 거기에 배낭을 통째로 넣고 전봇대 아래에 두고 돌아섰지만, 발이 떨어지지 않았다. 소녀는 아직 어렸다. 자신을 채찍질할 만큼 모질지도 강하지도 않았다. 지나온 시간이 모두 쓰레기가 되어버린 것 같은 기분이 들자 정희는 더욱 우울해졌다.

'아무리 그래도 쓰레기는 아니잖아⋯⋯.'

봉투에서 배낭을 꺼내 다시 짊어졌다. 마땅히 갈 곳이 떠오른 것도 아니었다. 다시 목적지 없는 여정이 이어졌다. 얼마나 걸었을까. 슬슬 힘에 부쳐왔다. 다리는 여전히 불편했고 배낭은 어린 몸이 감당하기에는 너무 무거웠다. 다행히 가까운 버스 정류장에서 의자를 발견했고 잠시 쉬어가기로 했다. 버스들이 도착하고 떠나갔다. 여러 사람들이 타고 내렸지만 소녀만은 한참을 그 자리에 그대로였다. 아무도 그녀에게 관심을 주지 않았고, 정희 역시 사람들을 신경 쓰지 않았다. 배낭을 여기다 두고 아무 버스나 타고 떠나버릴까? 생각했을 뿐이다. 그때, 정류장으로 다가오는 버스 한 대가 그녀의 눈을 사로잡았고, 운명처럼 버스에 올라탔다. 정류장을 떠나는 버스 뒤편에 그 숫자. 173이 커다랗게 자리 잡고 있었다.

만약 173번 버스를 탄 것이 운명이라면, 어디서 내릴지 어떻게 될지도 정해져 있을 거야. 그러니까 아무것도 하지 않고 그냥 내버려 두면 돼. 발버둥 칠 필요도 없고, 고민할 것도 없어. 정희는 운명에 몸을 맡긴다는 게 어떤 건지 조금은 알 것 같았다. 기분이 썩 좋지는 않았지만, 그렇다고 나쁘지도 않았다. 복잡하고 터져버릴 것 같을 때는 그냥 내버려둬도 된다는 사실을 깨달은 것에 작은 만족을 느꼈다.

창밖으로 평범한 풍경이 쓸쓸하게 지나갔다. 별다른 생각을 하지 않기로 하니 정말로 아무 생각도 들지 않았다. 대신 꾸벅. 졸음이 찾아왔다. 무거운 가방을 들고서 아픈 다리로 무리해서 걸은 탓에 피로가 누적되어 있었다.

잠에서 깬 건 한참이 지나 버스가 종점에 들어선 이후였다. 버스를 청소하는 아주머니가 정희를 흔들어 깨웠다. 조금 민망해져 멋쩍게 인사를 하고 서둘러 내렸다. 종점은 서울이라는 것이 믿어지지 않을 정도로 한적한 곳에 있었다. 뒤로는 초록의 숲이 펼쳐져 있었고, 아래로는 개울이 흘렀다. 주변을 둘러봐도 오래된 구멍가게 하나가 전부였다. 바로 다시 버스를 타고 돌아갈까 생각도 했지만, 오늘은 흘러가는 대로 두고 보기로 했으니, 일단 무슨 일이 일어날지 잠시 기다려보기로 했다. 얼마 지나지 않아 버스 기사 한 분이 다가와 무슨 일이 있냐고 물어 왔다. 잠시 쉬는 중이라고 짤막하게 대답했더니 아저씨는 별말 없이 돌아갔다. 시간이 좀 더 흘러갔다. 아무 일도 일어나지 않았다. 조금 더 기다려 봤지만 역시나. 하지만 왠지 이대로 돌아가서는 안 될 것 같은 기분이 자꾸만 몰려왔다.

'아닌가 보다.'

이제는 결정을 해야 할 때다. 주머니에서 동전을 꺼내 앞면이 나오면 173번 버스를 타고 돌아가고, 뒷면이 나오면 버스 종점에서부터 이어진 숲길로 들어가 보기로 마음먹고 하늘을 향해 힘껏 동전을 튕겨 올렸다.

사각사각. 다리에 스치는 풀들이 기분 좋은 소리를 냈다. 푸르른 생명들이 주는 상쾌함에 한결 개운한 기분이 들었다. 불편한 다리가 신경이 쓰이긴 했지만, 그것만 빼면 동전의 선택에 만족했다. 하지만 그 기분은 그리 오래가지 않았다. 숲길은 점점 좁아져 출발한 지 오 분도 채 지나지 않았는데 길이 끝나는 곳에 다다르게 됐다. 더 이상 갈 곳이 없다. 끝이구나. 이젠 돌아가야 하나⋯⋯.

'역시.'

배낭을 추켜올리고 종점으로 돌아가려는데, 한쪽 구석에 덩그러니 버려진 녹슨 삽 하나가 눈길을 잡아끌었다. 순간, 소녀에게 어떤 생각 하나가 떠올랐고 동시에 산비둘기가 "구우-" 하고 긴 울음을 울었다. 배낭을 내려놓고 낡은 삽을 뽑아 들었다. "퍽! 퍽!" 다행히 생각보다 쉽게 파졌다. 삽이 들어가지 않을 정도로 딱딱했다면 아마 포기했을 것이다. 하지만 마치 누가 미리 파기 좋게 만들어 놓은 것처럼 쉽게 파졌다. 어느 순간부터 소녀는 이곳이 선수 생활이 담긴 가방을 묻기 위해서 존재하는 장소라고 믿게 되었다. 자신도 모르는 사이에 상자의 운명론을 받아들인 것이다. 금세 힘들이지 않고 가방을 묻을 만큼의 깊이까지 파 내려갈 수 있었다.

배낭을 구덩이 안에 넣었다. 다시 흙을 덮으려는데 내려놓은 가방 옆으로 그것이 살짝 모습을 드러냈다. 놀라지 않았다. 당연하다는 듯이 땅속에 묻혀 있던 붉은 상자를 꺼냈다. 지금껏 보아온 상자보다 조금 컸고, 훨씬 오래되어 보였다.

받는 사람의 이름과 주소도 적혀 있지 않았다. 대신 숫자 '6'뿐이었다. 의아했다. 열어볼까도 했지만 왠지 무서운 생각이 들어 그냥 뒀다. 그러고는 서둘러 배낭을 넣은 구덩이를 메웠다. 소녀가 눈치채지 못했지만 어느 순간부터 산비둘기의 울음은 멈춰 있었다.

* * *

아주머니를 구해야 한다는 일념만으로 무턱대고 사진을 들고나왔지만, 막상 어디서부터 찾아야 할지 막막했다. 시계를 돌려받으려고 며칠이나 순댓국집을 찾아갔을 때도 만나지 못했는데, 그때나 지금이나 변한 건 없으니…… 그렇다고 이대로 주저앉아 있을 수는 없다고 자신을 채찍질하며 전의를 불태웠다. 처음부터 시작한다는 마음으로 순댓국집으로 향했다. 이미 공터가 되어버렸지만, 맥이 풀리기보다는 오히려 힘이 났다. 우선 근처를 돌며 아주머니의 행방을 수소문해 보기로 했다. 철거된 식당 주변으로 허름한 가게들이 줄지어 있었다.

'이웃에서 장사하는 분들은 뭔가 알고 있지 않을까?'

하지만 예상과는 달리 이웃 상인들은 전무하다고 할 만큼 서로에게 무관심했다. 어떤 가게에 들어가서 물어도 하나같이 인사 정도만 하고 지내는 사이라며 선을 딱 긋고 더 이상 묻지 말라는 태도로 밀쳐냈다. 저마다의 상처를 품에 안고 살아가는 사람들의 마을. 타인의 삶에 관심을 둘 여유조차 없을 정도로 척박한 삶을 사는 사람들. 가슴이 아려왔다. 하지만 포기는 없다. 끈질기게 묻고 사진을 보여주고 설명하고 애원했다. 그럴수록 사람들은 해코지라도 당할까 슬슬 피하며 몸을 사렸다. 아무래도 더 이상은 안 될 것 같다. 여기서 관두기는 싫지만, 이들을 더 몰아붙이는 건 해서는 안 될 일처럼 느껴졌다.

그래도…… 아주머니는 찾아야 하는데……

이러지도 저러지도 못하고 몹시 난처해하고 있는데 영운이가 가게 주인 전화번호를 알아냈다는 사실이 떠올랐다.

"여보세요?"

"뉘슈?"

"저는 최도익이라고 하는데요. 죄송한데 뭣 좀 하나 여쭤보려구요. 혹시 순댓국집 하시던 아주머니 지금 어디 계신지 알 수 있을까요?"

주인은 말을 끝까지 듣지도 않고 버럭 화부터 냈다.

"아니, 그 아줌마 어디 있는지 알면 나한테 좀 알려주쇼."

"네?"

"나도 찾고 싶어 죽겠다니까. 내가 불쌍해서 월세 밀려도 아무 말 안 해, 돈 필요하다면 돈 빌려줘……. 난 진짜 할 만큼 했어, 근데 입을 딱 씻고 야반도주를 해?"

"야반도주요?"

"말없이 튀면 그게 야반도주지 꼭 밤에 도망가야 야반도준가!"

"아…….""

"그러니까 잡으면 나한테도 꼭 알려주쇼."

"잡아요?"

"그짝. 경찰 아니요?"

"아, 네……. 아직은……"

"빨리 잡아야 할 거요. 확 뒈져 버릴지도 모르니께."

"네? 그건 또 무슨?"

"진짜 암것도 모르나 보네. 그 아줌마 암 걸렸잖여. 천벌 받은 겨. 이봐 형사 양반 그 아줌마 죽으면 내 돈은 누구한테 받아야 하는가?"

뜻밖의 소식에 머리가 복잡해졌다. 제대로 인사도 하지 않고 전화를 끊었다. 모두 힘든 사람들뿐이다. 이런 생각을 하자 맥이 풀려 왔다. 안 돼. 지치면 안 돼. 도와야 해. 쓰러진 마음을 애써 추슬렀다. 암이라면 병원에 다니셨을 거다. 어느 병원인지 알 수 없지만, 가까운 종합병원일 확률이 가장 높다. 부근의 큰 병원을 검색하고 그길로 바로 아무런 계획도 없이 그곳을 향해 내달렸다. 지금 가고 있는 이 병원이 아니라면, 서울 아니 전국의 모든 병원을 뒤져볼 생각이다. 포기는 없다.

병원에 도착하자마자 바로 암 병동으로 달려가서 다짜고짜 장순자라는 환자가 입원해 있는지부터 물었다. 차례로 병실을 돌며 이름을 확인하거나 점잖게 물어봤다면 금세 알 수도 있었을 테지만, 그러지 않고 너무 다급한 나머지 큰소리로 채근하듯이 물었고 이에 간호사들은 수상하다는 듯이 서로 눈빛을 교환했다.

"그러면, 방송 한 번만 해주세요."

"저기, 여기서 이러시지 마시고요……."

"손님이 왔다고 데스크로 나오시라고, 방송 딱 한 번만 해주세요. 네?"

주변의 환자와 보호자들이 그를 경멸의 시선으로 바라보았다. 안하무인의 개념 없는 진상으로 보고 있다는 것을 알고 있었지만, 달리 방법이 없었다. 아주머니의 목숨이 달려 있는데, 그깟 진상 취급쯤이야 얼마든지 당해도 좋다고 생각했다. 결국, 얼마 지나지 않아 보안 요원들에게 둘러싸인 채 질질 끌려 병원 밖으로 쫓겨났다. 그런 도중에도 계속해서 주변 사람들에게 장순자 씨를 아느냐고 쉬지 않고 고래고래 소리쳐댔다.

처방전을 들고 기다란 복도 의자에 앉아 있던 소녀의 눈이 끌려가는 남자를 따라 움직였다. 막 화장실에 다녀온 소년이 호들갑스럽게 말했다.

"봤어? 그 남자? 엄청 진상이던데."

"저쪽에 있잖아."

"그러네. 으…… 진짜 엄청나다. 창피하지도 않나?"

소년은 순간 그 남자를 보는 소녀의 시선이 뭔가 다르다는 것을 눈치챘다.

"혹시, 아는 사람이야?"

"아니, 가자."

소녀는 무엇을 숨기려는 사람처럼 성급히 돌아섰다. 정문이 바로 앞인데도 절뚝이며 굳이 한참이나 먼 후문으로 향했다. 소년은 아무 것도 묻지 않고 가만히 뒤를 따랐다. 또다시 뭔가 감당할 수 없는 일이 일어나려고 하는 느낌이 소년을 휘감았다. 173이 적혀 있는 쪽지를 펼쳐보기 직전에도 비슷한 기분을 느꼈었다. 하지만 이번에도 그냥 지켜보는 수밖에 없다. 그게 정희가 원하는 거니까……. 후문에 도착한 소녀는 소년에게 작별 인사를 했다.

'이렇게 그냥? 우리 와플 먹으러 가기로 했잖아'

반문하고 싶었지만, 소년은 아무 말도 하지 않고 미소로 손을 흔들었다.

"여기서 뭐 하세요?"

병원에서 쫓겨나 쓰러져 있던 그에게 귀에 익은 목소리가 들려왔다.

"어!"

"여기서 뭐 하시냐고요."

난데없는 소녀의 등장에 부끄럽기도 했지만, 그보다는 반가움이
앞섰다.

"그냥 뭐 고군분투 중…… 이랄까요?"

"그래 보여요, 고생이 많으신 것 같긴 하네요."

"그러는 학생은 웬일이에요. 병원에?"

"보시다시피. 무리를 해서 걸었더니 좀……"

"아……."

"보기보다 진상이시던데?"

"봤어요?"

"아마 병원에 있는 사람 절반은 넘게 봤을걸요."

"뭐, 그렇게 됐네요. 저기, 잠깐! 이 병원 다니시는 거죠?"

"무슨 질문이 그래요, 그럼 다른 병원 다니는 데 여기 있겠어요?"

"혹시, 장순자 씨라고 아세요?"

도익은 혹시나 다리를 절뚝이는 사람의 도움을 받을 거라는 상자
의 예언에 한 번 기대보기로 했다. 왠지 여학생이 아주머니를 알 것
같은 느낌이 들었다.

"몰라요. 이름도 처음 들어봐요."

"아. 그러시구나."

"근데요……."

"네."

"그 존댓말 좀 안 하시면 안 돼요? 나이 차도 많이 나는데."

"존댓말이 싫어요?"

"그런 건 아니지만, 진상인 거 다 아는데 젠틀한 척하는 거 좀 많이 별로예요."

"하하하. 그런가요?"

"기분 나쁘셨다면 죄송해요."

"아니요. 기분 안 나빠요. 그러면 이렇게 하죠. 다음에 만나면 말 놓을게요."

"다음에 또 만난다고요?"

"네. 그럴 것 같네요. 언제가 될지는 모르지만…… 왠지 모르게…… 예감이…… 하하하. 혹시, 앞으로 장순자 아주머니를 알게 되면, 이 번호로 연락해 줄래요? 중요한 일이에요."

수첩에 휴대폰 번호를 적어 소녀에게 건넸다. 받지 않는 것은 예의가 아니라고 생각해 정희는 내키지 않았지만 일단은 받아두었다. 그사이 도익이 자리를 털고 일어났다.

"만나서 반가웠어요. 전 아직 할 일이 남아서, 들어가서 진상 짓을 좀 더 해야 하거든요."

"네. 고생하세요."

도익이 씩씩하게 다시 병원 정문을 향해 걸었다. 정희는 그가 좋은 사람이라고 생각했다. 느낌이 그랬다. 마치 전장에 나가는 무사처럼 당당히 적진으로 걸어가는 무모하고도 무식해 보이는 모습에 피식 웃음이 났다. 그렇게 발길을 돌리려는데, 조금 전 그가 쓰러져 있던 자리에 떨어져 있는 사진이 눈에 띄었다.

"저기요! 저기요!"

정희가 큰 소리로 그를 불렀고, 도익이 돌아섰다.

'뭔가 있다!'

직감이 소리쳤고 그 길로 다시 소녀를 향해 뛰었다.

"혹시, 이 사람이 찾으신다는 그분이에요?"

"어. 그래. 주워줘서 고마워."

"어? 반말?"

"다시 보면 반말한다고 했잖아."

"큭큭큭!"

"너 아니었으면 어디서 잃어버렸는지 한참 헤맸을 거야."

"저. 이 아주머니 알아요."

소녀의 말에 그의 눈이 커다래졌다. 예상은 했지만 놀라웠다. 정희는 눈물이 터진 그날 밤 아주머니와 있었던 일을 자세하게 말해주었다.

"목포로 가신다고?"

"그렇게 말씀하셨어요, 집을 얻어서 대문을 노란색으로 칠하실거라고 그랬어요."

"고마워. 이 은혜 잊지 않을게."

"잠깐만요. 혹시 목포에 가시려고요?"

"그럼, 가야지 시간이 별로 없어. 아주머니 생명이 달린 일이거든."

"저기, 아주머니 만나면 제 안부도 좀 전해 주세요."

"그래 그럴게. 고마워. 그러고 보니 그 상자가 그렇게 나쁜 것만은 아닌 것 같다. 네가 도움을 준다고 알려줬고, 정말 큰 도움이 됐으니까."

조금 멀리 떨어진 곳에서 소년이 그 모습을 불안한 눈으로 지켜보고 있었다. 이제는 정희가 평온하게 살았으면 했는데, 또다시 조금씩 흔들리는 것 같아 마음이 좋지 않다. 저 남자 왠지 불길하다. 저 사람과 엮이면 정희가 힘들어질 것만 같은 느낌이 강하게 든다. 하지만, 역시나 할 수 있는 일이 아무것도 없다는 생각에 무기력이 몰려왔다. 하지만 만약에 정희한테 무슨 일이 생기면 가만두지 않겠다고 다짐했다. 그렇게 소년은 남자와 정희가 헤어지는 모습까지 지켜보고서 발길을 돌렸다. 한참을 우울하게 걷고 있는데 불쑥 그 남자를 어디서 봤는지 떠올랐다. 천변에서 쪽지를 불태웠을 때 다리 위에서 우리를 지켜보던 그 사람이다.

'어떡하지?'

소녀는 전화번호가 적힌 쪽지를 계속해서 만지작거렸다. 쪽지를 불길하게만 생각했는데, 그 아저씨는 오히려 좋고 고맙게 여겼다. 소녀는 이 만남을 기점으로 자기 안에서 무언가 바뀌고 있음이 조금이나마 느껴졌다.

집으로 돌아와 앞으로의 계획을 논의했다. 그 결과 도익은 내일 아침 일찍 목포로 출발하기로 했고, 또 다시 붉은 상자가 올지 모르니 영운이 이 집에 남아 정보 조사와 후방 지원을 하기로 했다. 그리고

이 모든 대화는 도청 장치를 통해 고스란히 실미의 귀로 들어갔다.

다음날 이른 아침. 이것저것 준비를 마치고 마지막으로 주차장에서 차를 점검하는데, 근처에서 한참 열을 올리며 누군가와 통화를 하고 있는 옆집 실미의 모습이 눈에 들어왔다.

"그래서? 못 오신다고요? 그럼 저는 어떡해요? 당장 출발해야 하는데!"

그녀는 버럭 소리 지르더니 전화를 끊어버렸다. 주차장에는 도익과 실미 둘 뿐이었다.

"저기…… 떡 가져다주신 옆집 분이시죠?"

"아, 네."

"무슨 일 있으세요?"

"그게요, 제가 지금 급하게 어디를 가야 하는데요, 차가 고장 나서요. 이러지도 못하고 저러지도 못하고 발만 구르고 있어요. 보험사도 당장은 못 온다고 하고, 서비스센터에서는 입고하라는데 차가 굴러가야 입고를 하죠."

"그러시구나. 제가 혹시 좀 봐도 될까요?"

"그래 주시겠어요? 차에 대해 좀 아세요?"

"뭐 전문가 수준은 아니지만, 그럭저럭요."

그녀는 이미 자동차를 응급조치만으로는 움직일 수 없도록 손을 써 두었다.

"아무래도 카센터에 가셔야겠는데요."

"그래요? 제가 차에 대해서 아무것도 몰라서요."

그러고는 기다렸다는 듯이 발을 구르며 혼잣말을 이어갔다.

"지금 출발해도 늦을 텐데. 어쩌지. 어떡하지. 큰일 났네."

"급한 일 있으신가 봐요?"

"아니, 제가 지금 아주 급하게 목포에 내려가야 하는데요. 차가 이렇게 돼서요. 고속버스, 기차 전부 매진이라. 어떡해야 할지 난감하네요."

"그러세요? 우연이네요. 저도 지금 막 목포로 출발하려던 참이었는데."

"정말요?"

"혹시 괜찮으시면 같이 가셔도 전 괜찮은데."

"네? 그래도 돼요?"

"그럼요 저야 뭐 혼자 가는 것보다 덜 심심하고 좋죠."

"폐를 끼치는 게 아닌지 모르겠어요."

"폐는요 무슨. 정 걸리시면, 이따가 휴게소에서 우동 쏘세요."

"그래도 될까요? 너무 감사해요. 이 은혜 꼭 갚을게요."

"은혜라뇨. 바로 출발하니까요, 얼른 준비해서 나오세요."

"네. 잠시만 기다려 주세요."

"진짜 우연이네요. 같은 목포라니."

* * *

도익이 목포로 출발하고 얼마 지나지 않아, 식량을 잔뜩 실은 자동차 한 대가 주차장으로 들어섰다. 빈자리를 찾아 돌다가 고장 낸 실미의 차 옆에 주차를 했다. 영운이 마치 거대한 모험을 시작하는 등장인물처럼 한껏 들뜬 채로 차에서 내렸다.

콧노래를 부르면서 도착한 현관문 앞에는 보란 듯이 붉은 상자가 놓여 있었다. 이번에도 "최도익" 세 글자가 선명하게 적혀 있었다. 이전과 같은 필체였다.

"오호. 요것 봐라."

새로운 세계를 탐험하는 기분으로 상자를 열었다. 예상대로 들어 있는 건 쪽지 한 장이 전부였다. 영운이 입으로 북소리를 내며 신나서 쪽지를 펼쳤다.

<서해안고속도로 교통사고. 최도익 사망.>

8. 엄습하는 그림자

- 27년 전

　안개가 자욱하게 내려앉은 저녁. 텅 빈 도로. 다급한 소리를 내며 구급차 한 대가 어둠을 갈랐다. 운전석 뒤편의 덜컹거리는 들것 위에는 온통 피범벅인 여인이 거친 숨을 겨우 이어가고 있었다. 눈은 감겨왔고, 몸에는 도통 힘이 들어가지 않았다. 그렇지만 그녀는 필사적으로 만삭의 배를 감싼 두 손을 풀지 않았다. 무슨 일이 있어도 아이만큼은 지켜야 한다고 다짐한 것 같아 보였다. 그러나 안타깝게도 여인의 의식은 점점 흐려져만 갔다.

　삼중 충돌사고. 찐득하게 내려앉은 안개는 도로 위 운전자들의 시야뿐 아니라 영혼마저도 혼란스럽게 만들었다. 어찌된 영문인지 모르지만, 자동차 한 대가 중앙분리대를 뚫고 차선을 침범해 역주행했고 그대로 마주 오는 차와 정면충돌. 그 뒤를 따르던 다른 자동차도 가려진 시야 때문에 사고를 보지 못하고 이미 충돌해 있는 차의 후미를 강하게 들이받았다. 만삭의 그녀를 제외하고 자동차에 탄 사람들은 전부 그 자리에서 숨을 거두었다.

구급차 운전자는 할 수 있는 한 최대로 속력을 내보았지만, 눈을 가린 것처럼 차창밖에는 아무것도 보이지 않았다. 안개에 덮여 어둠조차 그 모습을 감춰버렸다. 아무리 급하다고 해도 속도를 낼 수 있는 상황이 아니다. 병원은 멀기만 했고 다급함은 목을 조여 왔다.

한참이 지나고 나서야 구급차가 병원에 도착했다. 하지만 만삭의 그녀는 기다리지 못하고 눈을 감았다. 급하게 응급실로 옮기고, 할 수 있는 모든 처치를 해봤지만 살릴 수 없었다. 뒤늦게 소식을 접한 남편이 안개를 뚫고 병원으로 달려왔을 때는 이미 많이 늦은 후였다. 아이의 목숨은 건졌으나, 산모는 떠나버렸다는 청천벽력 같은 소식을 듣게 된 남편 그 자리에서 붕괴되었다. 작별 인사도, 작은 눈 맞춤도 하지 못하고 황망하게 사랑하는 이를 보낸 남자는 분노로 불타올랐다. 그는 이송 시간이 많이 지체된 것을 따지고 들었다. 조금만 일찍 도착했어도 아내는 살 수 있었다. 안개는 핑계다. 살리려는 의지만 있었다면, 조금만 위험을 감수하고 속도를 높였다면 아내는 죽지 않았을 거라고 주장했다. 그리고 의료진들이 최선을 다했더라면, 자기 가족이라고 생각하고 치료해 줬다면 이토록 무기력하게 아내가 떠나지는 않았을 거라면서 응급실 바닥을 구르며 항변했다. 하지만 아무리 화를 내어도 강을 건넌 사람은 되돌아오지 못한다. 남자는 아이와 함께 안개 가득한 세상에 남겨졌다. 눈물이 바닥을 적셨다.

다음 날 새벽. 병원은 안개가 아닌 또 다른 연기에 자욱하게 휩싸였다. 맨 위층부터 차례로 일 층까지 연이어 불길이 치솟았다. 출입문은 모두 밖에서 잠겨 있었고, 스프링클러와 화재경보기도 전부 꺼져있었으며, 외부로 통하는 전화선도 모두 잘려 있었다. 너무 늦은 밤이라 환자들은 대부분 잠이 들어있었다. 남아 있는 의료진들로는 이 상황을 해결하는 것이 거의 불가능했다. 여기저기서 비명이 울려 퍼졌다. 갇힌 사람들은 속수무책으로 당할 수밖에 없었다. 검은 연기가 안개를 찍어 누르고 하늘로 퍼져나갔다.

한 남자가 갓난아이를 안은 채 병원을 등지고 걸어 나왔다. 그는 한 번도 뒤를 돌아보지 않고서 오로지 앞만 보며 걸었다. 남자의 심장은 엄청난 속도로 고동치고 있었지만 품 안의 아기는 울지도, 보채지도 않았다. 오히려 너무나 평온해 보였다.

검은 연기가 뿌연 달을 가렸을 무렵, 남자의 발이 갑자기 멈추었다. 아기를 안은 남자의 동공이 순식간에 쪼그라들었고, 둔기로 목을 턱 치는 것 같은 느낌이 강하게 그를 때렸다. 곧이어 그의 심장이 어떠한 징조도 없이 덜컥 멈춰 섰다. 미처 손을 써볼 틈도 없이 두 무릎이 땅으로 내리꽂혔다. 그대로 품 안의 아이는 바닥에 내동댕이쳐졌다. 남자의 목숨은 그렇게 끊어졌다.

질긴 운명을 타고난 아이다. 삼중 충돌사고에도, 엄마의 죽음에도, 그리고 병원이 불바다가 되었어도 그리고 바닥에 내팽개쳐졌어도 살아남았다. 아이는 울지 않았다. 다만 바닥에 떨어져 있던 누가 버렸는지 모를 성냥개비 하나를 손으로 옮겨 잡고 만지작거릴 뿐이었다.

* * *

갇혀 있는 정남에게 면회가 있다는 소식이 들려왔다. 실미의 면회가 무척 반갑기는 했지만, 경찰이 수두룩한데 괜찮을지 걱정부터 앞섰다. 그는 자신이 혐의점 없이 강제로 구금당했다고 믿고 있었다. 물증이 될 만한 장물들은 다른 곳에 비밀스럽게 숨겨두었기 때문에 경찰이 찾아냈을 리 없다. 그렇다면 잡혀 온 이유는 정보국과 얽힌 문제라고밖에 생각할 수 없다. 실미를 노린 것인데 실패하자 자신을 엮은 것이라고…… 이 사실을 알려줘야 한다. 빨리 도망치라고 등이라도 떠밀어야 한다. 정남은 다급한 마음으로 면회장으로 향했다. 하지만 그를 찾아온 건 실미가 아니었다.

"다…… 당신…… 은! 쿨럭 쿨럭……."

떨려서 말도 제대로 나오지 않았다. 면회를 온 것은 실미가 아닌 어떤 남자였다. 그의 얼굴은 절반 정도 화상 흉터로 덮여있었다.

차명노 (남), 관련 자료 없음.

정남은 그 얼굴을 보자마자 하마터면 주저앉아버릴 뻔했다. 그에

반해 명노는 한 손에 라이터를 들고 보란 듯이 만지작거리며 여유를 부렸다. 정남은 다짜고짜 싹싹 비는 태도로 애걸하기 시작했다. 이 순간만큼은 기침조차 나오지 않았다.

"그 상자 찾는 중이야……. 지금 이렇게 보시다시피 내가 잡혀 있어서…… 잠깐 그렇게 됐는데…… 여기서 나가면 찾아서 꼭 갖다줄게……. 약속해. 약속한다니까……."

명노는 별다른 대꾸 없이 라이터 덮개를 열었다. 작고 경쾌한 소리가 면회실을 울렸다. 정남의 마음은 더욱 급해졌다.

"최도익이라는 사람한테 그 상자가 갈 거야……. 거기까지 알아냈다고 나는…… 그걸 갖고 오기만 하면 된다니까…… 시간을 좀 줘……. 근데 아직…… 그게…… 알아 알았어……. 알았어, 알았어! 내가 여기서 못 나갈 수도 있으니까……. 내가 다 알려줄게, 어디서 사는지, 뭐 하고 있는지……. 그러면 그냥 네가 갖고 가면 되잖아……. 어, 너라면 충분히 그럴 수 있잖아…… 어? 그러니까 제발……."

알고 있는 것 전부를 탈탈 털어 명노에게 풀어놓았다. 그럼에도 흉터의 사내는 별다른 대꾸도 하지 않았다. 정남의 말이 끝나자 라이터의 뚜껑을 닫고 주머니에 집어넣었다.

"수고 많았어. 네 역할은 여기까지야."

천천히 안주머니에서 붉은 상자를 꺼냈다.

"네 앞으로 온 건데, 네가 집에 없어서 내가 열어봤어. 괜찮지?"

명노는 붉은 상자를 열고 안에 든 쪽지를 정남에게 보여주었다.

<화상 흉터의 남자가 너를 죽인다.>

* * *

밤을 새우다시피 한 정희는 아침까지 전화번호가 적힌 종이를 쥐고 고민을 이어 갔다.

'나도 뭘 해야 할지 모르는데, 과연 내가 누구를 도울 수 있을까? 뭘? 어떻게? 그치만 내 도움이 필요하다는데…… 누군가에게 도움이 될 수 있다면…… 목포…… 그 아줌마…….'

소녀는 결심한 듯 휴대폰을 들고 쪽지에 적힌 번호를 눌렀다. 천천히 신호가 갔다.

"여보세요?"

낯익은 목소리가 들려왔다.

"안녕하세요. 저예요. 정희. 병원에서 번호 주셨던…… 제가 어떤 도움을 드릴 수 있을지 모르겠지만…… 도움이 된다면…… 도와드리고 싶어요."

"이렇게 전화해줘서 고마워. 큰 도움이 될 거야."

"혹시 지금 목포 내려가셨어요?"

"이제 막 출발하려고."

"같이 가요. 저도 아주머니 찾는 데 도움이 되고 싶어요. 저한테도 고마운 분이거든요."

"그렇게까지 안 해도 되는데.…… 학교는?"

"이런 상황에 꼭 그런 걸 물어봐야겠어요?"

"아니, 그래도 학생의 본분이……"

"으휴, 꼰대. 어차피 지금 방학 기간이에요."

"아하하. 그렇구나."

도익, 실미, 정희 세 사람이 타고 있는 자동차 안은 뭔지 모를 어색함과 멋쩍은 분위기로 가득했다. 실미는 말없이 창밖에 시선을 고정한 채로 그대로, 정희는 반복해서 손가락만 만지작거렸다. 이런 분위기에 도익이 괜히 헛기침도 해보고, 이야깃거리를 찾으려고 애도 써봤지만 잘 먹히지 않았다. 또다시 어색한 침묵. 큰맘 먹고 농담을 던져 봐도 돌아오는 건 더욱 커진 어색함뿐이었다. 그의 노력은 오히려 화근이 되어 분위기는 더욱 경직되어 갔다. 결국 포기하고 운전에만 집중하기로 했다. 달리는 내내 미묘한 분위기를 신경 써서인지, 아랫배가 부글부글 요동을 쳐댔다. 또한 오랜 시간을 달려서 모두 지치기도 했다. 만장일치로 휴게소로 진입했다. 두말할 것도 없이 도익은 내리자마자 화장실로 직행했다. 실미와 정희도 차에서 내렸지만, 누가 시킨 것도 아닌데 서로 등을 지고 반대 방향으로 걸어갔다.

커피를 사 가지고 돌아오던 실미의 휴대폰이 울렸다. 누군지 확인하고 인상부터 썼다. 안 받을까도 생각했지만, 그럴 수 없다는 것 또한 잘 알고 있었다.

"왜 전화했어?"

"그냥. 뭐. 잘하고 있나 궁금해서. 근데 우리가 전화도 못할 사인가?"

"용건이나 말해."

"그 USB 말이야……."

올 것이 왔구나. 정보국 일의 실패가 어떤 대가로 돌아올지 생각만 해도 몸서리가 쳐졌다. 최대한 책임을 회피해야 한다는 생각에 실미는 선수를 쳤다.

"그때 핫라인이 울리지만 않았어도 일이 이렇게 되진 않았어, 어떤 놈이 통제 담당인지는 모르지만 따지려거든 그쪽에 해. 나한테 떠넘기지 말고!"

따지고 들거나 화를 낼 것이라는 예상과 달리 휴대폰 너머의 귀우가 웃으며 말했다.

"알아, 너는 꽤 잘했어."

이렇게 나오자 실미는 오히려 불안해졌다.

"비꼬지 마."

"어차피 복사된 파일들도 전부 암호가 걸려 있고, 그나마도 매칭 파일이 함께 있어야 열린다고 하더라고. 그러니까 실제로 네가 전부 복사해 왔어도 대부분의 파일은 못 열었을 거라는 거지."

"그래서?"

"그래서는 뭐가 그래서야. 그냥 그렇다는 얘기지."

"할 말 없으면 끊어."

"아, 딱딱하게 왜 그러실까 서운하게시리. 그건 그거고 지금 어디야?"

"그런 것까지 보고 해야 돼?"

"아니 그냥. 최도익이 마크 잘하고 있나 궁금해서."

"같이 목포 가는 길. 장순자라는 여자를 찾고 있어. 지금은 고창 휴게소. 됐어?"

"오, 역시 역시. 그 사이에 어떻게 그놈을 잘도 구워삶았네."

"용건 없으면 끊어."

"에이 왜 그러실까, 우리가 용건이 있어야만 통화하는 그런 살벌한 사이는 아니잖아."

귀우의 말이 끝나지도 않았는데 전화를 끊어 버렸다. 참았던 한숨이 터져 나왔다. 어쨌든 정보국 일은 한시름 났다. 하지만 마음을 완전히 놓아서는 안 된다. 놈은 틀림없이 조만간 다시 파일을 빼내라고 지시할 것이다. 다시 정보국에 침투한다는 건 불가능한 일이다. 그전에 어떡해서든 놈의 손아귀에서 벗어나자고 생각했다. 하지만 방법이 없다. 세 번 네 번 연거푸 한숨을 내쉬어봤지만 답답함은 사라지지 않았다. 만약 그녀가 평정심을 잃지 않았더라면, 전화를 받는 순간부터 가까운 곳에 정희가 있다는 것쯤은 쉽게 알아차릴 수 있었을 것이다. 하지만 전혀 몰랐다. 화장실에서 나온 도익에게 정희가 다급하게 다가갔다.

"저기 아저씨."

"왜? 무슨 일 있어?"

"같이 차 타고 온 아줌마 있잖아요."

"실미 씨 아줌마 아닌데……"

"아, 쫌!"

"어, 미안. 근데 실미 씨가 왜?"

"그 사람 누구예요?"

"누구냐니?"

"정체가 뭐냐고요."

"정체? 이웃사촌?"

"그런 거 말고요. 뭐 하는 사람이냐고요!"

"글쎄?"

"그런 것도 모르고 차에 태워요?"

"갑자기 왜 그러는 건데? 무슨 일 있었어?"

"우연히 통화하는 걸 듣게 됐는데. 아저씨를 감시하고 있어요. 어딘가로 보고도 했어요."

"잘못 들은 건 아니고?"

"절대 아니에요. 그 여자 믿으면 안 돼요. 붉은 상자에 제가 도움을 준다고 써 있었잖아요. 절 믿으셔야 해요. 그 아줌마 수상해요. 그러니까 목포에 도착하면 바로 헤어져요."

"어차피 목포까지만 같이 가는 거야. 도착하자마자 헤어질 거야"

"그럼 됐어요."

"정희야."

"네?"

"고마워. 그래도 너무 무리는 하지 마."

"네. 그럴게요."

셋은 다시 차에 올랐다. 분위기는 냉랭했지만, 아까와는 전혀 다른 묘한 기류가 흘렀다. 실미는 본능적으로 무언가 이상함을 감지했지만 드러내지 않았다.

분위기 말고도 도익의 신경에 거슬리는 것이 또 하나 있었다. 휴게소를 나와서부터 마치 뒤쫓아 오는 것처럼 바짝 붙어 따라오는 화물트럭 한 대가 영 거슬렸다. 차선을 바꿔 봐도, 속도를 줄여 봐도 트럭은 앞질러 가지 않고 일정한 거리를 유지하며 뒤따랐다. 정희는 이를 눈치채지 못했고, 실미는 이상한 낌새를 느꼈지만 아무런 말도 하지 않았다.

서해안고속도로에서 교통사고를 당해 친구가 죽는다는 쪽지를 펼쳐본 영운은 어찌할 바를 모르고 발만 동동 굴렀다. 다급한 마음에 전화를 걸어봤지만 받지 않았다.

"이 자식, 왜 전화는 안 받는 거야!"

몇 번 더 걸어봤지만 받지 않았다. 어떡해서든 당장 고속도로에서 빠져나오라고 전해줘야 하는데 달리 방법이 없어 애꿎은 전화만 계속 걸어댔다. 그러다 덜컥. 전화 받는 소리가 전해져왔다. 반가움보다는 조급함이 앞서 소리쳤다.

"도익아!"

"여보세요?"

전화기 너머로 들려온 건 친구의 목소리가 아니었다.

"혹시 최도익 씨 전화 아닌가요?"

"그건 잘 모르겠고요, 여기는 고창 휴게소인데요. 전화기를 화장실에 두고 가신 것 같아요."

"어디라고요?"

"고창휴게소요. 목포 방향이고요. 이 전화기는 남자 화장실에서 분실물로 접수됐어요."

끝나지 않은 상황에 머리가 복잡해졌다. 서둘러 지도를 살폈다.

빠앙-!

커다란 경적을 울리며 화물트럭이 차선을 무시하고 마구잡이로 달려왔다. 운전대를 붙잡고 있는 도익은 한껏 날카로워졌다. 평정심을 잃지 않으려고 노력했지만, 잘되지 않았다. 거대한 트럭은 급기야 그의 자동차 뒤로 아주 가깝게 따라붙어 왔다.

고창휴게소에서 목포 IC까지는 대략 한 시간 정도 걸린다. 무사해야 할 텐데. 서둘러 고속도로 교통사고 현황을 검색했다. 서해안 고속도로 목포 방향으로 보고 된 교통사고는 다행히 아직 없었다. 안심하기엔 이르다. 도착까지 남은 대략 한 시간이 관건이다. 이번만은 상자의 예언이 틀리기를 바란다. 하지만 그럴 리 없다는 비정한 확신이 영운을 괴롭혔다. 초조하게 시계를 보다가 문득, 한 시간 동안 아무런 일이 일어나지 않는다고 해서 괜찮은 게 아니라는 걸 알게 됐다. 쪽지에는 사고 시점이 쓰여 있지 않다. 지금이 아니라 돌아오는 길에 사고를 당할 수도 있다. 아마도 돌아올 때도 서해안고속도로를 탈 것이다. 무슨 일이 있어도 서해안고속도로를 타게 해서는 안 된다. 그것만은 막아야 한다.

잠깐! 만약에 녀석이 지금 다시 휴대전화를 찾으러 차를 돌려 고창 휴게소로 돌아간다면…… 빌어먹을! 서해안고속도로에 머무는 시간이 더 길어진다.

경적을 올리던 화물트럭이 옆 차선으로 자리를 옮기더니 속도를 더욱 올려 따라붙었다. 추월하라고 속력을 살짝 낮춰주었지만, 트럭은 비슷하게 속력을 늦춰왔다. 두 대의 차가 나란히 고속도로를 질주했다.

고심 끝에 영운은 직접 목포로 내려가서 서해안고속도로를 못 타게 해야겠다고 마음먹었다. 연락할 길이 없으니 내려간다고 해도 우연 말고는 만날 방법이 없지만, 그렇다고 맥 놓고 있을 수만은 없다. 도익이 역시 잘 알지도 못하는 아주머니의 생명을 구하기 위해서 불가능에 가깝지만 노란 대문 집을 찾으려 하지 않는가.

제발. 다시 만나기 전에 사고가 나지 말아야 할 텐데. 부디 전화기를 찾으러 고창 휴게소로 돌아가지 말아야 할 텐데…….

바짝 다가오던 트럭이 졸음 쉼터로 빠지자 차 안에 가득 찼던 긴장감이 한꺼번에 수그러들었다. 여유가 생기자 마음도 한결 가벼워졌다. 그러다 못해, 뭔가 허전한 기분마저 들었다.

'뭐지?'

바지 주머니를 확인해 보니 휴대전화가 없었다. 다시 머리가 복잡해졌다.

'아! 화장실!'

되돌아갈 수도 없고, 그렇다고 그냥 갈 수도 없고 난감했다. 일단 정희에게 자신의 휴대폰으로 전화 좀 해달라고 부탁을 했다.

"전화기의 전원이 꺼져있어……."

일이 꼬였다. 어떻게 해야 할지 결정을 내리지 못하고 있는 사이, 어느새 점점 목포에 가까워지고 있었다.

같은 시각. 도어락 멜로디가 빈집을 울렸다. 집주인인 도익은 목포로 향하고 있고, 이제 막 서울을 빠져나간 영운일 리도 없다. 이윽고 문이 열렸고 얼굴에 화상흉터가 짙은 남자가 안으로 들어왔다. 명노는 신발도 벗지 않고 현관을 지나 거실로 무혈 입성했다. 책상 주변으로 각종 자료들과 붉은 상자 그리고 쪽지들이 무질서하게 나뒹굴었다. 명노는 쪽지 하나를 집어 들었다.

<서해안고속도로 교통사고. 최도익 사망.>

쪽지를 마치 사랑스러운 연인을 바라보는 것 같은 눈으로 들여다보던 흉터의 남자가 중얼거렸다.

"넌 아직 죽으면 안 돼. 왜냐면 할 일이 남아 있거든."

철창 안의 정남은 겁에 질려 눈동자조차 움직이지 못했다.

<화상 흉터의 남자가 너를 죽인다.>

"살려주세요, 제발."

정남이 애원했다. 명노는 아무런 대꾸도 없이 품에서 붉은 상자를 꺼냈다. 길쭉한 직사각형 모양에 겉에는 숫자 '9'가 선명했다. 종교의식을 치르듯 흉터의 남자는 상자에서 오래됐지만 관리가 잘 된 붉은색 가위 하나를 꺼내 들었다. 손잡이 한쪽에는 상자에 적힌 것과 같은 필체로 숫자 '9'가 새겨져 있었다.

명노는 가위를 들어 최도익 사망이라고 적힌 쪽지에 가져갔다. 그러고는 싹둑. 두 동강 난 종이가 바닥으로 떨어져 내렸다.

잘린 종이를 바라보며 흉터의 남자가 말을 이었다.

"오해를 하고 있는 것 같은데, 난 너를 죽이려고 온 게 아니야. 살려주려고 온 거지."

그의 말이 끝나기가 무섭게 정남이의 바짓가랑이에서 흘러내린 오줌 줄기가 바닥을 적셨다.

9. 약한 고리

파일 조사 보고 : 수신 - 장귀우 과장 / 발신 - 용산

파일명 : 매뉴얼 AXDN

메시지 : USB의 파일 중 극히 일부만 복구되었음. 내용은 아래와
같음.

: NO.9 - 가위 (Red Scissors)

기능 : 이 아이템으로 예언의 쪽지를 자르면 실현되지 않음.
한 번 잘린 예언은 되돌릴 수 없음. 한 번 사용 후 반드시
상자에 보관해야 함.

주의 : 핸디캡은 미확인

비고 : 현재까지 발견된 다른 아이템들과 동일하게 해당 상자에
12시간 보관 후 사용 가능

책상 위 노트에는 굵은 펜으로 '목포'라고 적혀 있었다. 뿐만 아니라 누가 봐도 중요한 것임을 한 눈에 알 수 있을 정도로 커다란 원도 겹겹이 쳐있었다. 옆에는 그것보다 조금 작게 '장순자'라고 쓰여 있었고, 아래에는 '목숨'이라는 단어도 보였다. 명노는 꼼꼼하게 노트와 메모를 살폈고, 컴퓨터에 저장되어 있는 것들도 샅샅이 끄집어내 확인했다. 마지막으로 사진 드라이브에 접속해 도익의 얼굴을 확인했다.

같은 시각 도익의 자동차가 목포 IC를 통과했다. 결국 휴대폰을 가지러 돌아가지 않기로 했다. 실미가 급하게 목포에 가야 한다는 것도 이유였지만, 무엇보다도 아주머니의 목숨이 달린 일이기 때문에 한시가 급하다고 판단했다. 휴대폰을 찾는 건 목포에서의 일이 끝나고 해도 된다. 물론 영운에게 연락할 수 없다는 것이 조금 걸리긴 했지만, 지금은 그런 걸 따질 때가 아니다. 급한 용무가 있으면 정희의 휴대폰을 잠깐 빌리거나 공중전화를 쓰면 된다. 어쨌든 휴대폰 분실이 어떤 식으로든 일단락 지어지자 마음이 조금은 편안해졌다. 그래, 이제 아주머니를 찾는 일에만 집중하자.

"안녕히 가세요."

갑작스럽게 합류한 당돌한 여자애의 방해로 일이 꼬이자 실미는 적잖이 당황했다. 소녀는 목포에 도착하자마자 집요하고 노골적으로 그녀를 밀어냈다. 원래의 계획대로라면 목포에 도착한 후에 급한 일이 취소됐다고 말하고, 이왕 여기까지 온 거 사람 찾는 일을 돕겠다고 나서는 것이었는데…… 단둘이라면 어떻게든 구워삶아 동행할 수 있었겠지만, 불청객의 집요한 훼방에 그녀는 달리 대처할 방도가 없었다. 게다가 이 남자 역시 여학생에게 꽉 틀어 잡혔는지 별다른 말도 안 하고 그저 "어어……" 거리기만 해대는 통에 조금도 도움이 되지 않았다. 실미는 일단은 차에서 내리기로 하고 가까운 거리에서 뒤쫓는 것으로 작전을 수정했다. 그녀가 차에서 내리자 정희의 표정이 한결 밝아졌다.

"이제 계획이 어떻게 돼요? 설마 아무 계획 없이 무턱대고 아줌마를 찾을 생각은 아니죠?"

"계획이 없는 건 아니야. 너무 막막해서 문제지. 일단, 노란색으로 대문을 칠하는 건 아무래도 아파트나 빌라보다는 주택이 용이할 테니까 주택가를 우선 탐색할까 해. 아주머니께서 그리 부자는 아니시니 서민 주택이 많은 곳부터 차례로 돌아볼 생각이야. 일단 부동산에 가서 그런 동네가 어딘지 물어봐야겠지?"

"그럼 이렇게 해요. 아저씨가 전화가 없으니까 구역을 나눠서 각자 살펴보고 만날 시간과 장소를 정해서 다시 합류하는 걸로."

"좋은 생각이긴 한데. 너 다리 괜찮겠어?"

"그것 때문이라도 떨어져서 찾는 게 좋아요. 아저씨도 나 신경 안 쓰고 빠르게 움직일 수 있고. 저도 힘들면 눈치 안 보고 충분히 쉴 수 있고요."

"그렇구나……. 참 똘똘하다 너."

"그거 칭찬이죠?"

"그럼."

정희가 잠시 화장실에 간 사이, 도익이 근처 부동산에 들어가 부근 주택가에 대한 대략의 정보를 얻었다. 그리고 두 사람은 세 시간 후에 부동산 옆 편의점에서 만나기로 하고 그 길로 바로 흩어졌다. 조금 떨어진 곳에서 그들을 살피던 실미는 둘이 떨어지자 안도했다. 생각할 것도 없이 도익의 뒤를 따랐다. 그녀는 기회가 생기면 여학생을 억지로라도 떨어뜨려 놓아야겠다고 마음 먹었다. 고등학생이면 충분히 목포에서 집까지 혼자서 갈 수 있다. 그러니 이후의 일은 걱정하지 않아도 된다. 실미는 자신도 모르게 아주 조금이지만 그 여학생을 염려했다는 사실에 진저리를 쳤다.

도익은 노란문이 있는지 살핌과 동시에, 사람들에게 아주머니의 사진을 보여주며 묻는 방식으로 주택가를 훑어나갔다. 그렇게 금세 3시간이 지나갔고 두 사람은 약속한 편의점 앞에서 다시 만났다. 도익과 정희는 지친 표정으로 서로를 보며 약속이나 한 듯이 고개를 가로저었다. 실패다. 어찌 보면 못 찾는 것이 당연한 일이지만, 상자의 예언에 대한 기대가 있던 터라 적잖이 실망한 것도 사실이다. 일단 뭐라도 먹고 다시 찾아보기로 하고 두 사람은 편의점으로 들어갔다. 실미 역시 굉장히 지쳤지만 감시를 늦출 수 없어 그 자리에 잠시 쭈그려 앉는 것으로 휴식을 대신했다. 지친 한숨을 전부 내 쉬지도 않았는데 다그치듯이 휴대폰이 울어댔다. 빌어먹을 또 그 놈이다.

"뭐 보고할 거 없어?"

"이렇게 불쑥 전화하면 일에 방해된다고 몇 번을 말해! 망치면 책임질 거야?"

"왜 이렇게 까칠하실까?"

"용건만 말해."

"그래, 그럽시다. 딴 게 아니고 나도 목포에 왔거든."

"네가 왜?"

"난 뭐 목포에 오면 안 돼? 일이 있으니까 왔지. 됐고. 무슨 일 있으면 바로 보고해. 당장 달려갈 수 있으니까. 무슨 말인지 알지?"

대답도 하지 않고 바로 끊어버렸다. 답답한 마음에 한숨도 제대로 나오지 않았다. 그렇게 쉬지도 못하고 몸을 다시 일으켜 편의점을 살폈다. 어찌된 일인지 두 사람이 보이지 않았다.

"젠장!"

다급히 편의점에 들어가 봤지만, 아무도 없었다. 그렇잖아도 지쳤는데 남아 있던 기운마저 한꺼번에 전부 빠져나가는 것만 같았다. 장귀우! 이놈은 타이밍도 기가 막히게 전화를 해서 일을 망친다. 하나부터 열까지 도움이 안 되는 인간이다. 급한 마음에 주변을 찾아봤지만 어디 간 건지 코빼기도 보이지 않았다.

'최도익 이 인간도 하필이면 이럴 때 전화기를 잃어버려서는……'

그렇잖아도 무턱대고 아줌마를 찾고 있는 바보 같은 남자를 똑같이 무모하게 찾아다녀야하는 기가 막힌 입장이 되어버리다니! 어처

구니가 없어서 헛웃음이 나왔다.

　그 시각, 실미의 사정을 알 리 없는 두 사람은 제대로 된 식사를 하기 위해 식당을 찾아 골목을 기웃거리고 있었다.

　"혹시, 못 먹는 건 없어?"

　"못 먹는 게 아니라 뭐가 먹고 싶은지 물어봐야 하는 거 아니에요?"

　"그런가? 하하 내가 좀 센스가 없어."

　"지금은 돌도 와작와작 씹어 먹을 수 있을 것 같아요."

　"나도 그래. 근데 여긴 먹을 만한 데가 어째 한 곳도 없냐. 큰길로 나가야 하나?"

　이 두 사람과 실미는 몇 개의 골목을 사이에 두고 일부러 그렇게 하려고 해도 할 수 없을 정도로 계속해서 교묘하게 엇갈렸다. 지친 실미는 이런 대책 없는 추적을 계속해야 하는지 의문이 들었고, 결국 이런 식으로 가다가는 아무것도 하지 못하고 체력만 바닥날 것이라는 결론에 다다랐다. 차라리 좀 쉬면서 다른 방법을 찾아보는 편이 합리적이라고 판단하고서 일단 벤치를 찾아 앉았다. 작은 신음과 함께 다리를 뻗었더니 뒤꿈치가 시큰한 게 피로가 몰려왔다. 그때 한 남자가 그녀의 앞을 지나쳐갔다. 다리를 주무르고 있어 보지 못했지만, 그 남자의 얼굴에는 커다란 화상 흉터가 선명했다.

　지치고 배도 고픈 데다가 다리까지 아픈지 정희의 절뚝거림이 더욱 심해졌다.

　"잠깐 쉬고 있어, 내가 찾아보고 데리러 올게."

"그래 줄래요? 저도 이제 좀 힘드네요."

도익은 소녀에게 앉을 만한 곳을 마련해 주고는

"여기서 기다려."

식당을 찾아 나섰다. 그러나 보이는 것이라고는 집. 집. 식당은 코 빼기도 보이지 않았다. 주택가 깊숙이 들어와 버려 가망이 없다는 생각마저 들었다. 이제 정희에게 되돌아갈까 생각하고 있는데, 마침 동네 아주머니 한 분과 마주치게 되었다.

"저기 죄송한데, 밥 먹을 만한 식당이 가까운데 어디 없을까요?"

"식당이요? 저기 밑에 하나 있긴 한데."

"어디요?"

"저 아래서 우회전해서 이렇게 꺾어 들어가면 바로예요. 저기 골목 보이죠?"

"감사합니다. 감사합니다."

몇 번이나 진심에서 우러나오는 인사를 하고서 알려준 방향으로 가보았다. '영업중'이라는 글자가 그렇게 반가울 수 없었다. 기쁜 소식을 알리기 위해 서둘러 정희가 있는 곳으로 다시 뛰었다.

"찾았어! 가까운데 식당이 있어."

"최근에 들은 얘기 중에 제일 반가운 소식이네요."

"다리 많이 아프면 업어줄까?"

"저기 아저씨, 제가 다리가 부러지는 한이 있어도 말이죠, 그건."

정희는 웃으며 말했고. 괜히 머쓱해진 도익이

"아니. 그냥. 뭐. 나는 걱정돼서 그런 거지 뭐. 하하하."

웃으며 식당 문을 열었다. 드르륵- 안으로 들어선 두 사람은 너무 놀라 입을 다물지 못했다.

"생각보다 늦게 왔네, 어여 와. 배 많이 고프지?"

그토록 찾아 헤매던 아주머니가 태연한 태도로 그들을 맞이했다. 그녀는 두 사람이 올 것을 알았는지 미리 차려둔 식탁으로 안내했다. 잔치를 해도 모자랄 정도로 한상 가득 진수성찬이 차려져 있었다. 어안이 벙벙해진 도익과 정희는 일단 자리에 앉았다.

"뭘 그렇게 봐. 일단 먹어. 먹고 얘기는 천천히 해."

말이 떨어지기가 무섭게 서로 경쟁이라도 하듯 숟가락을 들고 음식을 입안으로 날랐다. 그렇게 밥그릇이 비어갈 무렵 아주머니가 다 알고 있다는 듯이 입을 열었다.

"상자에 니들이 오늘 온다고만 쓰여 있었지 몇 시에 오는지, 무슨 용건으로 오는지는 적혀 있지 않아서 몰라. 여기까지 웬일이야? 얼굴 보고 싶어서 이 먼 데를 온 건 아닐 거고."

"붉은 상자에…… 아주머니의 목숨이 제 손에 달려있다고 적혀 있어서 도저히 가만히 있을 수가 없었어요."

"내 목숨이 네 손에 달려 있대? 그것 참 고맙네. 근데 이걸 어쩌나, 여학생한테 들었겠지만, 어차피 난 글렀어. 병원에서는 길어야 석 달이라는데. 내 목숨이 네 손에 달렸다고 해도, 설사 지금 네가 나를 구해준다고 해도 나는 석 달이면 끝나."

"그렇지만……"

"뭐가 '그렇지만'이야. 낫게 해줄 약을 가진 것도 아니잖아. 나는 니들 마음이면 족해. 너무 고마워. 내가 걱정돼서 이 먼 목포까지 달려와 줬잖아. 한참 잘못 산 줄 알았는데 그렇지는 않은가 보네. 배고프면 한 그릇 더 먹고 어여 올라가."

도익은 이 상황이 답답하기만 했다. 쪽지만 보고 달려왔는데, 막상 아주머니를 뵙고 나니 할 수 있는 것이 아무것도 없었다. 하지만 붉은 상자에는 틀림없이 아주머니의 목숨이 자신의 손에 달려있다고 쓰여 있었다. 그게 무슨 의미인지 정확하지는 않지만 뭔가 일어날 것만은 분명하다. 그러니 절대로 이렇게 돌아갈 수는 없다.

"아주머니 이거 받으세요."

"이게 뭐야?"

"그때 저 치료도 해주시고 보살펴 주시고 하셔서……."

"이런 거 필요 없다고 했잖아."

"그러면 맡겨놓은 시계 찾으러 왔다고 생각하시면 되잖아요."

아주머니는 시계를 흔쾌히 내어주셨지만 끝내 봉투는 받지 않으셨다. 이왕 목포까지 온 거 둘이서 맛난 거 사 먹으라며 끝까지 손사래를 치셨다. 지나치리만큼 완강한 아주머니의 태도에 더는 권할 수 없었다.

"다 먹었으면 가봐. 그리고 난 괜찮으니까 신경 안 써도 돼."

이렇게까지 말씀하시는데 도저히 더 머물러 있을 수 없었다. 기적적으로 만났는데 밥만 먹고 돌아서야 하다니, 허탈함마저 밀려왔다.

"아주머니 무슨 일 생기면 바로 연락주세요. 제가 뭐 도울 일 있으면 말씀하시고요. 지금 제가 핸드폰이 없어요. 이거 저랑 제 친구, 그리고 정희 번호니까요. 꼭 연락주세요."

"그려 살펴 가."

두 사람을 쫓아내듯 내보낸 순자는 가느다란 담배를 입에 물고 불을 당겼다. 허공으로 연기가 사라져갔고, 생각에 잠긴 탓에 이마의 주름도 더욱 깊어졌다. 그렇게 반도 태우지 않은 담배를 비벼 끄고서 부엌에 딸린 작은 방으로 들어갔다. 살림살이들이 조만간 떠날 사람의 짐처럼 쌓여 있었다. 그것들을 치워내고 벽지를 조금 들추자 작은 공간이 드러났다. 그 안에 손을 깊이 집어넣고서 분홍 보자기로 싼 물건을 끄집어냈다. 그것을 펼치자 조금 크고 묵직해 보이는 붉은 상자가 모습을 드러냈다. 그녀의 눈이 낡은 상자에 적힌 숫자 '17'에 잠시 머물렀다. 머릿속이 더욱 복잡해졌다. 그 청년에게 이걸 전해줬어야 했나? 할 말을 하지 못한 아쉬움과 붙잡지 못한 책망이 마음에 내려앉았다. 하지만 이렇게 어긋나는 것 또한 운명이라고 생각하며 금세 체념해버렸다.

'그래, 이렇게 된 것도 다 정해져 있는 일이야⋯⋯.'

다시 붉은 상자를 보자기에 싸서 깊숙한 곳에 밀어 넣고는 살림살이들로 벽을 막고 서둘러 방을 나왔다. 그녀를 반기는 건 텅 빈 식당뿐이었다. 얼마 남지 않은 인생의 무게가 어깨를 짓눌러 결려왔다. 너무 깊은 상념 때문인지 순자는 화상흉터의 남자가 문을 열고 들어오는 인기척도 느끼지 못했다. 물론, 알았다고 하더라도 비명조차 지르지 못했을 것이다.

지칠 대로 지친 두 사람은 하염없이 바다를 바라보았다. 식당을 나와서 누가 시킨 것도 아닌데 도익은 바다를 향해 차를 몰았다. 누구도 아무 말도 꺼내지 않았다. 드넓은 바다를 보면서도 짧은 탄식한번 내지르지 않았다. 그저 출렁이는 거대한 물을 바라보기만 했다. 시간은 계속 흘러갔다. 그러다 어느 순간 도익이 졸기 시작했고, 정희 역시 곧 잠이 들었다. 피곤이 막막함을 덮어버리고 그들을 잠식해버렸다. 어찌나 깊게 잠이 들었는지 가까운 곳에서 들려온 사이렌 소리에도 두 사람은 미동조차 하지 않았다.

차례로 눈을 떴을 무렵, 해는 지고 어둠이 내려앉아 있었다. 먼저 입을 연 쪽은 정희였다.

"아저씨 이렇게 그냥 가실 거예요?"

"아니, 일단은 먼발치에서 지켜보려고. 아주머니가 시한부라고 해도 상자가 틀린 적은 없었으니까, 분명히 무슨 일이 생길 거야. 난 꼭 지켜드리고 싶어. 그나저나 넌 어떡할래? 나는 며칠 더 있을 생각인데, 너는 아무래도 집에 가야겠지? 계속 있을 수는 없잖아. 부모님도 걱정하실 거야."

"저도 좀 복잡해요."

대화는 여기서 끝났고 두 사람은 다시 침묵 속으로 가라앉았다.

* * *

몇 시간 전. 순자네 식당.

아직 한창 영업할 시간임에도 문은 굳게 잠겨 있었다. 출입문에 '금일 휴업' 메모가 바람에 살살 흩날렸고 허름한 문 안쪽에는 고요함이 맴돌았다. 순자는 의자에 얌전히 앉아있었다. 뒤로 묶인 손은 피가 제대로 통하지 않아 검붉었고, 입은 테이프로 막혀 숨쉬기도 여의치 않았다. 머리에서 흘러내린 피가 흐른 모양 그대로 굳어 있었다. 눈물과 피가 섞여 굳은 딱지 때문에 눈도 절반밖에 떠지지 않았다. 손가락을 까닥해 보았지만, 그것만으로는 이 상황을 수 벗어날 수는 없었다. 이에 반해, 옆에 앉아 있는 화상흉터의 남자는 무서울 정도로 차분했다. 땀 한 방울 흘리지 않았다.

"들리면 고개 끄덕여."

겁에 질린 그녀는 그 한마디 말에 연신 고개를 끄덕였다. 시한부 판정을 받고 죽음을 준비하고 있는 그녀조차도 압도적인 공포에서는 자유롭지 못했다. 아이러니하게도 상황이 이렇게 되자 그녀는 살고 싶어졌다. 미친 듯이 살아남고 싶어졌다. 석 달 후, 아니 내일 당장 죽게 된다고 하더라도, 지금 이 악마 같은 놈의 손아귀에서 벗어나 살고 싶어졌다. 그 욕망은 고스란히 공포로 전이되어 그녀의 몸과 마음, 그리고 뼛속까지 스며들었다.

"숫자 적힌 상자 가지고 있지?"

그녀가 멈칫했다. 그러자 놈은 닿을 듯 아주 가까이 다가가 겁에 질린 순자의 얼굴을 쓰다듬으며 속삭였다.

"소리치면 어떻게 되는지 알지?"

그녀의 입을 막고 있던 테이프를 떼어냈다. 순자는 "크헙!" 다급하고 거칠게 숨을 들이마시고는 연신 캑캑댔다. 그렇게 고통스러운 와중에도 그녀는 자신이 내는 소리가 남자의 심기를 건드리지 않을까 노심초사했다.

"어디 있어? 두 번은 안 물어보니까 신중하게 대답해."

위태로운 침묵이 둘 사이로 흘렀다. 순자는 상자를 내어줘도 자신을 죽일 것이고, 그렇지 않아도 죽일 것이라는 걸 본능적으로 알고 있었다. 남자는 대답을 기다리며 그녀의 눈을 똑바로 바라보았다. 순자는 영혼이 사라져 버린 것 같은 그 눈동자를 보자 죽음이 코앞에 와 있다는 것이 실감이 났다. 걷잡을 수 없이 몸을 떨려왔고, 지나간 삶이 주마등처럼 스쳐 지나갔다. 붉은 상자 때문에 평생을 숨어다녔다. 가족은 부서졌고, 삶은 산산조각이 났다. 그래도 지켜야 한다는 일념으로 전국을 떠돌면서 도망자처럼 살아온 인생이었다. 마음을 나눌 만한 사람이 생기면 도망쳤고, 정들면 야반도주했다. 운명이라고 생각했고, 사명이라고 여겼다. 하지만 이제 와 생각해보니 전부 쓸데없는 짓이었다. 어차피 이렇게 될 것이었다. 운명은 한 치의 오차도 허용하지 않고 그대로 정면충돌해왔다. 어차피 나는 저놈의 손에 죽는다. 기적은 일어나지 않는다. 이럴 줄 알았으면 이 거지 같은 세상이 어떻게 되건 말건 진작 상자를 내어주고 뱃속 편하게 살았을 것을…… 하지만 그럴 수 없었던 것도 내 운명인 것을…… 그녀는 갑자기 보고 싶은 사람의 얼굴이 떠올랐다. 천천히 그 얼굴을 지우고서 두려움을 최대한 억눌러가며 마지막 남은 사명

감을 쏟아 대답했다.

"무슨 상자를 말하는 거야?"

"내가 두 번은 안 물어본다고 했지?"

남자는 더 묻지 않고 재빠르게 식당 여기저기를 뒤지기 시작했다. 상자가 있을 만한 곳은 전부 뒤집고 탈탈 털어 먼지 하나까지 확인하고 살폈다. 그녀는 어차피 꽁꽁 묶여 있어 할 수 있는 것이 아무것도 없었다. 이렇게 되고 나니 놈이 벽지 안쪽에 숨겨둔 상자를 찾아내도 상관없다는 생각이 들었다.

'그게 운명이라면 그렇게 되겠지……..'

한참을 뒤지던 눈이 들뜬 벽지에 다다랐고, 거친 손은 주저 없이 그것을 들춰냈다. 사내의 얼굴에 칼로 그은 것 같은 미소가 드리워졌다. 숫자 '17'이 선명한 붉은색의 상자. 조심스럽게 그것을 열고 지름 10cm 정도의 손잡이 없는 돋보기 같이 생긴 물건을 꺼내 들었다. 테두리 한쪽에 아주 작게 숫자 '17'이 적혀 있었다.

"상자 고마워. 이젠 넌 필요 없어."

이 말에 순자는 완벽하게 체념할 수 있어 오히려 고마웠다.

"날 어떻게 찾았어? 꽤 잘 도망 다녔다고 생각했는데. 역시 상자가 가르쳐 준 건가?"

"아니, 어떤 친절한 청년이 안내를 아주 잘 해줬어."

그제야 순자는 도익의 손에 자신의 목숨이 달려 있다는 문장의 의미를 알 수 있었다. 하지만 되돌리기에는 너무 늦었다.

불길이 치솟았다. 서울에서 온 아주머니가 얼마 전에 인수한 허름한 식당이 순식간에 강렬한 화염에 휩싸였다. 작은 가게에서 난 불치고는 너무나도 엄청난 화력에 인근 소방서에 전부 비상이 걸렸다. 첫 번째 소방차가 그곳에 도착했을 무렵, 도익과 정희는 바닷가에 잠들어 있었다. 사이렌을 울리며 여러 대의 소방차가 지나갔음에도 둘은 전혀 듣지 못하고 꿈속을 헤맸다. 그 후로도 한참이 지나고 나서야 두 사람은 깨어났다.

"역까지 바래다줄게. 너 가는 거 보고 나도 숙소 정하려고."

소녀는 아무런 대답도 하지 않았다. 기차역에 거의 도착했을 무렵 정희가 입을 열었다.

"기차 타기 전에 뭣 좀 먹어요."

"그럴까?"

두 사람 모두 배가 고프지는 않았지만, 차에서 내려 근처 패스트푸드점으로 자리를 옮겼다. 소녀는 불고기버거 세트라는 말만 남기고 2층으로 총총 올라갔고, 도익은 아직 결정하지 못한 채 키오스크 화면에 손가락을 가져갔다. 그때 건장한 두 명의 남자가 그의 양옆으로 감싸듯이 다가와 섰다. 묵직한 위압감이 느껴졌다. 오른쪽에 선 남자가 도익의 팔을 잡아채며 감정 없는 목소리로 말했다.

"최도익 당신을 방화 및 살인 용의자로 긴급 체포합니다. 당신은 변호사를 선임할……"

미처 대응할 사이도 없이 순식간에 그의 팔에 수갑이 채워졌다.

10. 지독한 안개의 밤

백동형 (남), 58세, 형사.

목포 경찰서로 그가 들어섰을 때 누구도 인사는커녕 알은체조차 하지 않았다. 하지만 백 형사는 익숙한 듯 그런 것 따위는 전혀 신경 쓰지 않고 곧바로 서장실로 향했다. 백전노장 백동형. 하지만 실제로 그렇게 부르는 사람은 없었다. 그의 이름 옆에는 언제나 안하무인, 민폐, 재수 없는, 사이코패스 같은 결코 좋지 않은 수식어만 따라붙었다. 예순이 다 되도록 여전히 현장에서 뛰고 있다고 존경을 표하는 후배 역시 전국 경찰을 탈탈 털어도 단 한 명도 없었다. 그는 '유명'이 아니라, 말 그대로 '악명 높은' 형사다. 한창때는 수사팀을 이끌기도 했지만, 누구도 원치 않는 사람이 되어버린 지금은 무리에서 쫓겨난 하이에나처럼 혼자서 미해결 사건을 파헤치며 전국을 어슬렁거리는 중이다. 현재 소속은 종로경찰서지만, 그런 건 아무 상관 없었다. 종로서에서도 그가 나타나지 않는 편을 훨씬 더 좋아했다. 소문으로는 엄청난 뒷배가 있어 무슨 짓을 하건 프리패스가 가능하다는 말도 떠돌았지만, 엮이면 골치 아프니까 적당히 협조해주고 적당히 비위를 맞춰서 빨리 다른 곳으로 보내버리자는 심산으로 그가 하는 대로 내버려둔다는 것이 중론이었다. 그를 아는 모든 사람이 퇴임을 바란다고 해도 과언이 아닐 정도로 그는 전국의 경찰들에게 기피 대상 1호였다. 그런 인물이 목포 경찰서의 문을 열고 들어왔으니 누구도 반가워하지 않는 것은 너무나도 당연한 일이었다. 무탈하게 이 폭탄을 다른 경찰서로 넘겼으면 하는 바람만이 공기 중을 둥둥 떠다녔다. 눈치 없는 신참 형사가 누군지 물으려다가 선배에게 괜한 꾸중을 들었다.

"도대체 어느 정도길래 다들 이렇게 치를 떨어요?"

"전국 경찰들 사이에 전설적으로 내려오는 얘기가 하나 있는데 말이야. 예전에 20대 여성 납치 사건을 저 영감이 수사한 적이 있었는데, 납치된 장소를 알아내서 혼자 거길 가게 된 거야. 현장에 딱 도착했는데, 범인이 여자를 살해하기 직전이었던 거지. 너 같으면 어떻게 했겠냐?"

"일단 구해야죠. 지원 요청하고."

"그렇지! 만. 저 영감탱이는 범인이 여자를 죽일 때까지 기다렸다가 여자가 죽은 걸 확인하고서 그다음에 놈을 체포했어. 살인죄로."

"말도 안 돼요. 그건 범죄잖아요."

"내 말이. 그런데 문제는 아무도 본 사람이 없다는 거야."

"본 사람이 없으면 죽을 때까지 기다렸다는 건 어떻게 알았을까요? 헛소문 아닐까요?"

"당시에 범인이 이런 증언을 했대. 몰래 지켜보는 사람이 있어서 살인하는데 더 흥분이 됐다고. 일부러 지켜보라고 놔둔 거래"

"정말요?"

"이 자식아. 그럼 이 하늘같은 선배가 거짓말을 하겠냐!"

"그런데. 그러면 감찰에서……"

"야! 너 방화 조서 다 썼어? 이게 빠져 가지고 일은 안 하고 노가리나 까고 말이야!"

이번 사건은 수사를 시작한 지 얼마 되지 않은 시점에 드물 정도로 굉장히 빠르게 용의자가 특정되었다. 어떤 남자가 피해자의 사진을 들고서 목포 이곳저곳을 찾아다녔다고 증언한 사람이 한둘이 아니었고, 부동산 사무실에서 사전 답사를 한 사실도 밝혀졌다. 무엇보다도 사건이 발생하기 직전, 식당 근처에서 길을 묻고 혼자서 사건 현장 쪽으로 갔다는 동네 주민의 결정적인 증언도 있었다. 도주의 우려가 있어 긴급체포가 결정됐고, 그의 신병을 확보할 수 있었다. 용의자가 범행을 저지르고도 태연하게 햄버거를 사 먹으려다 덜미를 잡혔다는 사실에 기자들은 앞다퉈 경악을 금치 못했다는 기사를 썼다. 그리고 어떻게 사건의 냄새를 맡았는지 요주의 인물인 그가 나타났다. 하이에나 백동형.

어두침침한 조사실. 도익은 푹 숙인 고개를 좀처럼 들지 않았다. 자신이 방화 살인의 용의자로 긴급 체포되었다는 사실보다는 피해자가 순자 아주머니라는 점이 마음을 짓눌렀다. 결국 지켜드리지 못했다는 자책과 얼마 남지 않은 시간을 평안하게 보내고 싶어 하시던 바람조차 자신이 꺾어버린 것 아닌가 하는 죄책감에 가슴이 조여왔다. 하지만 그것과는 별개로, 자신의 손에 아주머니의 목숨이 달렸다는 쪽지의 내용은 여전히 이해가 가질 않았다.

'도대체 뭘 놓친 거지?'

그때, 문이 열리고 지금까지 조사를 담당했던 젊은 형사가 아닌 다른 형사가 들어왔다. 머리가 희끗희끗했고 작은 키에 심한 거북목, 가만히 있어도 음침한 분위기를 풍기는 그런 남자였다.

"그러니까 그 얘기를 믿으라는 거야?"

"이해합니다. 저 역시도 아직까지 믿기 어려우니까요."

"누가 보냈는지 모를 붉은 상자가 문 앞에 놓여 있고, 그 안에 쪽지가 들어 있는데 적혀 있는 그대로 이뤄진다?"

"네."

"하하하. 믿지. 믿어줄게. 그 대신 너도 왜 식당 주인을 죽이고 불을 냈는지 말해줘."

햄버거 가게 이층에서 그를 기다리던 정희는 아래층에서 일어난 일을 전혀 알지 못했다. 피곤해서 그랬는지, 휴대폰을 만지작거리느냐 그랬는지 아니면 그냥 생각에 잠겨서 그랬는지 1층이 시끌시끌했는데도 까맣게 몰랐다. 어쨌든 도익이 두 명의 형사에게 끌려갔고 그 사실을 알 리 없는 소녀는 이층에서 하염없이 기다렸다. 그렇게 십 분. 다시 십 분. 정희는 인정하고 싶지 않았지만 뭔가 문제가 생겼다는 결론을 받아들였다.

'아저씨가 아무 말도 없이 그냥 사라질 리가 없어. 중요한 문제가 생겼을 거야. 내려가 볼까? 아니야 가보나 마나 없을 거야. 그럼, 이제 어떡하지? 이렇게 집으로 돌아가는 게 맞나? 아니면 여기서 아저씨가 올 때까지 기다릴까?'

생각이 이리저리 날뛰었다. 그렇게 또다시 십 분이 흘러갔다. 여전히 소녀는 아무런 결정도 내리지 못했다. 그때 테이블 위로 햄버거와 콜라가 든 접시가 놓였고, 소녀는 반가움에 고개를 들었다. 하지만 예상과 달리 기다리던 도익 아저씨가 아니었다. 가늘게 찢어진 눈매, 뾰족한 턱이 무척이나 날카로워 보이는 처음 보는 사람이었다.

"이거 먹어."

"누구세요?"

"날 모르나? 어…… 너 실미 언니 알지? 그 언니 아는 사람이야."

"실미는 또 누군데요?"

"왜 있잖아, 목포 내려올 때 같이 차 타고 온 그 언니."

"아, 그 재수 없는 아줌마요?"

"하하하. 재수 없는 아줌마! 야, 어쩜 그렇게 나랑 생각이 똑같냐."

"근데 왜 아저씨가 나한테 햄버거를 사줘요?"

"아니 그냥 뭐 배고플 거 같아서."

"도익 아저씨 어디 있어요?"

"아, 그게 좀 복잡하게 됐어."

"그러는 아저씬 누구예요?"

"학생이 참 궁금한 것도 많네. 하긴 그게 학생의 본분이지. 일단 먹어. 배고플 텐데."

"누구냐구요!"

"아, 거. 귀청 떨어지겠네. 그래 그럼 일단 자기소개부터. 난 장귀우. 귀한 친구라는 뜻이야. 이름 좋지? 아까도 말했지만 실미 언니 아니, 그 재수 없는 아줌마 아는 사람이야."

"도익 아저씨 어디 있어요?"

"잡혀갔어. 형사들한테."

"뭐라고요? 왜요? 왜 아저씨가 경찰에 잡혀가요?"

"그야 나도 모르지. 뭔 잘못을 했나 보지."

소녀는 당장이라도 경찰서로 달려갈 기세로 자리에서 일어났다.

"어디 가? 경찰서 가게? 가서 뭐 하게? 뭔 해결책이라도 있어?"

말하는 족족 신경을 거슬렸지만, 틀린 말은 하나도 없었다. 소녀가 할 수 있는 일은 아무것도 없었다. 화가 났다. 그 화를 괜히 앞에 앉은 귀우에게 쏟아부었다.

"그래서 용건이 뭐냐고요!"

"아따. 학생 사납네. 이거 좀 너무한 거 아니야? 배고플까 봐 햄버거도 사주고, 네가 걱정할까 봐 경찰에 잡혀간 것도 말해줬는데 이렇게 나한테 화풀이하는 건 아니지 않아?"

"그래서 용건이 뭐냐고요?"

"그냥 뭐. 학생은 이제 안전하게 집으로 돌아가라 뭐 이런 거라고 할 수 있지."

"신경 끄세요."

"이봐 학생. 네가 잘 모르는 모양인데. 나 엄청 무서운 사람이야."

"알아요. 딱 봐도 깡패처럼 보여요."

"근데 태도가 이래?"

"뭐 죽이기야 하겠어요?"

"와! 너 완전 마음에 든다. 오케이! 기분이다. 집에 갈 차비 없으면 아저씨가 빌려줄게."

"됐어요. 됐고요. 왜 나한테 접근했는지 이유나 말해요."

"야, 내 순수한 호의를 이런 식으로 쳐낸다 이거지? 나 상처받는다."

정희는 말도 섞고 싶지 않다는 티를 팍팍 냈다. 귀우는 괜히 입맛을 다셨다.

"집에 조심해서 가. 아저씨 갈 테니까 다음에 만나면 인사도 하고, 아는 척도 하고 좀 그러자. 그냥 갈 수도 있었는데 내가 마음이 약해서 햄버거 사서. 여기 이층까지 올라온 거야."

소녀는 끝까지 인사를 하지 않았고, 귀우는 뭐가 좋은지 싱글벙글하며 햄버거 가게를 나섰다. 심지어 휘파람을 불기까지 했다. 가게 앞 세워둔 차에 오르려고 문을 잡았는데 바로 뒤에서 소녀의 목소리가 들려왔다.

"집에 데려다주세요."

"그건 안 되고, 버스비 정도는 빌려줄 수 있는데."

정희는 다짜고짜 뒷문을 열고 올라탔다. 귀우는 다시 피식 웃었다.

"야, 너 진짜 내가 아는 누구랑 정말 똑같다."

소녀는 아무런 대답도 하지 않았다. 냉철하게 생각해서 현실적으로 경찰에 잡혀간 아저씨를 빼내거나 직접적으로 도와줄 수 있는 방법이 없다. 하지만 이 깡패 같은 남자에게 지금 일이 어떻게 돌아가는지 최대한 정보를 뽑아낼 수는 있을 것 같다. 이 사람은 뭔가 알고 있을 거라는 확신. 그것을 알아내는 것이 아저씨에게도 도움이 되는 일이라고 소녀는 생각했다.

"내가 왜 너를 집까지 데려다줘야 하는데?"

"말 걸고, 햄버거 사줬으면 책임을 지셔야죠."

소녀의 말에 귀우는 다시 크게 웃었다. 주변에 있는 사람이 민망할 정도로 큰소리였다.

한편, 대책 없이 목포 시내를 종횡무진하던 영운은 지칠 대로 지쳐 운전석 의자를 뒤로 젖히고 널브러졌다. 친구를 찾겠다고 목포까지 달려온 행동이 무모했다는 건 인정한다. 하지만 가만히 있을 수는 없었다. 뭐라도 해야 했다. 나름 최선을 다했다고 영운은 자신을 격려했다.

　붉은 가위로 쪽지가 무력화된 사실을 알 리 없는 그는 서해안고속도로 교통 상황만은 꼼꼼히 체크했다. 다행히 교통사고 소식은 아직 없었다. 하지만 안심이 되지 않았다. 오히려 갈수록 사고의 시간이 다가오는 것 같아 불안은 커져만 갔다. 교통 소식을 새로 고침하고, 새로운 뉴스가 있는지 확인하고 또 확인했다. 그러다 '목포 방화 살해사건 용의자 검거' 뉴스를 보게 되었다. 특별히 관심이 있었다기보다는 지금 있는 곳인 '목포'라는 단어에 이끌렸다. 간결한 뉴스였다. 주택가에 있는 허름한 식당에 불이 났고 주인은 사망했다. 발견 당시 시신은 의자에 묶인 채 불에 타 있었다는 소식. 영운이 놀란 것은 용의자로 보이는 남자가 찍힌 CCTV 영상 때문이었다. 모자이크 처리되긴 했지만 옷차림도, 행동도, 흐릿한 모습도 영락없는 도익이었다. 말도 안 돼! 서해안고속도로에서 교통사고로 사망할 운명인 녀석이 방화 살인 용의자로 체포됐다니! 순간 머릿속에 두 가지 생각이 스쳐 갔다. 하나는 살해된 식당주인이 그 아주머니일 확률이 아주 높다는 것, 다른 하나는 도익이 서울로 이송될 것이고, 그 길은 아마 서해안고속도로가 되리라는 것이었다. 그는 위험에 빠진 친구를 구해야 한다고 생각했지만, 어찌해야 할지 감도 잡히지 않았다.

　한 치 앞도 분간하기 힘든 짙은 안개가 내리깔린 밤. 폴리스라인으로 막혀 있는 불타버린 식당 안으로 거북목의 키 작은 형사가 밤고양이처럼 숨어들었다. 사그락사그락. 온통 시커멓게 그을린 잔해

속에서 백발의 형사는 날카로운 눈으로 이곳저곳을 뒤지고 샅샅이 살폈다. 아직 화재 감식을 시작하지 않았기 때문에 현장보존 차원에서 경찰도 출입을 자제해야 하는 시점이지만, 안하무인 백동형은 그런 것은 신경도 쓰지 않았다. 아니, 오히려 감식이 이뤄지기 전에 현장을 살펴보고자 일부러 이 시간에 왔다. 오랜 시간 방화 사건을 좇아온 그에게 화재 감식반은 방해자고 훼방꾼이다. 놈들은 그저 어떻게 불이 났는지에만 관심이 있다. 그걸 찾는답시고 도리어 범인의 흔적을 지워버린다. 한심하기 짝이 없다. 불이 어떻게 났는지는 조사할 필요도 없다. 누가 봐도 방화다. 답이 나와 있는 문제를 가지고 현장을 들쑤셔 수사를 방해한다. 그 꼴은 도저히 못 봐주겠다. 참을 수가 없다.

현장에서 찾아야 할 것은 첫째도 둘째도 오직 범죄 흔적뿐이다. 그는 직감만을 따랐다. 아무리 계획적인 범행이라 할지라도 모든 것을 다 완벽하게 준비할 수는 없다. 범죄의 순간에는 수많은 판단을 해야 하고, 예상치 못한 상황도 발생한다. 범죄자들은 대부분 그 순간 이성보다는 직감적으로 선택하고 범행한다. 그러므로 그런 놈들을 좇기 위해서는 이성은 집어치우고 오로지 직감에 의존해야 한다. 온몸의 신경을 최대한 날카롭게 곤두세우고 랜턴도 켜지 않은 채 백발의 형사는 캄캄한 어둠을 헤쳤다. 그러기를 두어 시간 남짓. 그의 촉이 불타버린 방 한쪽 구석에 닿았다. 그제야 랜턴을 올려 불을 밝혔다. 그리고서 불에 탄 것들 사이에서 검게 그을린 붉은 조각 하나를 집어 들었다. 밤의 안개 속에서 그의 미소가 빛났다. 틀림없이 그것이라고 확신했다. 그가 쫓고 있는 방화 사건 현장에는 어김없이 그을린 붉은 조각이 있었다. 아니. 그는 그 조각이 있는 방화 사건만 취급했다는 표현이 적확하다. 방화라면 흥미를 가지고 달려들었지만, 붉은 조각이 발견되지 않으면 내팽개쳤다. 예상대로 이번에도 그 조각을 찾아냈다. 더구나 용의자가 잡혔다. 상황이 재미있게 돌아가고 있다.

"그러니까 예언의 상자인가 뭔지가 진짜라는 걸 어떻게 증명할 수 있지?"

다그치는 형사의 말에 도익은 상자를 받은 또다른 사람인 정희가 떠올랐다. 소녀의 증언이 있다면 자신의 얘기를 믿어줄 거라는 생각도 들었지만, 끝내 그렇게 하지 않기로 했다. 정희를 끌어들이는 건 절대로 안 되는 일이라고 생각했다.

"저희 집에 가면요, 상자랑 쪽지가 있을 겁니다. 친구가 조사하고 있으니까 확인해 보세요."

다음 날 새벽. 어둠에 묻혀있는 도익의 집 현관문이 열렸다. 들어선 사람은 백 형사도, 영운도, 경찰도 아닌 실미였다. 그녀는 다급하게 심어둔 도청 장치를 찾아 수거했다. 그녀는 귀우를 통해 도익의 체포를 한발 먼저 알게 됐고, 전화를 끊자마자 그 길로 바로 목포를 떠나 곧장 도익의 집으로 달려왔다. 그가 방화 살인 사건의 용의자가 되었다면 틀림없이 가택수사가 진행될 것이다. 그러면 경찰은 도청 장치를 찾아낼 것이고, 도청을 누가 했는지까지 수사 범위가 넓어질 건 불 보듯 뻔하다. 어떡해서든 그것을 막기 위해 부리나케 달려왔다. 빠르게 숨겨둔 도청 장치들을 수거했다. 하나라도 빠뜨리면 안 되기 때문에 심어둔 곳을 재차 확인하며 진행했다. 집중을 요하는 일이다. 다른 것에 신경 쓸 겨를은 없다. 마지막 것을 떼어서 돌아서려는 순간, 이제 막 현관을 들어선 누군가와 눈이 딱 마주쳤다. 영운이다. 이미 그녀의 손에는 도청 장치가 가득했다. 변명의 여지가 없는 상황. 두 사람은 각자 이유는 달랐지만, 너무 놀라서 말없이 한동안 서로를 바라보았다. 그때 멀지 않은 곳에서 사이렌 소리가 들려왔다. 이에 영운이 실미를 제쳐놓고 붉은 상자와 쪽지들, 그리고 노트를 챙기기 시작했다. 그 역시 실미와 마찬가지로 경찰이 가택 수사를 할 것이라 생각했고, 그전에 상자에 관련된 것들을 빼내기 위해 서둘러 집으로 돌아온 것이다.

급하게 챙기는 도중에 쪽지 하나가 잘려져 있는 것을 발견했다. 하지만 상황이 상황이라 일단은 다른 것들과 함께 챙겨 들고 서둘러 집 밖으로 나왔다. 웅성거리는 소리가 가까워진 걸로 봐서는 경찰이 이미 아래층까지 온 것 같다. 큰일이다. 도망칠 곳이 없다. 아래에서는 경찰이 치고 올라오는데 위로는 갈 곳이 없다.

"따라와요."

실미는 자신의 집 현관문을 열고 영운을 쑤셔 넣고서 잽싸게 들어와 문을 잠갔다. 간발의 차로 경찰들이 쏟아지듯 밀려왔다. 문 앞에 쪼그려 앉은 두 사람은 경찰들이 들어오는 소리를 숨죽이고 가만히 들었다. 긴장감 있고도 어색한 시간이 아주 느릿하게 흘러갔다. 그렇게 벽을 타고 들려오던 어수선한 소리가 잦아들 무렵, 영운이 조심스럽게 입을 열었다.

"어떻게 된 거죠?"

"이렇게 된 거죠, 뭐."

"그런 말장난 말고, 설명을 하셔야 할 것 같은데."

그의 말에 실미는 크게 한숨을 내쉬었다. 그리고 잠시 사이를 두더니 말을 이었다.

"붉은 상자를 받았어요."

거짓말이다.

"옆집에 사는 도익 씨에 관한 게 쓰여 있었어요. 내용은 말해 드릴 수 없고요."

실미는 도청으로 얻은 정보를 이용해 그럴싸하게 꾸며댔다.

"아시다시피 상자는 거짓말을 안 하잖아요."

"아무리 그래도…… 이 장비들은 내가 좀 알아요, 프로들이나 쓰는 거라고요."

"이런 말까지는 안 하려고 했는데. 저 실은 정보국 소속이에요."

이 말에 영운의 입이 다물어지지 않았다. 붉은 상자만으로도 엄청난데, 정보국까지! 이런 대규모 미스터리 사건 속에 자신도 끼어 있다는 것에 그는 몹시 흥분했다.

"진짜요? 와!"

"누구한테도 절대 말하면 안 돼요. 그쪽한테는 오해를 풀려고 어쩔 수 없이 말한 거니까."

"아무한테도 말 안 할게요. 약속."

"도청은 미안해요. 어쩔 수 없었어요."

"이해합니다. 저라도 그랬을 거예요."

생각보다 쉽게 구워삶아지자 그녀는 오히려 김이 샜다.

"그럼 우리 이제 어떡할까요? 요원님."

"우리요?"

"네!"

이른 아침 경찰서로 돌아온 백 형사는 방화 사건 용의자 앞으로 우편물이 도착했다는 이야기를 듣고는 당장 가져오라고 소리쳤다. 잠시 후 신참이 그것을 가지고 왔다. 용의자가 증언한 것과 같았다. 붉은 색의 작은 상자. 그의 말처럼 상자에는 보낸 사람의 정보는 없었고 경찰서 주소와 최도익 이름 세 글자만 적혀 있었다.

"이거 누가 가져왔어? 택배야? 우체부?"

"정문 앞에 있었다고 하던데요."

동형은 자리를 박차고 나가 정문 CCTV를 확인했다. 하지만 하필 시스템 점검으로 잠시 작동이 멈춰 있던 때에 배달돼서 아무것도 확인할 수 없었다. 거북목의 형사는 이게 단순히 우연만은 아니라고 생각하며 상자를 열었다. 용의자의 말에 따르면 예언이 적혀 있는 검은색 쪽지가 있어야 한다. 하지만 쪽지 같은 건 없었다. 들어 있는 거라고는 사진 한 장이 전부였다. 앞뒤를 살펴봐도 별다른 메시지 같은 건 없었다. 다만 사진 뒷면에 아주 작게 1/3이라고 쓰여 있었다. 의미를 알 수 없지만 일단 기억해 두기로 했다. 백 형사는 사진 속 인물을 아직 만나본 적이 없기 때문에 그녀가 도익이와 함께 목포에 내려온 소녀라는 사실을 알지 못했다.

조사실의 문이 열리고 구부정한 자세의 형사가 들어왔다. 도익은 다급한 마음에 그가 앉기도 전에 물었다.

"집에 가보셨어요? 상자랑 쪽지 보셨죠?"

"집을 조사했는데 말씀하신 상자랑 쪽지. 그 비슷한 것도 없었습니다."

"그럴 리가……"

"너무 상심하지 마세요. 그런 게 있었어도 달라지는 건 없었을 테니까요."

그의 말을 듣는 순간 도익의 몸에 소름이 촤륵 돋아났다. 문이 열렸을 때부터 느껴졌던 위화감이 그의 존댓말로 인해 더욱 증폭된 것이다. 어제와 달리 백발의 형사는 이상하리만치 친절했다. 그 태도 역시 불안을 더했다. 예상은 틀리지 않았다. 형사는 껄껄 웃으며 그의 두 손을 묶고 있는 수갑을 풀어주었다.

"증거도 불충분 하고, 긴급 체포 구금 시간도 지났으니 이제 나가셔도 됩니다."

끌려올 때도 그랬지만, 풀려나는 지금도 너무 뜬금이 없어 정신이 차려지지가 않았다.

"증거불충분이요?"

순간, 형사의 표정이 싸늘해졌다. 그러고는 천천히 얼굴 가까이 다가와 아주 작게 속삭였다.

"여기서 나가면 하던 대로 계속해. 멈추지 말고."

백 형사는 보이지 않도록 감시 카메라를 등지고서 그의 손에 라이터를 쥐여주었다.

"난 알아 네 놈이 멈추지 못한다는 걸."

도익은 아무런 영문도 모른 채 이렇게 당황스럽게 풀려났다.

"이게 말이 돼요?"

신참 형사가 고개를 갸우뚱하며 물었다.

"뭘 그렇게 진지하게 생각해. 저 미친 늙은이가 여길 떠나는데 만세는 못 부를망정."

"그래도 유력 용의자를 저렇게 풀어주는 건 말이 안 되잖아요! 언론에까지 난 사건을요!"

"누가 유력 용의자래? 길거리에서 사람 찾으러 돌아다니는 걸 봤다는 증언만으로 뭘 증명할 수 있는데? 증거가 없잖아. 방화 살인에 직접 증거가 하나도 없다고! 이 양반아!"

"그러면 긴급체포한 게 문제 될 수도 있는 거 아닌가요?"

"그니까 하늘이 도왔다는 거 아니냐. 저 미친 늙은이가 갑자기 나타나서 자기가 맡는다고 한 게 신의 한 수가 된 거지. 책임을 전부 떠안고 장렬하게 사라지게 생겼으니 우린 손 안 대고 코 푼 격이 된 거라고 이 답답아!"

"목포 방화 살인 사건의 주요 용의자인 최 모 씨가 증거 불충분으로 풀려났습니다. 이에 경찰은 더욱 확실한 증거를 찾아 진범을 찾아내겠다고 브리핑했지만 시민단체들과 법과 정의를 위한 변호사 모임은 즉각 이를 비판하는⋯⋯."

경찰서를 나온 도익은 집으로 가야 할지, 아니면 불에 탄 순자 아주머니의 식당에 가봐야 할지 갈피를 잡지 못했다. 어쩌다 일이 이 지경이 됐는지 주저앉고만 싶었다. 그런 그의 앞으로 처음 보는 자동차 한 대가 앞에 멈춰 섰다. 창문이 천천히 내려갔고 백 형사가 안에서 고개를 내밀었다.

"서울 가는 길인데. 데려다줄까?"

"됐습니다."

"흠. 그래?"

동형은 그의 앞으로 배달되어 온 붉은 상자를 보란 듯이 꺼내 들고서 흔들며 인사했다.

"그럼 잘 가."

"잠깐만요!"

도익은 망설임 없이 그의 차에 올라탔다.

파일 조사 보고 : 수신 - 장귀우 과장 / 발신 - 용산

파일명 : 매뉴얼 AXDN

메시지 : 일부 추가 복구. 내용은 아래와 같음.

: *NO.17 - 뷰어 (Crystal Viewer)*

기능 : 각각의 아이템이 내보내는 에너지를 포착 그 아이템의 위
치를 알 수 있다.

핸디캡 : 가까이 있는 하나의 아이템이 뷰어에 표시된다.

주의 : 한곳에 오래 머물러 있었던 아이템의 경우 그곳에 파장의
잔상이 강하게 남아서 위치를 옮겨도 오래 있었던 장소의
위치가 표시된다.

비고 : 다른 아이템들과 동일하게 해당 상자에 *12시간 보관 후 일
정 시간 동안 사용 가능*

으스스한 밤의 한가운데서 남자가 모습을 드러냈다. 얼굴에 커다랗
게 자리 잡고 있는 화상 흉터는 밤의 음산함 때문에 더욱 기괴해 보였
다. 이상하리만치 그의 주변에만 서늘한 기운이 가득했다. 명노는 문
닫은 구멍가게 앞 낡은 플라스틱 테이블 위에 누렇게 바랜 지도를 펼
쳤다. 곧이어 순자에게서 빼앗은 17번 상자를 열어 그 안에서 손바닥
보다 조금 작은 둥근 유리를 꺼내 지도 한쪽에 가져다 댔다. 그러고는
아주 천천히 훑어나갔다. 밤새들도 그가 내뿜는 음산함에 밀려 숨을
죽였다.

이윽고 남자의 눈이 빛나는 순간이 찾아왔다. 지도에 댄 둥근 유
리 위로 작고 붉은 점 하나가 깜빡였다. 반사된 게 아니라 자체적으

로 반짝이는 것이었다. 샛길이 끝나는 지점. 사내는 그 위치를 지도 위에 표시한 후에 다시 조심스럽게 유리를 상자에 넣고, 서둘러 자리를 떴다.

밟힌 낙엽들도 비명을 지르지 않았다. 명노는 성큼성큼 목표지점을 향해 나아갔다. 얼마 지나지 않아 지도에 표시된 장소에 도착했다. 흉터의 남자는 메고 있던 배낭을 풀고 접이식 삽을 꺼내 조립했다. 타닥. 끼익. 펼쳐지고 조여지는 소리가 어둠을 울렸다. 조립을 마치자 무서운 속도로 땅을 파기 시작했다. 퍽퍽. 흙바닥은 아무런 저항도 하지 못하고 속수무책으로 파헤쳐졌다. 얼마 파내려가지 않았는데 묻혀있던 배낭이 삽에 걸렸다. 원치 않는 이물질의 출현에 그의 미간이 찌그러졌다. 신경질적으로 뽑아 옆으로 던져버리고서 숨도 돌리지 않고서 다시 땅을 파내려갔다. 허리 높이까지 팠는데도 붉은 상자는 나오지 않았다. 누군가 먼저 와서 상자를 가지고 간 게 틀림없다. 포기를 모르는 남자의 시선이 조금 전 내팽개친 학생용 배낭으로 옮겨졌다. 숨을 고르며 그것을 집어 올려 지퍼를 열고 안에 든 걸 털어냈다. 우수수 매달이 쏟아져 나왔다. 다음으로 운동복, 운동화 그리고 각종 상패들과 상장이 바닥으로 토해졌다. 상장 하나를 집어 든 그의 눈이 날카롭게 빛났다.

[높이뛰기 여자부 우승. 경수고등학교 민정희]

흉폭한 얼굴의 악마는 소녀의 이름을 차가운 밤공기 위로 뱉어냈다.

"민정희……."

11. 거미줄

"지난 11일 병원을 다녀오겠다는 말을 남기고 집을 나선 고등학생 열아홉 살 민정희 양이 집으로 돌아오지 않은 지 사흘이 지났습니다. 최근 빈번하게 발생하고 있는 납치 사건으로 사회적 긴장감이 높아진 가운데, 경찰은 가족들과 협의하에 공개수사로 전환하기로……."

구부정한 거북목의 형사는 취재진과 경찰 그리고 구경꾼들을 한심하다는 듯이 바라보면서 담배를 물었다. 날파리 같은 것들이 수사를 망치고 있다. 말이 공개수사지 진행 과정, 수색 범위, 그리고 수사 대책까지 전부 매스컴을 통해 납치범에게 낱낱이 알려주는 바보짓 중의 바보짓이다. 어리숙한 유괴범이면 조여 오는 불안을 이기지 못하고 조급해지겠지만, 머리가 제대로 박혀 있는 놈이라면 상황이 얼마나 자신에게 유리하게 돌아가는지 알고서 만세를 부를 것이다. 요즘 경찰에는 수사의 기본 아니 기초조차 모르는 애송이들이 넘쳐난다. 정신이 똑바로 박힌 놈을 찾아볼 수 없다. 이래 가지곤 제대로 된 수사를 할 수 없다.

상대는 보통이 아니다. 붙잡혀 있는 경찰서에다 보란 듯이 다음 희생양의 사진을 보내놓고 모른 척 연기를 한 사이코패스다. 서울로 올라오는 차 안에서도 놈은 무슨 히어로라도 된 것처럼 이 사태를 전부 자기 손으로 해결해야만 한다며 광적인 집착을 드러냈다. 추후 법정에 섰을 때를 대비해 정신이상을 호소하기 위해 미리 수를 쓰는 것이다. 놈은 예측할 수 있는 거의 모든 경우를 철저히 계획하는 치밀한 스타일이다. 그런 자를 상대해야 하는데 경찰의 대처는 정말이지 한심하기 짝이 없다. 한숨 섞인 담배 연기가 허망하게 사라져갔다. 백 형사는 마지막 한 모금을 깊게 들이마시고 꽁초를 아무렇게나 집어던졌다. 돌아서는 그의 눈에 조금 떨어진 곳에 숨어서 사람들을 보고 있는 작은 그림자가 포착됐다. 성큼성큼 다가간 그는 인사나 실례의 말도 하지 않고 다짜고짜 경찰 신분증을 들이밀었다.

"실종 여학생하고는 친구?"

호열이는 갑자기 나타난 형사의 질문에 당황하지 않고 그렇다고 고개를 끄덕였다.

"무슨 할 말 있는 것처럼 보이는데?"

소년은 입을 꾹 다문 채 어떠한 반응도 보이지 않았다. 이런 태도에 백 형사는 이 소년이 틀림없이 무언가 알고 있을 거라고 확신했다. 백동형, 그는 지나치게 자신의 판단을 맹신하는 수사 스타일 때문에 경찰 관계자들을 난감하게 만든 적이 한두 번이 아니었다. 그럼에도 그는 절대로 인정하지 않았다. 반대로 자신의 판단으로 해결된 사건이 압도적으로 많다고 주장했다. 백 형사는 도익의 사진을 꺼내 소년에게 보여주었다.

"혹시 이 사람 알아?"

벡형사는 학생이 어떤 대답을 하든 애초에 들을 생각이 없었다. 오직 사진을 보는 눈동자에 온 주의를 기울였다. 예상대로 소년의 눈에는 알 수 없는 감정이 휘몰아쳤다. 대체로 이런 경우 두려움이나 분노, 혹은 슬픔이 읽히기 마련인데 소년 눈동자에는 수컷의 질투가 가득 담겨 있었다. 백 형사는 구미가 당기는지 입맛을 다시면서 물었다.

"아는 사람이야?"

"아는 사람은 아닌데요. 몇 번 보긴 했어요."

"언제? 어디서?"

"제 기분인지는 모르겠지만. 이 사람이 정희의 주변을 맴도는 것 같은 느낌을 받았어요. 언젠가 저기 다리 위에서 우릴 지켜보기도 했고요, 며칠 전에는 병원에도 나타났고."

소년의 말을 듣던 동형의 얼굴에 미소가 번졌다.

"그래, 그렇다는 말이지!"

* * *

영운은 날카롭게 반으로 잘린 쪽지를 보며 생각에 잠겼다. 서해안고속도로에서 교통사고로 사망한다는 비극적 예언은 이뤄지지 않았다. 우연인지 아니면 쪽지가 잘렸기 때문인지는 알 수 없다. 아니, 어쩌면 아직 붉은 상자의 예언은 아직 유효할지 모른다. 사고 시점이 적혀 있는 것은 아니었으니, 언제고 도익이는 서해안고속도로에서 교통사고를 당할 수 있다.

지금 주목해야 할 것은 집을 비운 사이 누군가 들어와서 이 쪽지를 잘랐다는 점이다. 누가? 왜? 이 두 갈래 길에서 잠시 고민하던 영운은 지금 상황에서는 우선 상자에 대해 하나라도 더 아는 것이 중요하다고 판단하고는 누군지를 쫓기보다는 왜 잘랐는지에 초점을 맞추기로 했다. 쪽지를 자르는 것만으로 적힌 내용을 무력화할 수 있을까? 정말 그럴까? 그는 도익이 받은 **<세 명의 목숨이 네 손에 달려있다.>**는 쪽지를 앞에 두고 가위를 꺼내 들었다. 지켜보고 있는 도익 역시 그렇게 되기를 바랐다. 아주머니의 죽음 앞에서 아무것도 할 수 없었는데 이번에는 정희다. 두 번 다시 그토록 허망하게 잃을 수 없다고 다짐을 했지만, 이번에도 미처 손을 써보기도 전에 정희가 실종되었다. 자책이 밀려왔지만 아직 포기하기는 이르다고 애써 다독이며 전의를 다졌다. 어떡해서든 무사히 돌아오게 해야 해, 계속 무기력하게 당할 수만은 없어. 하지만 이번에도 방법을 모르기는 마찬가지였다.

영운이 쪽지 가운데 가위를 가져다 댔다. 그리고 단번에 싸악-뚝. 반으로 잘랐고 두 동강 난 쪽지가 바닥으로 떨어졌다.

"이제 어떻게 될까?"

"글쎄."

리모컨을 들어 뉴스를 틀었다. 두 사람은 좋은 소식을 기다리며 화면을 응시했다. 정희 어머니의 인터뷰가 방송되고 있었다.

"며칠 전에 갑자기 목포를 다녀온다고 했어요. 기분 전환 겸 놀러 간다고 생각하고 허락했죠. 근데 그날 밤에 집 앞에 처음 보는 차 한 대가 서 있더라고요. 가만 보니까 거기서 우리 애가 내리는 거예요. 의아하긴 했지만 어쨌든 집에 온 거니까 큰일은 아니다 싶었죠. 그 래도 혹시나 해서 누구냐고 물었는데. 그냥 아는 사람이라면서 말을 흐리더라고요……."

"혹시, 차량 번호나, 인상착의는 기억나십니까?"

"번호는 모르겠고요. 눈매가 쭉 찢어져 있었고, 턱이 뾰족했어요. 멀리에서 잠깐 봤는데도 참 특이하게 생겼다고 생각했거든요. 그래 서 기억해요."

"잠깐!"

"왜 그래?"

"짐작 가는 사람이 있어. 전에 옥상에서 남자를 떨어지게 만든 놈! 정희 어머니가 말한 거랑 비슷하게 생겼어."

"그때 널 묵사발 만들었던 조폭?"

"어."

"아닐 수도 있잖아. 세상에 눈 찢어지고 턱 뾰족한 사람이 한둘도 아니고."

도익은 경찰서에서 풀려난 후 정희에게 전화했던 일을 떠올렸다. 혼자 있게 해서 미안하다고, 피치 못할 사정이 있어 체포되었고, 지금 막 풀려났다는 말을 전했을 때 정희는 무사히 집에 도착했다며 오히려 나를 걱정해 주었다. 그때, 나를 잘 안다고 하는 어떤 아저씨가 목포에서부터 태워줬다고 했다. 이름이 장귀우…… 였나? 혹시 걱정할까 봐 "어 그래 잘됐네." 하고 전화를 끊었지만, 내내 누구지? 걸렸었는데, 그 뾰족한 깡패 놈이 정희를 바래다줬을 줄이야…….

* * *

스산한 기운이 감도는 청평의 어느 낚시터. 아무도 없는 이곳에서 홀로 낚싯대를 드리우고 있는 한 남자. 희끗희끗한 수염에 허름한 모자를 쓰고 있는 그가 심각한 표정으로 줄곧 끼고 있던 팔짱을 풀었다. 두 눈은 멈춰 있는 찌에 고정되어 있었지만, 머릿속은 온통 낚시와는 전혀 상관없는 복잡한 일들로 가득 차 있었다. 갑자기 불어온 바람이 모자를 들썩여 주의를 환기시키지 않았더라면, 아마도 누군가 자신을 향해 걸어오는 모습도 보지 못했을 것이다.

낚시터와는 전혀 어울리지 않는 양복 차림에 낚시도구도 들고 있지 않은 빈손의 사내가 그에게 다가갔다. 잔물결이 출렁이듯 긴장감이 일렁였다. 남자는 인사도 없이 허름한 모자의 낚시꾼 옆에 앉으면서 말했다.

"좀 잡으셨습니까?"

"궁금하지도 않은 것을 물어보는 건 예나 지금이나 똑같구나."

"제가 궁금해하지 않을 거라고 단정 지으시는 건 예나 지금이나 똑같으시군요."

"오랜만에 보는데 인사 정도는 해라. 깡패 생활하더니 뼛속까지 깡패가 된 거냐?"

"네. 덕분에 깡패로 잘 먹고 잘살고 있습니다."

귀우의 말에 담긴 가시가 부국장의 눈썹을 찔렀다. 하지만 그는 꿈적도 하지 않았다.

"자네가 그렇게 된 것이 마치 누구 때문이라고 원망하고 싶은 모양인데."

"원망은 하고 싶지 않습니다. 복수라면 모를까."

"복수라. 너무 노골적이고 뻔뻔해서 듣는 내가 다 민망하구만."

"단도직입적으로 말하겠습니다. 복귀시켜 주십시오."

"복귀라…… 그러기엔 너무 긴 시간이 지났다고 생각하지는 않나? 이제 돌아와서 자네가 뭘 할 수 있겠어. 시대는 바뀌었고, 이쪽 정보 세계도 예전과는 완전히 다른 곳이 되어버렸는데. 더 이상 자네가 생각하는 그런 곳이 아니야. 조폭들 다루는데 이골이 났으면 그걸로 먹고사는 게 속 편할 걸세. 이건 오래 살아온 경륜에서 하는 충고니까 새겨듣게."

"잘 알겠습니다. 사실 진작부터 그런 줄 알고 있었는데 예의상 여쭤본 겁니다. 저를 복귀시킬 계획이 전혀 없으신 것 같으니 이제 마음 놓고 복수하도록 하죠."

귀우의 말이 끝나기가 무섭게 희끗한 수염의 구본수 부국장은 큰 소리로 껄껄 웃었다.

"비밀 서버에서 자료를 빼가려고 했다는 얘기 들었네."

"차곡차곡 모아가고 있습니다. 조만간 쓰러뜨려 드릴 테니 누우실 자리는 미리 봐두시는 게 좋을 겁니다. 이건 험하게 살아온 경륜에서 드리는 충고니 새겨들으시길 바랍니다."

이 말에 천하의 대한민국 정보국 부국장 구본수의 평정심도 흔들렸다. 하마터면 버럭 소리칠 뻔했지만, 전혀 드러내지 않고 인자한 미소를 지어 보이며 자신을 지켰다. 낚시찌가 잔물결에 맞춰 오르락내리락했고 바람은 조금 더 차가워졌다. 두 사람 사이에 대화가 말라갈 무렵, 부국장의 휴대폰이 울렸다. 주머니에서 휴대전화를 꺼내는 그 짧은 순간에 귀우는 날카로운 눈으로 화면에 뜬 이름을 캐치해냈다.

최도익

"통화를 좀 하고 싶은데 그만 비켜주겠나?"

귀우는 일어나 목례도 하지 않고 되돌아갔다. 나무 데크를 밟는 소리가 멀어져갔다.

"여보세요?"

"아이고, 오랜만이구나. 잘 지냈어?"

11. 거미줄 **187**

구본수의 얼굴에 금세 화색이 돌았다.

"자주 연락도 못 드리고 죄송해요."

"살다 보면 다 그런 거지 뭐. 그나저나 경찰 시험은 잘 봤어? 발표는 언제야?"

"저기, 아저씨."

"어, 왜? 무슨 부탁이라도 있어?"

"실은……"

"말해봐. 내 할 수 있는 한 최대한 도와주마. 누구 부탁인데 내가 안 들어 주겠냐."

"혹시, 어떤 사람에 대해 알아봐 주실 수 있으신가 해서요."

"뭐, 어렵지 않지, 맨날 하는 게 그런 건데."

"그럼, 부탁 좀 드릴게요. 이름은 장귀우고요. 조직폭력배 같아요."

도익이 입에서 장귀우의 이름이 나오자 부국장은 불길한 기분에 사로잡혔다. 고개를 돌려 귀우가 걸어간 쪽을 바라보았지만 이미 그의 모습은 보이지 않았다.

도움을 받지 않으려고 했었는데, 상황이 상황이니만큼 도익은 아버지의 옛 동료인 구본수 부국장에게 장귀우의 소재를 알려달라고 부탁했다. 얼마 지나지 않아, 그가 사는 곳과 전화번호를 비롯해 몇 가지 간단한 정보를 손에 넣을 수 있었다. 도익은 그 길로 귀우를 만나기 위해 무작정 그의 집으로 찾아갔다.

세 시간째다. 하지만 돌아갈 마음은 없다. 열 시간 아니, 며칠이 지난다 해도 기다릴 거다. 무조건 만난다. 지금은 무엇보다 정희의 안전한 귀가가 가장 중요하다. 순자 아주머니처럼 허망하게 잃을 수 없다. 이번에는 무슨 수를 써서라도 구해낼 거다. 그의 주먹에 힘이 들어갔다.

장귀우가 나타난 건, 한참이 더 지나 12시가 훌쩍 넘은 늦은 밤이었다. 도어락을 누르는 귀우의 등 뒤로 긴 그림자가 드리워졌다.

"제 발로 찾아오다니, 의왼데?"

귀우는 놀라지 않은 기색이다. 어둠 속에서 도익이 단도직입적으로 물었다.

"정희 어떻게 했어?"

귀우의 손이 문고리에서 떨어졌다.

"아무래도 긴 밤이 될 것 같은데, 어디 가서 얘기 좀 할까?"

집 근처 놀이터.

두 남자가 벤치 양 끝단에 앉았다. 고장 난 가로등 덕에 놀이터에는 흐릿한 빛이 감돌았다.

"정희 지금 어디있어?"

"그걸 왜 나한테 물어?"

"정희 어떻게 했냐고!"

"성격 급한 건 여전하네."

말이 끝나기도 전에 도익이 그의 멱살을 잡아 올렸다.

"캑캑. 아 맞다. 너 정의의 사도였지?"

흐릿한 한밤의 놀이터. 그곳에서 두 남자의 싸움이 시작됐다. 눈빛이 충돌하고 주먹과 주먹이 일대일로 부딪히는 그런 낭만적인 결투와는 거리가 아주 먼, 구르고 조이고 당기고 마구 때리는 개싸움이 펼쳐졌다. 흙바닥에 상대의 얼굴을 비비고, 악다구니를 써가며 주먹을 날리는 동물적 혈투. 맞는 통증도 강렬했지만, 때리는 손에도 부서질 것 같은 고통이 스몄다. 누가 우세한지 구분하기도 힘든 거친 몸짓에 숨소리는 더욱더 거칠어져 갔다. 순식간에 흙투성이가 되어버린 두 사람은 모두 다리가 후들거렸다. 힘이 빠질수록 눈에 독기도 점점 옅어져 갔다. 그런데도 악을 쓰며 달려들기를 수차례. 무엇 때문에 주먹다짐하고 있는지조차 잊고서 오로지 눈앞의 상대를 쓰러뜨리기 위해 두 사람은 있는 힘을 다해 주먹을 내지르고 나뒹굴었다.

애들 놀이터에 펼쳐진 한밤의 대전은 싱겁고 밋밋하게 끝나버렸다. 두 남자는 거의 동시에 쓰러지듯 바닥에 드러누워 한 톨의 공기라도 더 마시기 위해 씩씩거리며 필사적으로 숨을 쉬어댔다.

"내가 가장 존경하는 분이 최해식 부장님이야."

느닷없이 아버지 이름이, 그것도 다른 사람도 아닌 비열한 조직폭력배의 입에서 나오는 걸 듣게 된 도익은 무척이나 혼란스러웠다.

"햇병아리 시절, 짧은 시간이었지만 내 인생을 송두리째 바꿀만한 영향을 주신 분이셨거든."

놈이 지금 무슨 말을 하는 건지 도무지 갈피가 안 잡힌다. 정희를 구하기 위해 찾아왔는데 아버지의 이야기를 듣게 되다니…….

"뭔 헛소리야?"

"나 같은 쓰레기한테 아버지 얘기를 듣는 게 탐탁지는 않겠지만, 이거 한 가지만은 꼭 알려줘야 할 것 같아서, 최 부장님 그렇게 돌아가시는데 단단히 일조한 게 구본수 그 인간이야. 그 대가로 정보국 부국장 자리에 오른 거고."

"지금 그걸 나더러 믿으라고? 본수 아저씨는 아버지 돌아가시고 우리 가족을 돌봐준……"

"믿기 싫으면 믿지 마. 난 그냥 최 부장님께 조금의 도리라도 하고 싶어서 알려준 거니까."

"네 말이 사실이라고 치자. 왜 본수 아저씨가 아버지한테 그런 짓을……?"

"최 부장님이 남보 코퍼레이션을 비밀리에 조사하고 계셨거든."

가슴이 철렁 내려앉았다. 중년 남자가 길을 묻고, 뛰어내리고, 지나가던 여자가 허망하게 죽은 곳. 바로 그곳이 남보 코퍼레이션 본사 건물이었다. 지금껏 일어난 일들이 전부 우연만은 아니라는 생각에 도익은 아득해졌다.

"물론 안 믿겠지만, 그 실종된 여학생은 나랑 관계없어. 너 잘못 짚은 거야."

뾰족한 남자는 자리에서 일어나 먼지를 털었다. 그리고서 뒤도 돌아보지 않고 집을 향해 터덜터덜 걸어갔다. 다리를 절뚝이며 걷는 귀우를 바라보며 도익은 자신을 돕는다는 다리를 절뚝이는 사람이 혹시 귀우가 아닐까 잠시 생각에 잠겼다가 곧바로 고개를 흔들었다.

깨진 창밖으로 이름을 알 수 없는 새의 울음소리가 들려왔다. 정희는 바닥에 단단히 고정된 의자에 손이 뒤로 묶인 채 입은 테이프로 봉해져 있었다. 동그란 소녀의 눈은 공포로 가득했다. 지울 수 없는 화상 흉터를 가진 남자가 겁에 질린 소녀의 곁으로 천천히 다가 입에 붙어있던 테이프를 떼어냈다. 정희가 비명을 질렀지만, 그는 거들떠보지도 않았다.

"살려주세요. 살려주세요."

"두 번은 안 물어보니까, 신중하게 대답해."

"살려주세요."

"버스 종점 부근에 묻혀있던 붉은 상자 지금 어디 있어?"

눈을 질끈 감았다. 역시나 모든 게 전부 상자 때문이었다. 결국 이렇게 됐다. 소녀는 앞에 있는 흉폭한 얼굴의 남자보다 시뻘건 상자가 내뿜는 운명이 백배는 더 무섭다고 생각했다.

그날. 배낭을 묻고 버스에 오른 소녀는 땅에 묻혀있던 붉은 상자를 가지고 온 자신을 탓했다. 새 출발 하기 위해 과거의 것들을 전부 힘겹게 묻어놓고, 더 큰 짐을 가지고 오다니 너무나 한심했다. 아무리 생각해도 그 행동은 이해가 가질 않았다. 마치 의지로 상자를 가지고 온 것이 아니라 상자의 명령에 따라 움직인 것 같은 느낌이었다. 온몸에 소름이 돋아났다. 겁에 잔뜩 질려 어딘지도 모르지만, 하차 벨을 누르고 문이 열리자마자 도망치듯 버스에서 내렸다. 173번 버스는 그 상자를 싣고서 멀리 사라져갔다.

"진짜예요. 버스에 두고 내렸어요."

사내는 말한 대로 두 번은 묻지 않고 자리에서 일어나 그길로 나가버렸다. 무서운 일이 벌어질지도 모른다는 두려움에 떨던 소녀는 남자가 아무런 해코지도 하지 않고 갑자기 나가버리자 더욱 겁이 났다.

명노는 상대가 가장 두려워하는 것이 무엇인지 본능적으로 알아차리는 능력을 타고났다. 그는 원하는 걸 손에 넣을 수 있는 가장 효과적인 방법은 상대가 가장 두려워하는 것을 맞닥뜨리게 하는 거라고 생각했다. 명노가 파악한 정희의 가장 취약한 고리는 바로 '정신적 고립'이었다. 그래서 움직이지 못하게 고정시키고 내버려둔 것이다. 밖에서는 누구라도 그 어떤 짐승도 쉽게 안으로 들어갈 수 있지만, 소녀는 묶여 있어 나가기는커녕 움직이지도 못한다. 이 상태를 만들어 놓고 그냥 방치하기만 하면 된다. 그러면 자신이 지금 누구도 찾지 못할 아주 깊고 먼 곳에 버려져 있으며, 도와주러 올 사람역시 아무도 없다는 절망이 소녀를 휘감을 것이다. 그렇게 두려움을 한계치까지 몰아붙이면 결국 굴복하게 된다.

모니터에 비친 결박된 소녀를 보고 있는 그의 얼굴에 어떤 표정도 그려지지 않았다. 정희가 있는 데서 멀지 않은 곳에 위치한 그의 은신처는 작은 연구소를 방불케 할 만큼 엄청난 양의 자료들과 여러 가지 물건들로 가득 차 있었다. 수년간 붉은 상자를 연구했고, 전국을 떠돌며 그것들을 모아왔다. 그는 누구도 손댈 수 없도록 은신처 깊숙한 곳에 특수 제작한 금고 안에 수집한 아이템 상자를 보관했고, 벽에는 그동안 알아낸 상자의 특징들과 정보를 적어두었다.

대부분 붉은 상자 아이템은 가지고 있는 에너지를 다 사용하면, 12시간 동안 해당 상자에 넣어두어야 다시 그 기능이 발휘된다. 1분 1초라도 모자라면 안 된다. 또한 시간을 나눠 총합이 12시간이 되게 넣어서도 안 된다. 반드시 한꺼번에 12시간을 채워야 한다. 예외는 발견하지 못했다. 각각의 아이템은 가동 시간이 서로 다르며 핸디캡도 상이하다.

한쪽 구석에는 붉은 가위로 잘라낸 쪽지들이 수북이 쌓여 있었다. 그는 운명의 흐름을 바꾸기 위해 쪽지들을 선별해서 잘라냈다. 본인에게 온 것뿐만 아니라 남의 쪽지라도 필요하면 빼앗아 잘라 흐름을 조절했다. 그러다 어느 순간부터 자신이 원하는 쪽으로 운명이 기울어가고 있음을 느끼는 순간이 찾아왔다. 사내는 한쪽 벽을 전부 차지하고 있는 인물과 아이템의 관계도로 다가갔다. 복잡하게 얽힌 도표를 한참을 바라보다가 정희의 사진 아래에 붙여놓은 6번 상자 모형을 떼어내 그것을 뒤집어 뒷면을 살폈다. 거기에는 작은 글씨로 '펜던트'라고 적혀 있었다. 열려있는 창밖으로 산짐승의 울음소리가 길게 이어졌다.

그 울음소리는 갇혀 있는 정희에게도 고스란히 전해졌다. 소녀는 더 이상 견딜 수 없는 지경에 가까워지고 있었다. 차라리 누군가 목을 조르거나 괴롭혀 고통스럽게 해줬으면 하는 마음이 생길 정도였다. 세상에 혼자 남겨진 것 같은 고립감과 숨을 조여 오는 공포감을 더는 견뎌낼 여력이 소녀에게는 남아 있지 않았다. 아무리 이겨내 보려고 해도 쓰나미처럼 몰려드는 압도적인 정신적 고통에 결국 소녀는 무너져 내렸다. 후회가 밀려왔다.

'나서는 게 아니었어, 도익 아저씨를 도와주는 게 아니었어.'

그랬다가

'어쩔 수 없는 일이었어. 어차피 이렇게 될 운명이었어.'

혼미해져만 가는 소녀의 마음에 누군가 나타나서 자신을 구원해주기만을 바라는 소망이 피어올랐다. 가장 먼저 떠오른 것 역시 도익의 얼굴이었다. 소녀는 허공에 대고 소리쳤다.

"살려줘요. 아저씨! 저 여기 있어요! 살려주세요. 도익 아저씨 제발!"

정희의 입에서 '도익'이라는 이름이 나오는 순간, 모니터를 보던 명노의 눈이 빛났다. 다시 벽에 붙은 관계도로 가서 도익의 사진과 나란히 붙여놓은 5번 상자 모형을 떼어냈다. 구치소 장물아비의 말이 귓가에 맴돌았다.

"최도익이라는 사람한테 그 상자가 갈 거야……. 거기까지 알아냈다고 나는…… 그걸 가져오기만 하면 된다니까…… 시간을 좀 줘……."

떼어낸 그것들을 정희와 6번 상자 옆에다 나란히 붙여두었다. 늘 무표정한 그였지만 지금 이 순간만큼은 얼굴에 완벽한 기쁨이 가득 차 있었다.

귀우와 한바탕 난리를 친 도익의 마음은 그 어느 때보다도 훨씬 복잡했다. 정희가 사라졌는데 놈은 갑자기 아버지 얘기를 꺼냈다. 또한, 그렇게 믿고 의지하던 아저씨가……

'아니야. 아니야……. 놈의 말은 전혀 신뢰할 수 없어.'

발을 멈추고 크게 숨을 내쉬었다. 후련해지기는커녕 더욱 답답해졌다.

"저기요!"

누군가 도익을 불러 세웠다. 뒤돌아보니, 고등학생으로 보이는 소년이었다.

"누구…… 시죠?"

"전 김호열입니다."

"네?"

소년이 결심한 듯이 입을 열었다.

"전부 당신 때문이야. 만약 정희한테 무슨 일 생기면 그땐 내가 진짜 가만 안 둬!"

소년은 그 말을 남기고 뒤도 돌아보지 않고 뛰어갔다. 붙잡을 수 없었다. 소년에게서 느껴지는 순수한 분노 때문만은 아니었다. 나 때문에 너무 많은 사람이 고통을 당하고 있다는 사실이 괴로웠다.

전부 포기해 버리고 도망치고 싶지만, 그럴 수 없다. 그래서도 안 된다. 지금은 이런 투정이나 부리고 있을 상황이 아니다. 정희가 사라졌다. 어떡해서든 무사히 집으로 돌아오게 해야 한다. 그런데 어떡해야 할지 방법을 모른다. 어디로 갔는지조차 모르겠고, 어디서부터 시작해야 할지도 모르겠다. 온통 모르는 것 투성이다. 매번 그렇다.

고개를 숙인 채 무거운 마음으로 터덜터덜 집으로 향하던 그는 누군가 현관문 앞에서 얼쩡거리는 모습을 발견했다. 검정 후드를 쓰고 있지만 덩치를 봐서는 남자다. 수상하다. 이 야심한 밤에 정체를 알 수 없는 남자가 몸을 잔뜩 웅크리고서 우리 집 주변을 기웃거리다니. 뭔가 있다! 최대한 들키지 않도록 조심하며 가까이 다가갔다. 주변을 경계하던 검정 후드는 매고 있던 가방을 열어 붉은 상자를 꺼냈다. 도익의 눈이 휘둥그레졌다. 후드는 문 앞에 상자를 내려놓더니 전력으로 달아났다. 놓칠 수 없다. 바로 그의 뒤를 따라 달렸다. 놈은 따라오고 있는 사람이 있다는 걸 알게 되자 더욱 속도를 높였다.

'어림없어. 이번에는 절대로 안 놓친다!'

도익은 문 앞 붉은 상자를 잽싸게 낚아채 주머니에 넣고는 전력으로 검정 후드를 뒤쫓았다.

12. 벼랑 끝에서

검정 후드는 생각보다 빠르지 않았다. 아니, 어이가 없을 만큼 느렸다. 쫓는 사람이 민망할 정도로 추격이 시작된 지 얼마 지나지도 않았는데, 놈은 지쳐 바닥에 무릎을 대고 헉헉댔다. 재빨리 다가가 후드를 벗겨냈다. 정체는 예상과 달리 꾀죄죄한 중년 남자였다.

"너! 누구야?"

"전 아무것도 몰라요."

"몰라? 그럼, 상자는 뭐야!"

"전 그냥 시키는 대로 했을 뿐이에요."

"시켜? 누가?"

"얼굴에 화상 흉터가 있는 남자가 문 앞에 몰래 가져다 놓으면 돈을 준다고⋯⋯."

남자는 벌벌 떨며 살려달라고 과도할 정도로 애원했다. 설령 전부 거짓말이라고 해도, 아무리 봐도 이 남자가 상자를 보낸 장본인으로는 보이진 않았다. 몸에서 풍기는 코를 찌르는 역한 냄새와 언제 마지막으로 세수를 했는지 모를 지저분한 얼굴과 손. 선입견을 지우고 봐도 영락없는 노숙자 그 자체였다. 하지만 만에 하나 모르는 일이니 그를 다리 아래에 제압한 채로 서둘러 상자를 열어 안을 확인했다.

<뒤의 주소로 5번 상자를 가지고서 반드시 혼자 올 것. 그렇지 않으면 정희는 죽는다.>

흰색 펜으로 쓰여 있긴 했지만, 글씨체가 이전 것들과는 확연히 달랐다. 이 상자는 가짜다. 누가 봐도 그렇다. 기다렸던 바다. 함정이라면 기꺼이 빠져주고, 음모라면 몸을 던져 휩쓸려주겠다. 정희를 구할 수만 있다면 못 할 짓이 없다.

도익이 방심한 틈을 타 검정 후드는 제압을 밀쳐내고 전력을 다해 허겁지겁 달아났다. 더 이상 쫓을 이유가 없었다. 자리를 털고 일어나 쪽지를 뒤집어 주소를 확인했다.

주차장. 급하게 달려와 차에 올라타는 도익의 모습을 조금 떨어진 자동차 안에서 지켜보던 백 형사가 나지막이 혼잣말을 중얼거렸다.

"드디어 움직이는군."

여고생을 납치한 범인이 도익이라고 확신한 백형사는 이 순간만을 기다리며 어둠 속에서 몸을 웅크리고 지내왔다. 드디어 때가 왔다. 성급하게 덜미를 잡아채기보다는 결정적인 순간을 포착해서 숨통을 끊어야 한다. 먹이를 노리는 야수의 심정으로 도익의 자동차를 쫓아 막 출발하려는데, 어디선가 나타난 검은 그림자가 갑자기 그의 차로 뛰어들었다. 백 형사는 다급하게 브레이크를 밟았다.

끼이이익-!

동형이 창문을 내리고 소리쳤다.

"죽으려고 환장했어!"

"충성! 잠시 검문 있겠습니다."

"너 뭐야?"

"그런 댁은 뉘시길래 살금살금 남의 뒤나 밟으시는 겁니까?"

찢어진 눈매에 뾰족한 턱이 무척이나 날카롭게 보이는 사내가 웃으며 말했다.

"빨리 안 비켜?"

"그게 말입니다. 제가 공사가 다망해서."

"뭔 개소리야!"

더 늦어지면 도익을 놓치게 될 것을 우려한 백 형사는 방해꾼을 상대하기보다는 피하기로 하고 후진을 한 뒤 핸들을 꺾어 방향을 틀었다. 귀우도 지지 않고 또다시 자동차 앞으로 몸을 들이밀었다.

"야! 너 이 새끼! 지금 뭐 하자는 거야!"

"제가 검문이 있다고 말씀드리지 않았습니까. 그냥 이렇게 가시면 섭하죠."

초조한 마음으로 차를 몰고 있는 도익의 머릿속은 오로지 정희를 구해야 한다는 일념으로만 가득했다. 지금 가고 있는 곳에서 무슨 일이 일어날지 모르지만, 대비할 시간도 작전을 세울 여유도 없다. 시간이 흐를수록 정희의 안전을 담보하기 힘들어진다. 부딪히면서 해결해 나가는 방법 말고는 다른 수는 없다. 최고 속도로 달리고 있지만, 목적지까지 앞으로 50분이나 남았다는 내비게이션의 안내가 그를 더욱 초조하게 만들었다.

도심을 완전히 벗어난 자동차는 가로등도 없는 산길로 접어들었다. 자동차 라이트를 제외하면 완벽한 어둠뿐인 그런 곳. 포장도로도 끝나서 자동차는 흙을 디디며 덜컹덜컹 앞으로 나아갔다. 그렇게 한참을 달리고 나서야 목적지 부근에 도착할 수 있었다.

사람들이 모두 증발해 버린 것 같은 느낌을 주는 폐쇄된 소규모 공장지대다. 차창 밖으로 문 닫은 지 한참은 돼 보이는 방치된 작은 공장들이 띄엄띄엄 눈에 들어왔다. 저곳들 중 하나에 정희가 잡혀 있다고 생각하니 더욱 마음이 급해졌다. 쪽지에 적힌 주소지는 한때 식품 가공 공장이었던 곳이었다. 잡초가 높다랗게 자라있는 주차장 부지에 차를 세우고 시동을 껐다. 그러자 물러서 있던 어둠이 득달같이 달려들었다. 가로등의 흔적은 있었지만, 불이 들어와 있는 것은 찾아볼 수 없었다. 차에서 내려 휴대폰을 꺼내 불을 밝히자 날벌레들이 몰려들었다. 쪽지에는 주소지로 오라고만 되어있을 뿐 다른 말은 없었다. 당연히 도착하면 다음 지시가 기다리고 있을 줄 알았는데 아무것도 없다. 그저 밤. 그저 어둠. 아무도 없고, 아무런 일도 일어나지 않아 의아하기까지 했다. 일단 주소지인 공장 안을 살펴보기로 하고서 부서진 출입구를 통해 안으로 들어갔다. 내부로 들어서자 기름 냄새 같기도 하고, 녹 냄새 같기도 한 도무지 정체를 종잡을 수 없는 각종 냄새들이 강하게 코를 찔러왔다. 그리 넓지는 않았지만, 미약한 휴대폰의 불빛만으로는 전체적인 구조를 파악하기는 힘들었다. 걸음을 옮길 때마다 텅 빈 공간에 발소리가 울려 긴장감을 더했다. 확실히 큰 공간은 아니다. 몇 걸음 걷지도 않았는데 금세 입구 반대편 벽에 다다랐다. 벽 쪽으로 휴대폰 빛을 비추자 붉은색 페인트로 쓴 글씨가 선명하게 눈에 들어왔다.

어서 와

손을 대보니 쓴 지 얼마 되지 않았는지 페인트가 살짝 묻어났다. 이건 분명 내게 보내는 메시지다. 예감이 좋지 않다. 상대는 영화 속 악당 흉내나 내는 악취미를 가진 놈이다. 게다가 어서 오라니, 이것만 봐도 보통 미친놈이 아니다. 목덜미에 힘이 잔뜩 들어갔다. 어서 오라는 메시지 옆에서부터 벽을 따라 그려진 가느다란 붉은 선이 눈에 띄었다. 휴대폰 빛을 선 위에 대고 그것을 따라서 걸음을 옮겼다. 그 끝에는 낡은 모니터 하나가 덩그러니 놓여 있었다.

그래, 하고 싶은 거 다 해라. 지옥 끝까지 따라가서라도 기꺼이 당해주마. 모니터에 손을 가져가려는데 '퍽-' 소리와 함께 화면에서 빛이 쏟아졌다. 예상은 했지만, 갑자기 생각보다 밝은 빛이 쏟아지자 눈을 찡그리며 뒷걸음질을 쳤다. 동요하면 안 된다. 이제 겨우 시작일 뿐이다. 정희를 구하는 것만 생각하자. 침착하자. 침착하자. 침착하자. 하지만 모니터에서 흘러나오는 영상을 보자 도저히 침착할 수가 없었다. 의자에 묶여 있는 정희였다. 참을 수 없는 분노가 들끓었다.

"지금 뭐 하자는 거야! 당장 풀어줘!"

성난 목소리가 공장을 울렸지만 되돌아 온 건 부서진 메아리뿐이었다. 순간 침착함을 잃어버린 자신을 발견한 도익이 정신을 차리기 위해 고개를 몇 차례 거세게 가로저었다. 잠시 후 천장에 매달린 스피커에서 전혀 감정이 섞이지 않은 낮은 목소리가 흘러나왔다.

"5번 상자는?"

그제야 놈이 보내온 쪽지에 5번 상자라고 적혀 있었던 것이 떠올랐다. 정희를 구해야 한다는 생각에 빠져 까맣게 잊고 있었다. 물론, 처음 상자를 열어 펼쳐봤을 때 순간적으로 뭔가 이상하다고 생각하기는 했었다. 붉은 상자도 아니고 5번 상자? 그건 또 뭐지? 유추해보면 기존의 붉은 상자와 구별되는 또 다른 상자가 존재하고, 거기에는 숫자 5가 표시되어 있다는 뜻일 것이다. 놈은 어린 소녀를 인질로 붙잡는 비열한 방법을 쓸 정도로 그 상자를 간절히 원하고 있다. 그리고 그것을 내가 가지고 있다고 믿고 있다. 잠시 어떻게 답해야 할지 고민했지만, 사실대로 말하는 것이 정희의 안전을 위해서 가장 좋다는 판단이 섰다.

"5번 상자인지 뭔지 난 그런 거 몰라. 모르는 걸 내가 어떻게 가지고 있겠어!"

어떤 대답이 돌아올지 잔뜩 긴장하고서 스피커가 있는 방향으로 귀를 기울였다. 예상과는 달리 한참이 지나도 아무 대답도 들려오지 않았다. 다시 어둠에 대고 소리쳤다.

"진짜야. 이상한 수 쓰는 거 아니라고. 그깟 상자가 뭔지 모르겠지만, 난 사람 목숨 가지고 장난 안 쳐. 만약 있었으면 바로 내어주고 정희를 풀어달라고 요구했을 거야!"

"네가 거짓말을 하는지 아닌지는 조금 있으면 알게 될 테니까 그건, 두고 보도록 하지."

그의 말이 끝나기가 무섭게 정희를 비추던 모니터 위로 10분의 타이머가 떠올랐다.

"타이머가 끝나면 여학생이 있는 저 공장은 불타오를 거야. 뭐 하고 있어? 구하러 안 가?"

너무나 순식간에 벌어진 일이라 머리가 하얘졌다. 그런 도익의 사정은 아랑곳하지 않고 타이머 숫자는 제로를 향해 곤두박질치기 시작했다. 10분 안에 정희가 묶여 있는 장소를 찾아서 묶인 걸 풀고 밖으로 데리고 나와야 한다. 미처 생각을 정리하기도 전에 몸은 이미 공장 밖을 향해 내달렸다. 처음 와보는 낯선 곳에서 지독한 어둠을 뚫고 정희가 묶여 있는 곳을 찾아야 한다. 다행히 작은 공장들이 모여 있는 구조라 멀리 돌아갈 필요는 없었지만, 건물이 생각보다 많아서 난감했다. 일단 가장 가까운 공장부터 달려가 문을 열었다.

"정희야! 어디 있어! 민정희!"

같은 시각, 도익의 자동차 옆으로 백 형사를 따돌리고 뒤늦게 출발한 귀우의 자동차가 멈춰 섰다. 미리 심어둔 GPS를 쫓아 여기까지 올 수 있었지만 다음 할 일을 생각하자 막막해졌다.

"야밤에 이게 뭔 삽질이냐."

"정희야! 정희야!"

처절한 목소리가 밤을 울렸다. 그 소리는 갇혀 있는 정희의 귀에도 또렷이 전해졌다.

'도익 아저씨?'

끝을 모르는 공포 속에서 작은 희망을 발견한 소녀는 자신의 위치를 소리쳐 알리고 싶었지만, 입이 테이프로 완벽하게 봉해져 있어 숨소리조차 밖으로 내보낼 수 없었다. 의자에 묶인 몸을 움직여서 소리를 낼 수도 없었다. 할 수 있는 것이라고는 발을 구르는 것뿐이었다. 하지만 제아무리 힘차게 발을 굴러 봐도 소리가 너무 작아 밖으로 전해지지 않았다. 그럼에도 소녀는 계속 발을 굴렀다. 아무리 무모해 보여도 조금이라도 도움이 된다면 해야 한다. 정희는 눈물을 삼키며 온 힘을 다해 발을 굴러댔다.

어느새 화면 속 타이머는 5분 정도밖에 남지 않았다. 시간이 흐를수록 마음은 급해졌지만, 아직 문도 열어보지 않은 공장이 너무 많았다. 아무리 다급해도 직접 문을 열어 보는 것 말고는 다른 방법이 없었다. 기적이 일어나길 바라면서 쉼 없이 달렸고, 보이는 문은 전부 열어 안을 확인했다. 차오르는 숨에 가슴이 터질 것 같았지만 고통 따윈 아무렇지 않게 느껴졌다. 이번만은 허망하게 죽음을 지켜만 보지 않으리라 끝없이 다짐하며 다음 문을 향해 전력으로 달려 나갔다.

그러던 어느 순간, 극단적으로 예민해진 탓에 신경이 곤두서 있는 그의 귀에 아주 작은 소리 하나가 포착됐다. 어둠을 울리는 풀벌레 소리보다 훨씬 작았지만, 그것은 분명 자연이 만들어내는 것이 아니었다. 틀림없이 누군가 인위적으로 내는 소리다! 인적 없는 동떨어진 곳에서 그런 소리를 낼 수 있는 건 단 한 사람. 정희뿐이다! 최대한 집중력을 발휘해서 그 소리를 쫓았다. 소녀의 발 구름은 그렇게 한발 한발 도익을 이끌었다.

문이 열렸을 때 밖은 분명 어둠이 가득한 밤이었지만, 정희에게는 마치 밝은 빛이 쏟아져 내리는 것처럼 느껴졌다. 하지만 도익의 눈에 비친 상황은 정반대였다. 비극적인 영화의 결말에 선 것 같은 감정이 휘몰아쳤다. 시간은 없는데 소녀는 칭칭 감긴 채 묶여 있다. 가위나 칼 그밖에 어떤 도구도 없는 상태에서 묶인 걸 푼다는 것은 결코 쉬운 일이 아니다. 그런데다 결정적으로 시간도 너무 없다. 정희의 입을 막고 있는 테이프를 떼어낼 생각조차 하지 못할 정도로 엄청난 긴장감이 그를 지배했다. 그럼에도 최대한 침착함을 잃지 않기 위해 노력하며 묶인 것을 풀어나갔다. 매듭은 단단했고 손은 자꾸만 빗나갔다. 게다가 타이머를 보고 있는 것이 아니었기 때문에 시간이 얼마나 남아 있는지조차 몰라 불안은 점점 커져만 갔다.

"제발, 제발……."

모니터로 이 모습을 지켜보고 있는 명노는 흥미롭다는 듯이 의자를 당겨 앉았다. 사실 타이머가 멈춘 지는 오래됐다. 그런데도 여전히 불이 오르는 스위치에 손을 가져다 대지 않고, 영화를 감상하듯 살기 위해 바둥거리는 처절한 사투를 진심으로 즐겼다.

손이 다 해질 정도로 매듭과 씨름하고 있는 도익은 어렴풋하게나마 이미 10분이 훌쩍 넘었을 거라고 짐작했다. 하지만 왜 불타오르지 않는지 의아하게 생각할 겨를은 없었다. 오직 묶인 것을 풀고 소녀를 이곳에서 무사히 데리고 나가야 한다는 마음뿐이었다. 그러길 수분 째, 마침내 꽁꽁 묶여 있던 매듭의 해결점이 보이기 시작했다. 집요하게 풀어나갔고, 정희 역시 조금씩 몸을 움직여 그를 도왔다. 그렇게 힘을 합쳐 겨우 소녀의 몸을 의자에서 빼내는데 성공했다. 정희는 제 손으로 입에 있는 테이프를 떼어내고

"아저씨!"

그를 안았다. 감동의 순간도 잠시, 그 모습을 관람하던 명노가 모니터 앞에 있는 녹색 버튼을 눌렀다. 그러자 굉음과 함께 순식간에 문과 창문에 철창이 내려졌다. 순식간에 두 사람은 완벽하게 갇혀버리고 말았다. 서둘러 달려가 흔들어봤지만, 내려진 철창은 꿈쩍도 하지 않았다. 탈출하기 위해 사력을 다하고 있는 그때, 천장에 매달린 스피커에서 놈의 목소리가 흘러나왔다.

"생각보다 너무 느려서 실망했어, 35분이나 걸렸다고. 이 정도면 정말 많이 봐준 거야. 안 그래? 그러니까 나한테 너무하다거나, 잔

인하다거나 그런 원망의 말은 하지 마. 그럴 시간 있으면 주어진 시간보다 몇 배나 더 준 것에 감사나 하라고. 자, 그럼! 이제 아까 얘기한 대로 네가 5번 상자를 가졌는지, 아니면 정말 모르고 있는지 확인해 볼까."

명노가 또 다른 녹색 버튼을 누르자 천장과 바닥 귀퉁이에서 불길이 치솟았다.

"네가 아는지 모르지만, 서해안고속도로에서 죽는다는 쪽지를 붉은 가위로 잘라서 너를 살려준 게 바로 나야. 고맙다는 말은 들은 걸로 해두지."

"개소리 그만하고! 당장 이 문 열어!"

"이정남이라는 주정뱅이가 있어. 그놈이 상자를 하나 받았는데 거기에 언젠가 네 손에 5번 상자가 들어온다고 적혀 있었다더군. 말인즉슨, 아직 네 손에 그 상자가 들어오지 않았다면, 너는 지금 거기서 죽지 않을 거야. 어떻게든 살아남아서 추후에 상자를 손에 넣게 되겠지, 하지만 만에 하나! 네가 거짓말을 한 것이라면. 5번 상자를 이미 가지고 있다면…… 넌 거기서 죽게 될 거야, 그 안에서 철문을 열 수 있는 방법은 없거든."

불길은 더욱 거세게 치솟아 지붕을 타고 퍼져나갔다. 절체절명의 순간, 도익에게 작은 의문 한 가지가 피어올랐다. 놈의 말대로라면 5번 상자가 손에 들어오기 전에는 나는 절대로 죽지 않는다. 하지만 얼마 전에 배달된 상자에는 내가 서해안고속도로에서 교통사고로 사망한다고 쓰여 있었다. 나는 그때 5번 상자를 받기는커녕 그 존재

조차 알지 못했다. 만약에 놈이 붉은 가위인가 뭔가 하는 것으로 쪽
지를 잘라내지 않았다면, 나는 어떻게 됐을까? 여기까지다. 더 이상
생각을 이어 나가기에는 상황이 너무나 다급했다.

"약속할게, 5번 상자가 내 손에 들어오면 그때 너한테 줄게. 그렇
게 할게. 진짜야. 전부 걸고 맹세해! 무조건 너한테 줄게."

불길은 맹렬한 기세로 공장 내부를 잠식해 나갔고, 내려진 창살은
아무리 흔들어 봐도 요지부동이었다. 하지만 두 사람은 포기하지 않
고 더욱 맹렬하게 철창을 흔들어댔다.

그 순간, 누구도 예상치 못한 일이 일어났다. 굳게 닫혀 있던 문이
갑자기 활짝 열려버렸다. 문을 연 사람은 다름 아닌 뾰족한 남자 장
귀우였다. 다만 그곳이 불길에 휩싸여가는 공장이 아니라, 흉터의
남자가 모니터로 그 모습을 지켜보고 있는 은신처의 문이라는 점이
아쉬웠다. 열린 문을 사이에 두고 두 사람 모두 영문을 알지 못한 채
상대를 바라보았다. 기묘한 긴장이 두 남자 사이로 흘러갔다. 귀우
가 미처 상황 파악을 하기도 전에 명노는 순식간에 몸을 날려 그의
가슴팍에 발차기를 꽂아넣었다.

"크악!"

외마디 비명과 함께 뒤로 나자빠진 귀우는 본능적으로 상대가 보
통이 아니라는 것을 직감하고 서둘러 전투태세를 갖추었다. 비록 한
쪽 다리가 불편하긴 했지만, 한때 정보국의 정예 요원이었고, 오랜
시간 조폭의 세계에 있었던 터라 싸움 하나만큼은 자신 있는 그였

다. 하지만 명노 역시 절대로 만만한 상대가 아니었다. 마치 전투를 위해 프로그램된 로봇처럼 귀우의 맹공을 거의 완벽에 가까울 정도로 막아냈고, 적절하게 의표를 찌르는 공격을 해왔다. 한밤. 차가운 공기 속에서 괴물 같은 두 남자의 일진일퇴의 공방이 이제 막 시작되었다.

불은 더욱더 활활 타올랐고, 여전히 둘은 포기하지 않고 창살을 흔들어댔다. 소녀가 발을 굴러 도익이 이곳을 찾아낸 것처럼, 기적이 현실이 되기를 바라며 굳게 닫힌 철창을 열기 위해 두 사람은 온 힘을 다했다. 그럼에도 치솟는 검은 연기를 막을 수는 없었다. 그러는 사이 공장 감시 카메라의 전선이 완전히 녹아내려 은신처의 감시 모니터가 퍽- 꺼져버렸다. 어두워진 화면에 '노 시그널' 표시가 깜빡였다.

명노와 귀우의 싸움도 용광로처럼 달궈지며 불타올랐다. 명노는 금세 귀우의 다리가 약점이라는 것을 간파하고서, 어느 정도 방어를 포기하고 당하는 척하다가 약점이 노출되는 순간을 노려 아픈 다리만 집중 공략했다. 작전은 적중했다. 약한 곳에 치명상을 입은 귀우가 다리를 부여잡고 비명을 지르며 바닥을 나뒹굴었다. 이에 명노는 다른 다리마저 부러뜨릴 기세로 몸부림치고 있는 그에게 다가가 부여잡고 있는 양손을 풀어헤쳤다. 순간, 귀우의 미소가 빛났다.

'됐어, 걸려들었어!'

기다렸다는 듯이 귀우는 한쪽 손으로 괴물의 어깨를 잡고서 자신의 몸 쪽으로 강하게 끌어당겼다. 동시에 손가락을 모아서 힘껏 그의 눈을 향해 내찔렀다.

"으아악!"

고통에 가득 찬 비명이 밤하늘을 울렸다.

철컹. 허무하리만치 간단하게 잠금장치가 풀려버렸다. 센서가 불에 타 이상 작동을 한 것이다. 하지만 그것이 정말 이상 작동이었는지, 아니면 붉은 상자가 도익을 살려두기 위해서 운명을 작동시킨 건지는 아무도 모른다. 하지만 지금 중요한 건 잠금장치가 열렸다는 사실이다. 도익이 서둘러 철문을 들어 올리면서 반대편에서 창살을 흔들고 있는 정희에게 소리쳤다.

"정희야! 이리와 열렸……."

소녀가 그 소리를 듣고 고개를 돌리는 순간, 불에 탄 지붕이 와르르! 둘 사이로 무너져 내려앉았다. 도익은 본능적으로 몸을 날려 철문 밖으로 나가떨어졌다. 문제는 정희였다. 철창은 열렸지만, 사람 키 높이만큼의 지붕 잔해가 입구를 가로막았다. 그렇게 불길이 사방에서 소녀를 에워쌌다.

"안 돼! 정희야! 정희야!"

얼떨결에 밖에 나오게 된 도익은 정희의 이름을 계속해서 목 놓아 불러댔다. 하지만 어쩔 방도가 없었다. 구하러 들어갈 수도 없고, 그렇다고 가만히 있을 수도 없는 상황. 내지르는 그의 고함에 절망이 묻어났다.

"크아악!"

눈을 찔린 명노는 고통에 몸부림쳤다. 귀우는 이 기회를 놓치지 않고 여세를 몰아 반격했다. 하지만 괴물 같은 명노는 고통스러워하는 중에도 공격을 죄다 받아냈다. 심지어는 귀우의 빈틈을 노려 다시 바닥에 메다꽂기까지 했다. 헉. 부서질 것 같은 충격에 정신이 혼미해졌다. 온몸으로 바닥을 느끼며 신음하던 귀우의 눈에 놈이 멀리 달아나는 뒷모습이 흐릿하게 보였다.

"어림없어!"

뾰쪽한 남자는 좀비처럼 몸을 일으키고서 전력을 다해 놈을 쫓았다. 눈을 찔린 괴물이 흘린 핏자국이 절뚝이는 좀비에게 길을 안내해 주었다.

소녀의 눈에 타오르는 불이 아른거렸다. 나가는 길을 가로막은 불타는 잔해의 높이는 대략…… 173! 다시 한번 운명의 숫자가 생사의 기로에서 꿈틀거렸다.

'넘을 수 있을까? 이 아픈 다리로?'

불은 더욱더 거세게 공장을 점령해 나갔다. 하지만 소녀에게 이상하리만치 뜨거움이 느껴지지 않았다. 도저히 넘을 수 없는 높이. 실패하면 불 속에 몸을 던져 넣는 꼴이 된다. 하지만 이대로 가만히 있어도 어차피 불에 삼켜진다.

"실패해도, 아무것도 하지 않아도 죽기는 마찬가지야! 살길은 단하나. 넘는 것뿐이야!"

하지만 이런 다짐도 눈앞에 타오르는 173의 공포 앞에서 한 줌의 재처럼 사라져 버렸다. 붉은 상자는 더 이상 173은 넘을 수 없다고 단언했다. 상자는 틀리지 않는다. 나를 이곳에 가둔 남자의 말처럼 아저씨는 지금 이곳을 벗어나 공장 밖에 있다.

결국 소녀는 뛰지 못하고 그 자리에 주저앉아 버렸다. 밖에서는 정희의 이름을 외치는 도익의 목소리가 안타깝게 울려 퍼졌지만 소녀에게는 들리지 않았다. 불길은 더욱 커져 이제 더 이상 지체할 시간도 남아 있지 않았다.

한쪽 눈에서 뚝뚝 떨어지는 피에도 아랑곳하지 않고 명노는 기나긴 오르막을 뛰어올랐다. 귀우도 지지 않고 절뚝이며 그의 뒤를 쫓았다. 어둔 하늘에는 별빛도 희미했다. 두 남자는 어디로 도망치는지 왜 따라가는지 생각지 않고 오로지 앞을 향해 달려 나갔다. 그리고 마침내 두 사람은 높다란 언덕에 마주 섰다. 드디어 치열했던 싸움의 마침표를 찍을 때가 되었다.

자리에서 일어난 소녀는 불타는 173으로부터 거리를 확보하기 위해 뒤로 잠시 물러났다. 내부가 좁기도 했고 불길도 거세서 도움닫기를 하기에는 턱없이 부족한 거리다. 하지만 불평을 해봐야 들어줄 사람은 없다. 다리가 아파서 뛸 수 없다고, 도움닫기 거리가 짧다

고, 높이뛰기 바가 불타고 있다고 해도 뛰어올라야 한다는 사실은
변하지 않는다.

두 남자의 몸이 엉켜 들었다. 불타는 173의 잔해도 소녀의 눈앞
에서 이글거렸다. 한 남자의 다리에 부서질 것 같은 통증이 찾아왔
고, 다른 남자의 눈에서는 피가 물처럼 쏟아져 내렸다. 소녀는 타오
르는 불을 향해, 넘을 수 없는 173을 향해 온전치 못한 다리로 전력
으로 내달렸다.

남자는 상대의 팔을 물어뜯었고 다른 남자는 주먹으로 그의 얼굴
을 연속해서 가격했다. 남자는 나뒹굴며 자빠졌고 겨우 빠져나온 다
른 남자는 다시 어둠을 향해 도망치듯 달려 나갔다. 소녀는 뜨겁게
숨을 들이마시고 "허헙!"하고 불 위로 뛰어올랐다. 어둠 속을 달리
던 남자도 칠흑 같은 하늘로 솟구쳤다. 소녀의 등에 불이 닿아 셔츠
와 살갗을 태웠다.
짙은 어둠 속에 모습을 감추고 있던 벼랑을 미처 보지 못한 남자
는 헛다리를 짚고서 아래로 곤두박질쳤다.

소녀의 어깨가 땅에 닿았고, 귀우는 명노가 떨어진 벼랑 아래를
내려다보았다. 아무것도 없는 완벽한 어둠이 그곳에 있었다. 공장은
불에 타 무너졌고 도익은 바닥에 쓰러진 소녀를 품에 안았다. 정희
는 울지 않았다. 그 역시 울지 않았다. 두 사람 다 아무 말도 하지 않

고 그저 짙은 숨을 들이쉬고 내쉬었다.

　명노가 떨어져 내린 벼랑 아래. 그의 모습은 보이지 않았다. 단지
어둠 때문만은 아니었다. 이미 그곳에는 아무도 없었다. 기다란 핏
자국만이 괴물 같았던 사내가 그곳에 있었다고 말해줄 뿐이었다.

13. 방향 전환

정희가 돌아왔다. 뉴스는 온통 실종 여고생의 무사 귀환과 그녀를 구해낸 한 남자의 소식으로 가득했다. 더불어, 도익이 얼마 전에 '목포 방화 살인 사건'에서 억울하게 용의자로 몰렸다가 풀려난 일도 상세하게 보도됐다. 백 형사는 굳은 눈으로 텔레비전을 바라보며 깊은 생각에 빠져들었다. 때마침 방송에선 사라졌던 소녀가 '최도익'이 자신의 생명을 구해준 은인이라고 또박또박 말하고 있는 인터뷰가 보도되었다. 동형은 도무지 받아들일 수 없는 이 상황을 최대한 이해하기 위해 애를 썼다. 하지만 깊게 패인 주름 너머로 아무리 생각을 밀어 넣고 휘저어 보아도 좀처럼 정리가 되지 않았다. 한참을 흐트러진 퍼즐 위에서 고민하던 형사는 커다란 칠판 앞으로 다가가 보드마카를 들고 무언가를 적기 시작했다.

1. 납치범은 사라졌다.

2. 최도익은 어떻게 납치 장소를 알았을까?

3. 화재 현장 가까운 곳에서 몇 사람의 혈흔이 더 발견되었다.

4. 그 피는 최도익, 민정희의 것은 아니라고 밝혀졌다.

　백 형사는 크게 숨을 내쉬었다. 그러고는 칠판 위 정리된 것들 아래에 *"그러면?"*이라고 썼다. 보드마카를 내려놓고 뒤쪽으로 자리를 옮겨 조금 멀리서 자신이 쓴 것들을 바라보았다. 잡힐 듯 뭔가가 아른거렸다. 동형은 단숨에 그것들을 전부 지워버렸다. 창문을 열어봤지만, 환기는 되지 않았고 밤의 먼지만 고요하게 쌓여갔다.

　팔짱을 낀 채 한참을 멈춰 있던 그의 미간이 마침내 꿈틀거렸다. 고심 끝에 자신만의 결론에 이른 것이다. 소녀는 인질이 인질범에게 동화되는, 비합리적인 현상인 '스톡홀름 증후군'에 빠졌고 현장의 혈흔은 아직 밝혀지지 않은 추가 범행의 증거다. 그러니 범인은 여전히 최도익 그놈이다. 변한 건 하나도 없다.

*　　　　　* * *

　우주 탐사 장비를 연상시킬 만한 커다란 구조물이 한쪽 다리를 둘러싸고 있었지만, 병상 누워있는 귀우의 표정은 그리 나쁘지 않았다. 오히려 심각한 얼굴을 하고 있는 쪽은 의자에 앉아 있는 도익이었다.

"어떻게 거기 왔는지는 묻지 않을게. 대신 무슨 이유로 왔는지는 대답해 줘야겠어."

"야, 이게 은근히 말을 놓네."

"나 지금 장난칠 기분 아니야."

"나도 장난치는 거 아니거든. 누가 봐도 내가 형 아니야? 동방예의지국에서 이게 말이 돼?"

"왜 거기에 온 거야? 이유가 뭐야?"

"너나 그 여자앨 구하러 간 건 아니니까 감동 먹지 않아도 돼."

"목적이 뭐냐고!"

다그치는 도익이 때문인지 아니면 통증 때문인지 귀우는 인상을 찌푸렸다.

"여전히 헛다리 짚고 있네. 경찰 발표 보니까 차명노 그놈에 대한 얘기는 하나도 없더만."

"그놈 이름이 차명노야?"

"이렇다니까. 정보가 이렇게 느려서야. 쯧쯧."

"그래서 뭐야? 아는 대로 하나도 빼지 말고 다 말해."

"그거 아냐? 너는 혼자 정의의 사도인 척은 다 하는데, 하는 짓 보면 악당이 따로 없어."

"그래서? 하고 싶은 말이 뭔데?"

"뉴스에 그놈 얘기가 없는 이유가 뭘까? 물론, 차명노가 사라져 버려서 그런 거겠지. 근데 은신처는? 붉은 상자에 관한 자료들이랑 이번 사건의 증거가 될 만한 것들이 잔뜩 있었을 텐데 왜 이렇게 조용하지? 안 그래? 만약에 은신처가 그대로 있었다면 경찰이나 언론이 이렇게 입 다물고 있지는 않았겠지, 온갖 호들갑을 떨면서 동네방네 난리를 쳤을 거야. 그 말인 즉!"

"누군가 의도적으로 은신처의 흔적을 지운 것이다?"

"그럴 수도 있고. 필요해서 전부 가져간 것일 수도 있고."

"누가?"

"아마도. 붉은 상자에 대해 아주 잘 아는 사람이겠지?"

"너 근데 왜 이렇게 술술 말해주는 건데?"

"아! 이런 불신 가득한 인간 같으니라고. 맨날 나만 나쁜 놈이지. 그래, 더 말하면 입만 아프니까. 한마디만 할게 잘 들어. '남.보.코.퍼.레.이.션.' 네가 싸워야 할 진짜 상대는 거기야."

귀우의 말에 생각이 깊어졌다. 믿어야 할지, 말아야 할지. 이놈은 주먹다짐을 한 그날 밤부터 자꾸 남보 코퍼레이션이라는 회사가 마치 무슨 거대한 흑막이라도 되는 것처럼 얘기를 하지만, 그 어떤 증거도 없다. 아버지가 마지막으로 쫓았던 것이 그 회사라는 증거 역시 없다. 전부, 눈 깜짝 않고 사람을 해치는 폭력배의 입에서 튀어나온 말일 뿐이다.

병실 밖에서 둘의 대화를 엿듣던 실미 역시 혼란에 빠졌다. 그녀는 귀우와의 용건을 일단 보류하고 서둘러 그곳을 빠져나왔다. 그 전에 반드시 확인해야만 할 것이 있었다.

도익이 돌아간 지 얼마 지나지 않아 귀우의 병실로 커다란 화환

하나가 배달되어 왔다. 길게 늘어뜨린 장식에는 이렇게 쓰여 있었다. '쾌유 기원. 남보 코퍼레이션'

갇혀 있는 사이에 술을 마시지 않아서 그런지 정남의 얼굴은 이전보다 훨씬 생기가 돌았고 기침도 많이 줄어 있었다. 실미는 그 점이 무척 반가웠다. 그렇게 안부를 묻고 서로를 걱정하는 시간이 채 끝나지도 않았는데, 정남이 마치 다 알고 있다는 듯이 먼저 말을 꺼냈다.

"남보 코퍼레이션."

정남의 입에서 그 회사의 이름이 튀어나오자, 그녀의 가슴은 요동쳤다.

"오래전에 거기서 일했었어. 딱히 비밀로 하려던 건 아니었는데 그렇게 돼버렸네."

그는 마치 고해성사를 하듯 말을 이어갔다.

"정식 직원으로 근무한 건 아니야. 거기는 비공식적으로 하는 일이 워낙 많은 데니까."

그는 잠시 말끝을 흐렸다. 그러고는 자세를 고쳐 앉더니 다시 이야기를 이어갔다.

"지하 세계로 흘러든 물건들 중에서 붉은 상자 아이템을 찾아내는 일을 했어. 상자와 분리된 아이템들, 암시장에 흘러든 것들, 가치를 모른 채 거래되는 것들을 찾는 일이었지. 그래, 장물아비는 명분이고 진짜 직업은 아이템 수거책이었어. 그때 참 못된 짓 많이 했지."

회한 가득한 한숨이 공중으로 퍼져나갔다.

"어느 날 본사에서 뜻밖의 지령 하나가 내려왔어. 물건이 아니라 사람을 찾아오라고 하더라고. 황당하긴 했지만 명령이니까 찾아 나섰지. 단서라고는 사진 한 장뿐이었는데. 그걸 가지고 얼마나 헤맸던지…… 그래, 너와 네 동생 이야기야."

실미는 자기도 모르게 주먹을 쥐었고, 정남은 평온한 얼굴로 그녀를 바라보았다.

"오해할까 봐 미리 말해 두는데, 동생이 지금까지 살아 있을 수 있는 건 전적으로 본사 때문이야. 의도가 어떻든 간에 네 동생의 병에 지속적으로 약을 공급할 수 있는 건 이 지구상에 남보 코퍼레이션뿐이니까."

그녀의 의문점도 바로 여기 있었다. 장귀우 그놈은 남보 코퍼레이션의 앞잡이다. 회사에서 떨어지는 콩고물을 먹고 사는 기생충! 동생의 치료 중단을 협박하며 온갖 불법적인 일을 지시하는 쓰레기인 주제에 최도익에게는 그 회사와 싸우라고 종용했다. 도무지 이해가 되질 않는다. 물론 장귀우 그 인간은 일반적인 사고로는 이해할 수 없는 미친놈이긴 했지만, 찝찝한 기분은 좀처럼 지워지지 않는다. 정남이 담담하게 말을 이어갔다.

"나도 주워들은 건데, 네 동생 혈액에는 남들과 다른 특별한 게 들어 있대. 그게 병을 유발하는 원인이기도 하지만 붉은 상자와 어떤 밀접한 연관성이 있다고 했어. 나는 과학자가 아니라 잘 모르지만 암튼 그랬어. 그래서 남보 놈들이."

그는 잠시 말을 멈추고 숨을 두세 차례 나눠서 쉬었다.

"실미 너한테도 그런 게 숨겨져 있을 것이라고 생각했고……."

정남은 말을 잇기 힘든지 계속 망설였다. 그래도 반드시 해야 한다고 생각했기에 감정을 억누르고 말을 이어갔다.

"네 동생은 실험을 위해서 살려둘 필요가 있지만, 너는…… 네 몸에선 아무것도 발견되지 않았어. 그러면 그런가 보다 하고 포기하면 되는데 본사는 생각이 달랐어. 형제니까 뭔가 있다고 생각한 거지. 그래서 계속해서 말도 안 되는 실험을……."

* * *

"찾았다!"

한참을 컴퓨터 앞에서 씨름하던 영운이 환호했다. 그 소리에 도익이 한걸음에 달려왔다. 정희가 6번 상자를 두고 내렸다는 버스의 내부 카메라를 확인하기 위해 운수회사를 해킹한 영운이 소녀가 내린 그 시각 영상을 찾아낸 것이다. 정희는 화면 속에서 상자를 들고 망설이고 있었다. 그러다 결심이 섰는지 하차 버튼을 누르고 도망치듯 버스에서 내렸다. 주인을 잃은 상자만 버스에 덩그러니 남겨졌다. 잠시 후, 어떤 남자가 카메라 앵글 안으로 들어와 그 상자를 집어 들었다. 도익은 놀라지 않을 수 없었다. 붉은 상자를 집어들던 남자는 다름 아닌 추락사고 때 자신의 어깨를 치고 지나간 그 사람이었다. 지난번 순댓국집이 철거될 당시 쫓다가 놓친 기억이 되살아났다. 화면

속 남자는 어디론가 전화를 하더니 세 정거장 후에 상자를 가지고 버스에서 내렸다. 영운이 서둘러 같은 시간의 버스 전방 카메라 파일을 열었다. 버스에서 내린 그 남자는 앞쪽에 정차해 있는 검은색 승용차에 올라탔다.

"혹시 저 차 번호판 볼 수 있어?"

도익이 침착하게 물었다.

"왜 없겠어. 요즘 버스에는 전용차선 감시 카메라가 있어서 번호판이 완전 잘 보여."

검은 차는 렌터카 번호를 달고 있었고, 영운은 바로 렌터카 정보를 조회했다. 그리고 얼마 지나지 않아 남보 코퍼레이션이 장기 계약한 여러 렌터카 중에 한대라는 사실을 알아냈다.

"남보 코퍼레이션."

뭔가를 골똘히 생각하고 있는 도익에게 영운이 다른 말을 꺼냈다.

"이건 다크웹에서 찾은 건데 꽤 흥미로워. 네가 꼭 봐야 할 것 같아서. 파일이 손상이 심해서 완전치는 않은데 차명노가 말했던 게 이게 아닐까 싶어."

영운이 [아이템 매뉴얼 AXDN] 파일을 클릭했다. 모니터에 첫 페이지가 펼쳐짐과 동시에 띵동-! 초인종이 울렸다. 둘은 서로의 얼굴을 바라보았다.

"나 배달 안 시켰어!"

영운이 찔렸는지 먼저 소리를 높였다. 하지만 더 이상 벨은 울리지 않았다. 그게 오히려 더욱 신경에 거슬렸다. 예상대로였다. 확인하러 다녀온 도익의 손에는 붉은 상자가 들려 있었다. 이전에 왔었던 사진이 들어 있었던 것과 같은 크기였다.

"목숨이 내 손에 달렸다는 마지막 사람일까?"

도익의 얼굴이 굳어졌다. 이에 영운이가 실실거리며

"처음에는 아줌마였고, 다음은 정희. 다 네 주변 사람이었잖아. 그러면 이번에는 난가?"

능청스러운 그의 말에도 도익의 표정은 풀리지 않았다. 영운이 더욱 실실대며 말을 이었다.

"고민해도 바뀌는 건 없어. 얼른 열어 봐."

천천히 상자를 열었다. 예상대로 사진 한 장이 전부였다.

"아는 사람이야?"

"아니. 처음 보는 사람인데."

사진에는 40대로 보이는 남자가 무표정하게 서 있었다. 영운이 투덜댔다.

"하다 하다 모르는 사람 목숨까지 네 손에 달렸다고 하는구나. 너무하네! 붉은 상자."

영운이 아무리 뛰어난 해커라고 해도 사진 한 장만 딸랑 가지고서 누군지 알아내는 것은 어려운 일이다. 역시나 할 수 있는 건 다 해 봤지만, 사진 속 남자에 대한 작은 단서조차 찾을 수가 없었다.

"내가 못 찾아서 하는 말이 아니라, 아마 가만히 있어도 알게 되지 않을까? 지금까지 흐름이 그랬잖아. 어떻게 돌고 돌아서 누군지 알게 될 거야. 스토리상 그렇게 되게 되어 있어."

깊은 생각에 빠져있던 도익은 아무런 대답도 하지 않았다. 무안해진 영운이 자리를 털고 일어났다.

"바람 좀 쐬고 올게, 뭣 좀 사다 줄까?"

이번에도 묵묵부답.

영운이 신발을 구겨 신고 막 문을 나섰는데 마침 집으로 돌아오는 옆집의 실미와 마주쳤다.

"이제 들어오시나 봐요."

웃으며 인사한 사람이 민망할 정도로 그녀의 반응은 차가웠다. 하지만 그것이 정보국 요원의 시크한 매력이라고 느낀 영운은 혼자 히죽댔다. 그래도 혹시 몰라서 휴대폰에 저장해 둔 세 번째 남자의 사진을 꺼내 들이밀었다.

"혹시 이 사람 아세요?"

실미는 별다른 대답 없이 찡그린 눈으로 사진과 그를 번갈아 바라보았다. 그제야 영운은 뜨끔해졌다.

"죄송해요. 그게…… 중요한 사람인데 찾아야 해서…… 괜찮아요. 얼른 들어가세요."

실미는 인사도 하지 않고 그대로 안으로 들어가 버렸다. 쌩한 바람이 그녀가 떠난 자리에 맴돌았다. 영운은 알아들을 수 없는 혼잣말을 중얼거리면서 편의점으로 걸음을 옮겼다.

집에 돌아온 실미는 전등도 켜지 않고, 옷도 갈아입지 않고서 태엽이 다 된 인형처럼 의자에 앉아 아무것도 없는 흰 벽만 바라보았다. 유일하게 믿고 의지했던 정남의 예상치 못한 고백이 그녀를 큰 혼란에 빠뜨렸다. 배신감이라고 하기에는 화가 나지 않았고, 미워하기에는 함께한 시간의 좋은 기억들이 아직 유효했다. 하지만. 그렇지만. 이제는.

더 이상 장귀우는 문제도 아니다. 고해성사하듯 풀어놓은 정남의 이야기 하나하나가 지금껏 가졌던 믿음과 가치관 모두를 뒤흔들어 버린 탓에 그녀는 동력을 모두 소진해 버린 것처럼 무기력해졌다. 전부 부질없게만 느껴졌다. 동생만 구해내면 모든 게 끝날 것이라고 생각했었다. 하지만 동생이 남보 코퍼레이션의 치료 덕분에 오히려 연명하고 있다는 사실을 알게 된 지금. 여지껏 무슨 짓을 하면서 살아왔는지 지독한 회의감이 찾아왔다. 등골이 더욱 서늘해지는 건, 자칫 동생을 빼낼 계획을 실행이라도 했다면…… 그 아이를 내 손으로 죽인 것과 다름없게 됐을 것이다. 그 생각만으로도 온몸에 소름이 돋아났다. 더 이상 어떤 생각도 하고 싶지 않다. 그래서 더더욱 흰 벽만 뚫어지게 바라보았다. 하지만 바람처럼 생각은 사라지지 않았다. 정남의 목소리가 계속해서 귓가에 맴돌았다.

"잘 들어. 쿨럭! 이 상황을 해결하고 동생을 구할 방법은 단 하나뿐이야……."

정남이 어렵게 고백한 건 어찌 보면 고마운 일이지만, 그동안 자신을 속였다는 걸 생각하면 신뢰할 마음은 생기지 않는다. 가슴속에서 무언가 훅하고 치고 올라왔다. 전부 관두고 떠나버리고 싶다. 지금껏 해온 일들이 너무나 바보같이 느껴져 견딜 수 없었다. 숨겨두었던 파란색 낡은 깡통을 끄집어내서 안에 들어 있는 신분증을 전부 쓰레기통에 쏟아버렸다. 그동안 저지른 죄의 흔적 어쩌고 하면서 온갖 감성적인 척을 했던 지난 시간들이 우습게 느껴졌다. 그것들을 전부 버렸음에도 마음은 조금도 풀리지 않았다. 다시는 찾을 수 없게 쓰레기봉투째 꽁꽁 묶어 밖에다 내놓기로 하고, 쓰레기통에 고정된 봉투를 빼내 단단히 묶고 있는데 신분증 하나가 그녀의 눈에 덜컥 걸려들었다.

장원식 광명.

조금 전에 옆집 남자가 보여준 사진 속 인물과 같은 얼굴. 그녀는 이 끈덕진 운명의 장난에 진저리를 쳤다.

다음 날 아침, 도익은 우편함에서 신분증 하나를 발견했다. 그것은 붉은 상자에 들어 있지도 않았고, 어떤 메시지도 없이 그냥 덩그러니 우편함 바닥에 놓여 있었다. 이걸 넣어준 누군가에 대한 고마움보다는 우연에 대한 경계심이 앞섰다. 우연을 가장해서 일어나는 일은 언제나 좋지 않은 결말을 가져다주었다. 그는 신분증을 살피며 이번만큼은 빌어먹을 운명에 굴복하지 않겠다고 다짐하고 또 다짐했다.

장원식 (남), 46세, 도망자.

　원식은 걱정스러운 눈으로 방 한쪽 구석에 웅크리고 있는 아내를 바라보았다. 그녀의 얼굴은 두려움으로 가득했고, 겨울 한복판으로 내동댕이쳐진 사람처럼 몸을 떨어댔다.

　"그 사람이 오빠를 찾아낼 거야."

　"상관없어. 잡지 못하게 멀리 가버리면 그만이야."

　"그런 문제가 아니야. 오빠 목숨이 그 사람 손에 달렸다고!"

　"일단 너는 몸부터 잘 챙겨. 내가 알아서 할게. 생각해 둔 게 있으니까 너무 걱정하지 마."

　"그러지 말고 당장 떠나자. 응? 잡히더라도 나중에 잡히게."

　"그래, 그러자. 일한 돈 받아올게 준비하고 있어. 다녀올 테니까 바로 뜨자."

　장원식의 신분증을 토대로 영운이 행적을 추적했다. 현재까지 조사 결과 신분증 주소지에는 이미 다른 사람이 살고 있었고, 주민등록은 말소되어 그 후의 거처를 알 수 없었다. 하지만 길이 막히면 우회하고, 지워진 기록은 다른 자료들에 비추어 복원해 냈다. 그렇게 집요하게 파고들어 말소 이전의 흔적을 전부 끄집어낼 수 있었다. 작업하는 내내 영운이 머리에서 걱정이 떠나질 않았다. 어느 누가 자신을 감추기 위해서 이렇게 견고한 이중 삼중의 장치를 만들어 놓는단 말인가. 절대로 평범한 사람은 아니다. 하지만 그렇다고 되돌아갈 수도 없다. 누군지 모르지만 이 사람의 목숨도 도익이 손에 달렸다. 목숨에는 경중이 없다. 어찌 됐든 알려야 하고, 구해야한다. 영운은 그 남자 명의의 통장이 마지막으로 사용되기 얼마 전에 잔고가 전부 '조길재'라는 사람의 계좌로 이체된 것에 주목했다. 아마도 세탁을 위한 대포 통장으로 보인다. 계좌를 털어본 결과 아주 최근까지 매달 일정한 액수가 일정한 날에 입금 되었다는 걸 알게 되었다. 입금자는 '맛 좋은 숯불갈비'였다. 영운이 꿀꺽 침을 삼켰다.

알아보니 역시나 조길재는 그 갈빗집에서 일하고 있었다. 그러면 장원식과 조길재 두 사람이 동일 인물일 확률이 더욱 높아졌다. 갈빗집 CCTV에 침투해 확인해 보니 예상대로였다. 영상에서 단번에 그를 찾을 수 있었다. 숯불을 나르는 남자는 사진 속 모습보다는 많이 수척해 보였지만, 틀림없는 장원식 그였다. 서둘러 이 사실을 도익에게 알렸다.

그곳은 쉽게 찾을 수 있었다. 맛집으로 주변에 소문난 탓에 검색도 쉬웠고, 규모가 커서 부근에 도착하자마자 바로 눈에 띄었다. 갑자기 들이닥치면 놀라서 도망칠지도 모르니 일단 주변을 돌면서 멀찍이 살펴보기로 했다. 신분을 겹겹이 숨기고 도망 다니는 사람에게 접근하려면 일단 안심부터 시켜야 한다. 정찰을 겸해서 가게 뒤편에 있는 숯불 피우는 곳으로 가 보았다. 너무 이른 시간이라 아무도 없었다. 불을 피울 준비조차 되어 있지 않았다. 성급하게 온 감이 없지 않다. 아무래도 영업시간에 다시 와야 할 것 같다. 그렇게 발을 돌리려는데 또다시 운명의 수레바퀴가 우연을 빙자해 그들을 한 곳으로 밀어 넣었다.

우. 연. 히. 가게 안쪽에서 급여를 정산받고 나오고 있는 원식과 정면으로 딱 마주쳤다. 두 사람만 그의 얼굴을 알아본 것이 아니라 장원식 그 역시도 도익의 얼굴을 정확히 알아보았다. 눈이 마주치기가 무섭게 원식이 잽싸게 달아났다. 엄청나게 빠른 속도로 뒷문을 빠져나가 골목으로 치달았다. 도익 역시 지지 않고 따라붙었다.

"저기요! 저 나쁜 사람은 아니에요! 잠깐, 저 좀…… 말씀 좀……."

소리치며 쫓았지만, 원식은 듣지도 않고 요리조리 골목으로 전력을 다해 도망쳤다. 도익이도 놓치지 않기 위해 있는 힘을 다해 쫓았다. 엄청난 속도로 달린 탓에 두 사람 모두 얼마 지나지 않아 다리가 풀릴 정도로 지쳐버렸다. 큰길로 빠져나온 원식은 더는 따라오지 말라는 의미로 손을 내밀고서 숨을 헐떡였다. 도익이 역시 더 이상 다가가지 않고서 일정한 거리를 유지한 채 헉.헉.헉. 숨을 골랐다.

"저기요 제가 무슨 해코지를 하려는 게 아니고요."

"최도익 씨 이렇게 쫓아오셔도 소용없습니다."

남자의 입에서 자신의 이름을 듣게 되자 놀라지 않을 수 없었다. 하지만 어떻게 이름을 알고 있냐고 묻기도 전에 더욱 놀랄 일이 생겨버렸다. 남자가 주머니에서 숫자 21이 선명하게 적혀 있는 붉은 상자를 꺼내더니 그 안에서 손가락만 한 막대자석 하나를 끄집어냈다.

"지금 뭐 하시는……?"

말이 채 끝내기도 전에, 남자는 더 이상 기다려 줄 이유가 없다는 듯이 자석의 N극과 S극을 떼어냈다. 순간. 눈 깜빡할 사이, 그가 눈 앞에서 완전히 사라져 버렸다.

"이럴 수가……!"

있었던 자리에는 처음부터 아무도 없었던 것처럼 그 어떤 흔적조차 남아 있지 않았다. 바로 눈앞에서 일어난 일이지만 도저히 믿을 수가 없었다. 한참이나 늦게 달려온 영운이 헉헉거리며 그에게 물었다.

"어딨어? 놓쳤어?"

"사라졌어."

"너는 경찰 하겠다는 놈이 체력이 뭐냐 그게. 매번 놓치기나 하고. 헉헉."

"순식간에 내 눈앞에서 사라져 버렸어."

: NO.21 - 막대자석 (Bar Magnet)
기능 : N극과 S극이 분리되면 공간 이동

"놈이 가게로 찾아왔어. 금세 여기로 들이닥칠 거야. 피해야 해."

집으로 돌아온 원식은 서둘러 짐을 쌌다. 아무리 다급하게 말을 해도 아내는 이불에 몸을 감싼 채 얼굴만 내놓고 미동도 하지 않았다. 하지만 그는 아랑곳하지 않고 가방을 챙기며 말을 이어갔다.

"복습해 보자. 가위는?"

아내는 아무런 반응도 보이지 않고 얼굴마저 이불로 감싸버렸다. 원식은 익숙하다는 듯이 그녀에게 다가가 다정 어린 손길로 이불 속 아내를 토닥거려주었다. 그러자 곧 그녀가 얼굴을 내밀었다.

"가위는, 모른 척 해라."

"바위는?"

"도망쳐라."

"보는?"

"먼저 가 있어라. 그리고 절대 먼저 연락하지 마라."

말을 마친 그녀가 이불에서 나와 사정하듯 그를 붙잡았다.

"또 어딜 가는데? 이젠 지긋지긋해."

그녀의 태도는 원식이 집을 나서기 전 도망치자고 다그치던 모습과는 백팔십도로 달라져 있었다. 완전히 다른 사람 같았다. 하지만 원식은 늘 그래왔던 일인 것처럼 그녀를 달랬다.

"어디든 가야지. 이번엔 좀 오래 있을 곳을 찾아보자."

"더는 이렇게 살기 싫어. 가족도 친구도 다 버리고 이게 뭐야. 이건 사는 게 아니야."

남자는 아무런 대꾸도 하지 않고서 묵묵히 짐 싸는 것을 마무리했다. 그러고는 아내를 향해 손을 내밀며 말했다.

"가자!"

두 사람은 그 길로 기차역으로 가서 제일 먼저 출발하는 아무 기차나 잡아탔다. 그렇게 가다가 무작위로 내려서 옮겨 타는 방식으로 도망쳤다. 쫓는 이에게 혼란을 줘 추적을 최대한 늦추기 위한 그들만의 방법이었다. 그렇게 이동하면서 다음 머물 곳을 찾고 계획을 세워나갔다. 어느새 해는 저물어 있었다.

"배고프지? 뭣 좀 사 올까?"

"아무거나."

원식은 아내를 충분히 안심시키고 자리에서 일어나 매점 칸으로 향했다. 열차 여행의 피곤함이 한꺼번에 쏟아져 몸은 무척이나 무거웠지만, 그래도 무사히 빠져나올 수 있었다는 사실에 감사했다. 매점에서 도시락과 물 그리고 커피를 현금으로 구입했다. 그리고 돌아가려는데, 누군가 유심히 지켜보고 있는 것 같은 느낌이 들었다. 봉지를 챙겨 들고 본능적으로 아내가 기다리고 있는 곳이 아닌 반대쪽 칸으로 걸음을 옮겼다. 아니나 다를까 뒤에서 쫓아오는 기운이 선명하게 느껴졌다.

'어떻게 떼어내야 하지? 달리는 기차 안에서?'

빠져나갈 궁리를 하면서 원식은 한 칸 한 칸 아내가 있는 곳으로부터 점점 더 멀어져 갔다. 놈은 여전히 일정한 거리를 두고 따라왔다. 이제 저 문을 열면 마지막 칸이다. 하지만 아직 아무런 대책도 세우지 못했다. 일단 시간을 벌기로 했다. 그는 들으라는 듯이

"어? 호두과자를 안 샀네. 내 정신 좀 봐."

최대한 자연스럽게 걸음을 돌려 다시 매점 쪽으로 이동했다. 원식이 갑자기 방향을 틀자 따라오던 그 역시 당황했는지 재빨리 빈자리를 찾아 마치 자기 자리인 냥 앉았다. 원식도 최대한 아무렇지 않은 척하며 앉은 그의 옆을 지나쳤다. 얼굴을 힐끗 볼까 하다가 들킬

지도 모른다는 생각에 그냥 앞만 보며 걸었다. 잠시 후 쫓던 남자가 다시 일어나 원식의 뒤를 따랐다. 이로써 착각을 한 게 아니라 쫓기는 것이 틀림없다는 것을 확인했다. 달리는 열차 안에서 도망칠 뾰족한 수는 도무지 떠오르지 않았다. 뚜벅뚜벅. 매점 칸에 도착해서 호두과자를 사려는데 마침, 앞쪽 출입문 유리를 통해 아내가 화장실로 들어가는 모습이 보였다. 순간 그의 머릿속에 이곳에서 벗어날 계획 하나가 번뜩였다. 원식은 태도를 바꿔 갑자기 달리기 시작했다. 멈칫하며 쫓던 남자 역시 들켰다는 사실을 깨닫고는 대놓고 쫓기 시작했다. 원식은 아내가 들어간 화장실을 지나쳐 순식간에 다음 칸까지 전력 질주했다. 뒤따르는 남자도 만만치 않았다.

원식은 여행 가방만 놓여 있는 자신들의 빈자리를 지나쳤다. 그 짧은 순간, 주머니에서 무언가를 꺼내 아내의 의자 위에 던져놓았다. 그리고 뒤도 돌아보지 않고 미친 듯이 다음 칸을 향해 달려 나갔다.

화장실에서 돌아온 아내는 자리에 앉으려다가 의자에 떨어져 있는 열쇠고리를 발견했다. 열쇠는 없는 빈 열쇠고리였다. 비어있는 링에 매달린 체인 끝에는 가위바위보 세 가지 손 모양의 장식이 차례로 달려있었다. 하나가 아니라 세 개가 전부 있었던 적은 한 번도 없었다. 이번이 처음이다. 위기를 느낀 그녀는 자기도 모르게 나지막이 중얼거렸다.

"가위, 모른 척 해라. 바위, 도망쳐라. 보, 먼저 가 있어라, 절대 먼저 연락하지 마라."

원식을 찾는 데 실패한 도익과 영운은 자신들의 방식이 충분히 오해를 살 만한 것이었음을 뼈저리게 반성했다. 그렇다고 해도 사라진 사람이 되돌아오는 것은 아니기에 답답하기만 했다. 영운의 말처럼 어떻게든 다시 만나게 될 것이니 마음 편하게 기다리고 있을 수만은 없었다. 목숨이 달린 일이다. 차명노 그놈이 치명적 부상을 입었다고는 하지만, 어디로 갔는지 행방이 묘연하다. 방심해서는 안 된다. 죽음은 늘 갑작스럽게 발생한다는 그동안의 교훈이 도익을 더욱 불안하게 만들었다. 할 수 있는 일은 없었지만, 그렇다고 가만히 있을 수도 없어 귀찮다는 친구를 굳이 데리고서 원식이 사라졌던 큰길에 다시 왔다.

　"여기서 뭐 하게?"

　"몰라. 잃어버린 데서부터 다시 시작해야 할 것 같다는 생각이 들어서"

　인적 드문 대로변, 그들 앞으로 헤드라이트를 켠 차들이 빠른 속도로 연이어 지나쳐갔다.

　아무리 벗어나려고 달려도 열차라는 공간은 한정적일 수밖에 없다. 그는 금세 더는 나아갈 수 없는 벽에 당도했다. 마지막 칸의 끝자락. 어쩔 수 없이 뒤돌아 벽을 등지고 섰다. 그 모습을 본 추격자는 미소를 지으며 속도를 늦춰 천천히 다가갔다. 처음 보는 얼굴이다. 만약에 도익이었다면 다가오고 있는 그를 단번에 알아봤을 것이다. 173번 버스에서 정희가 놓고 내린 상자를 가지고 간 남보 코퍼레이션의 그 남자. 하지만 원식이 그를 알 리 없었다. 이제 몇 걸음 후면 두 사람은 나란히 마주하게 된다. 다가오던 남자가 잠시 걸음을 멈추더니 입을 열었다.

"허튼짓하지 말고 순순히 내 말 들어."

원식은 포기한 것 같은 표정을 짓다가 재빨리 붉은 상자에서 막대자석을 꺼냈다.

"그러니까 여기서 펑 하고 사라졌다는 거야?"

"진짜야. 나도 안 믿기지만 정말 순식간에 사라져 버렸어."

"만화처럼 펑?"

놀리듯 말하던 영운의 동공이 갑자기 커다래졌다. 입은 다물어지지 않았고, 너무 놀라 그대로 동상처럼 멈춰 버렸다. 펑 하고 사라졌다던 그곳으로 원식이 다시 나타났기 때문이다. 뿐만 아니라 나타남과 동시에 빠른 속도로 달리던 화물트럭이 그를 정면으로 치고 지나갔다.

끼이익-!

"으악!"

화물트럭은 급제동했지만 멈춘 것은 원식이 이미 멀리 튕겨져 나가떨어진 후였다.

: *NO.21 - 막대자석 (Bar Magnet)*

기능 : N극과 S극이 분리되면 공간 이동

한 번 상자에서 꺼내면 거리에 따라 1~4회까지 사용 가능.
주의 : 도착지는 바로 직전 자석을 분리했던 그 장소.

남자는 그 자리에서 숨을 거두었다. 예리하게 날이 선 칼로 단번에 베어낸 것처럼 죽음은 대처할 시간도 주지 않고 순식간에 한 생명을 집어삼켰다. 곧이어 사고 현장에 경찰이 출동했고, 트럭 운전사는 물론 도익과 영운이도 조사를 받았다. 결국 이번에도 자기 때문에 알지도 못했던 한 남자가 죽음에 이르게 되자 도익은 큰 충격에 빠졌다. 넋이 나갔다. 누군가 말을 걸어도 제대로 대답하지 못할 정도로 상태는 심각했다. 그래서인지 원식이 가지고 있던 21번 상자와 자석을 영운이 현장에서 몰래 빼돌리는 것도 알아채지 못했다.

도익은 아무것도 할 수 없는 상태가 되어버렸다. 아마도 꽤 오랫동안 힘들어할 것 같다. 안타깝지만, 그렇다고 맥 놓고 그냥 있을 수만은 없다. 또 무슨 일이 일어날지 모르기 때문이다. 그러니 당분간은 자신이 직접 상자의 비밀을 파내야 한다고 영운은 생각했다. 그러고는 때를 기다리고 있던 사람처럼 바로 행동에 나섰다. 먼저, 얼마 전 찾아낸 [아이템 매뉴얼 AXDN]에서 21번 막대자석 항목을 찾아 꼼꼼히 살폈다. 매뉴얼에 적힌 대로 자석을 상자에 넣은 채 꼬박 열두 시간을 기다렸다. 그리고 머리부터 발끝까지 각종 보호대를 칭칭 감고서 도익의 집 거실 소파에 가장 편한 자세로 앉았다. 영운은 죽은 장원식이 위기 상황에서 마지막으로 자석을 떼어냈을 가능성이 높다고 생각했다. 그렇다는 것은 지금 가게 될 장소는 안전이 보장되지 않은 곳일 확률이 높다는 걸 의미한다. 물론 이정도 방비로는 어림없겠지만 위험을 감수해야 할 사람은 오직 자신뿐이라고 생각하며 한껏 고양된 상태로 출발을 준비했다. 거대한 미스터리의 한가운데 들어선 것 같은 기분에 마치 히어로 무비의 주인공이 된 것처럼 한없이 들떴다. 아드레날린이 마구 솟구쳤다. 크게 심호흡하고 10에서부터 거꾸로 카운트를 진행했다. 5. 4. 3. 2. 1. 눈을 크게 뜨고 단 하나의 장면도 놓치지 않겠다는 일념으로 막대자석을 반으로 갈랐다.

'?'

아무 일도 일어난 것 같지 않은데, 순식간에 주변 풍경이 전부 바뀌어 있었다. 한 번도 경험해 보지 못한 이상한 기분. 현기증 같은 건 전혀 없었고 오히려 선명했다.

'여기가 어디지?'

단단히 채비한 안전 패드와 보호대가 민망할 만큼 평범한 곳에 도착했다. 정확한 위치는 아직 모르지만, 일단 도착한 곳이 열차 안이라는 사실에 안도부터 했다. 후유. 안전한 곳이다. 다행히 아무도 없어서 누가 보기 전에 서둘러 보호 장구를 떼어냈다. 문이 열렸고 객차를 정리하던 승무원이 이상하다는 듯이 그를 쳐다보았다. 영운이 웃어 보이자 승무원은

"종착역입니다. 이쪽으로 내리시면 됩니다."

미소를 머금은 채 플랫폼으로 내려섰다.

'이제 어떡하지? 뭐 어떻게든 되겠지. 어차피 모험은 시작됐어.'

기차에서 내려 걸으면서 머릿속으로 상황을 정리했다. 장원식이 자석을 사용한 건 저녁 7시 40분경. 교통사고를 목격했으니 시간은 정확하다. 당시 그에게 대체 어떤 위험이 있었을까? 일단 그 시간에 열차가 어디에 있었는지 확인하기 위해 휴대폰을 꺼내 들었다. 조사 결과 공교롭게도 열차는 7시 50분 바로 이 역에 도착해 있었다.

'그렇다는 건 이 역에 도착하기 10분 전에 열차 마지막 칸에서 공간이동을 했다는 건데……'

혹시 기차 사고나 그밖에 다른 일이 있었는지 검색해 봤지만 별 건 없었다. 역무원들에게 에둘러 이것저것 물어도 봤지만 도움 될 만한 이야기를 해주지 않았다.

인적 드문 어촌 마을. 남자는 왜 이동을 한 걸까? 돌아갈 그곳이 위험천만한 도로 한복판인 걸 알면서도 그럴 수밖에 없었던 건, 위험을 감수할 만큼 더 큰 위협이 있었기 때문이었겠지?

주변을 살피고, 이것저것 묻고 돌아다녔지만 신통치 않았다. 자석을 통한 이동을 경험한 것 말고는 딱히 얻을만한 것은 없었다. 이제 슬슬 돌아가야지. 다시 막대자석을 분리해서 출발했던 소파로 돌아가려던 영운이 멈칫했다.

'만약 다음에 자석을 분리하게 되면 이곳으로 오게 되는 거잖아!'

좋지 않은 선택이다. 하지만 서울로 돌아가려면 기차를 타고 4시간이 훌쩍 넘게 걸리는데…… 한숨이 나왔다. 더구나 다음 기차는 3시간이나 더 기다려야 한다. 어떡하지?

금강산도 식후경. 역 주변에는 크든 작든 요기를 할 만한 곳이 있기 마련이다. 그는 고르고 골라 큰길가에 있는 냉면집을 선택했다. 아무래도 처음 가보는 식당은 텅 빈 곳보다는 손님이 좀 있는 곳이 안심된다. 맛집은 아니더라도 실패할 확률이 낮다. 도로가 보이는 쪽에 자리를 잡고 앉아 비빔냉면과 만두를 주문했다. 그러고 나니 뜬금없이 오게 된 이 여행이 슬슬 마음에 들기 시작했다. 하지만 곧 힘들어하고 있을 친구 생각에 마음이 조금 무거워졌다.

'짜식, 괜찮을까? 그래, 녀석이라면 금방 훌훌 털고 일어날 거야.'

주문한 음식이 나왔다. 태어나서 먹어본 냉면 중 최고였다. 물론 영운이는 언제나 지금 먹고 있는 것을 최고의 음식이라고 생각했다. 긍정은 언제나 그의 힘이다. 금세 그릇을 비우고 물병의 물도 반이나 마셨다. 온 세상이 평화로운 것만 같은 기분이 찾아왔다.

여유가 좀 생기자 다시 하나씩 차분하게 정리해 보고 싶어졌다. 21번 상자를 꺼내 찬찬히 들여다보았다. 이렇게나 작은데 순식간에 먼 곳까지 사람을 이동 시킬만한 힘을 가지고 있다는 것이 새삼 믿어지지 않았다. 게다가 이런 물건이 한두 개가 아니라니 섬뜩한 기분도 들었다. 그러고 있는데 창밖에서 자신을 뚫어지게 바라보고 있는 시선이 느껴졌다.

"아, 깜짝이야!"

퀭한 몰골에 귀신같은 음산함을 뿜어내는 여자의 출현으로 순식간에 등골이 서늘해졌다. 자세히 보니 그녀의 시선은 자신이 아니라 상자에 닿아있었다.

실마리다! 서둘러 계산을 하고서 밖으로 나갔지만, 여자는 보이지 않았다. 놓쳤나 싶었는데 골목 안으로 뛰어 들어가는 뒷모습이 눈에 들어왔다. 그렇지 않아도 달리기가 느린 판에 이제 막 밥을 먹은 터라 그녀를 좇아서 뛴다는 것은 거의 불가능에 가까웠다. 그래도 최대한 빠른 걸음으로 골목을 향해갔다. 하지만 도착했을 때는 이미 그녀는 흔적조차 보이지 않았다.

아연지 (여), 44세, 도망자.

방에 들어온 연지는 떨림을 주체할 수 없었다. 어떤 남자가 남편의 상자를 가지고 있었기 때문만은 아니다. 어차피 언젠가는 이렇게 될 거라고 어렴풋이 짐작하고 있었다. 사실 이렇게 되기를 바랐을지도 모른다. 이 떨림은 어쩌면 지긋지긋한 도망자의 삶이 끝날 것이라는 예감이 주는 묘한 쾌감과 불안함 그리고 공포와 희열 때문일지도 모른다. 눈동자가 뻘겋게 변하기 시작한 그녀는 어떤 짐도 챙기지 않고 숫자 5가 적힌 붉은 상자만 들고 방을 나왔다.

뒤늦게 골목으로 들어선 영운은 망연자실했다. 이토록 작은 마을에 이처럼 많은 숙박업소가 몰려 있다니! 믿어지지 않을 정도였다. 대략 어림잡아 봐도 열다섯 곳은 넘어 보였다. 돌아가는 열차 출발까지는 2시간 정도밖에 남아 있지 않았지만, 틀림없이 시간 안에 그녀를 찾을 수 있다고 확신했다. 이유는 간단했다. 이렇게 멀리 떨어진 곳에서 그 여자를 보게 된 것은 단순한 우연 그 이상이다. 상자는 이유 없는 사건을 만들지 않는다. 영운이도 어느새 상자의 운명론을 당연하다는 듯이 받아들이고 있었다.

서울에서 온 형사 흉내는 많이 어설펐지만 의외로 곧잘 먹혀들었다. 별 어려움 없이 모텔들을 한 곳 한 곳 수색해 나갔지만 그녀를 찾을 수는 없었다. 그러던 중 우습게도 '영운 모텔' 간판이 눈에 띄었다. 보자마자 틀림없이 그곳에 그녀가 있을 거라는 말도 안 되는 확신이 들었다. 예상대로 영운 모텔에는 타지에서 온 여성 투숙객이 한 명 있었다. 장부를 확인해 보니 그녀는 트럭 교통사고가 있던 날 저녁 8시 30분에 입실한 것으로 되어 있었고, 방값을 일주일 치 선불로 지불했다는 사실도 알게 되었다. 모텔 주인은 그 방 열쇠가 프런트 앞에 놓여 있는 것을 발견하고서

"그 손님 지금 방에 없어요. 열쇠가 여기 있는 거 보니까 잠깐 나갔나 보네요."

영운은 잠시 골똘히 생각한 뒤에

"그러면 일단 그 방을 좀 볼 수 있을까요?"

그의 말에 주인은 뭔가 탐탁지 않다는 듯한 표정으로 머뭇거렸다.

"싫으시면 정식으로 수색 영장을 발급받아서 여기를 아주 탈탈 털어……."

그렇게 말하며 돌아나가려는데 주인이 다급하게 막아섰다. 그러고는 사람 좋은 미소를 지으며 순순히 열쇠를 내어주었다.

문을 열자 오래된 곰팡이가 잔뜩 피어 있을 것 같은 쿰쿰한 냄새가 치고 들어왔다. 한쪽 구석에는 커다란 캐리어 두 개가 놓여 있었고, 이불은 헝클어져 있었으며 바닥은 각종 물건들로 너저분했다.

'여기서 기다릴까? 돌아오기는 할까?'

여러 가지 생각이 맴돌았다. 슬쩍슬쩍 짐들을 훑어보았다. 어디서 본 건 있어서 허리를 숙여 침대 밑을 들여다봤는데, 어두운 한쪽 구석에 스포츠용 가방이 처박혀 있었다. 손을 뻗어 먼지와 함께 그것을 끄집어냈다. 가방 지퍼를 열자 안에는 여러 개의 붉은 상자와 아무것도 쓰여 있지 않은 검은색 쪽지들이 수두룩하게 들어 있었다.

파일 조사 보고 : 수신 - 장귀우 과장 / 발신 - 용산

파일명 : 매뉴얼 AXDN

메시지 : USB의 파일 추가 복구 보고. 내용은 아래와 같음.

: NO.5 - 하얀 펜 (White Pen)

기능 : 예언의 쪽지를 쓰는 펜

주의 : 다른 아이템과는 다르게 누구나 사용할 수 있는 것은 아님. 지정된 소유자가 있으며 그 사람이 쓴 것만 효력이 발생함. 현재까지 알려진 바로는 소유자 역시 자신의 의지대로 마음껏 펜을 사용할 수 있는 것은 아닌 것으로 관측됨 (정확하지 않음)

비고 : 중요 사항 - 6번 상자의 펜던트를 지니고 있으면 지정된 소유자가 아니더라도 펜을 사용 할 수 있음. 또한 의지대로

사용 할 수 있다는 것도 판명됨. 5번과 6번 상자는 우선 수집 대상이므로 발견되면 수단과 방법을 가리지 말고 반드시 회수 할 것.

버스 차창에 고개를 기댄 연지는 모든 것이 조만간 끝난다는 사실에 두려움보다는 일종의 후련함을 느꼈다. 그동안 의지와 상관없이 펜의 사용자로 지목이 되어 저주의 시간을 보내왔다. 하지만 이제 그 끝이 보인다. 이미 그녀의 눈은 흰자위가 거의 보이지 않을 정도로 붉은 기운이 퍼져 있었다. 눈을 가리기 위해 선글라스를 썼지만, 슬슬 어둠이 내려앉기 시작했으니 벗어야 한다. 안 그러면 오히려 쉽게 눈에 띌 것이다. 다른 방법을 찾아야 할 텐데…… 도망자로 살아온 시간 동안 몸에 익은 방어기제가 작동했다. 갑자기 웃음이 났다. 전부 끝나가는 판국에 이런 염려를 하는 게 우스웠다. 선글라스를 벗어 버스 바닥에 버리고 홀가분하게 붉은 눈으로 창밖을 내다보았다.

아무리 그래도, 혼자 먼 길을 가는 건 너무 쓸쓸했다. 얼마 전 최도익이라는 사람에게 남편의 사진을 직접 보내면서 그녀는 자신의 무기력함과 거부할 수 없는 펜의 힘에 다시 한번 굴복했다. 그러면서 동시에 저주가 끝나가고 있음도 직감했다. 펜은 마지막으로 남편을 원했다. 그녀가 의지할 수 있는 건 세상 무엇보다 자신을 아껴주는 원식뿐이었다. 남편은 아무리 힘들어도 내색하지 않았고, 마음만 먹으면 자신을 버리고서 도망자 신세를 면할 수 있었지만 자발적으로 함께 있는 쪽을 택해주었다.

"잘 들어. 펜은 에너지가 강해서 한 곳에 조금만 오래 머물러도 뷰어에 우리 위치가 표시돼. 그러니까 일정 기간이 지나면 반드시 거처를 옮겨야 해. 항상 움직일 수 있도록 짐을 간편하게 만들고, 두세 곳 정도 갈 곳도 미리 정해 놔야 한다고."

며칠째 남편에게서 연락이 없다. 그녀는 원식이 기차 의자에 놓고 간 열쇠고리를 꺼내 그중에 펼친 손바닥 모양 모형을 바라보았다.

"보자기. 먼저 가 있어라. 그리고 절대 먼저 연락하지 마라."

역 앞 식당에서 남편의 상자를 가지고 있는 남자를 보게 된 순간 연지는 직감적으로 다시는 남편을 만나지 못할 것을 알았다. 차창에 기댄 붉은 눈의 그녀는 들리지 않게 작은 소리로 속삭였다.

"여보. 그동안 고마웠어. 사랑해."

원식의 죽음 역시 자신의 탓이라고 여기며 깊은 수렁에서 허우적거리고 있는 도익에게 다시 붉은 상자가 도착했다. 열어보지도 않고 상자를 내동댕이쳤다. 쳐다보고 싶지도 않다. 전부 다 때려치우고 아무도 없는 곳으로 가서 조용히 살고 싶다. 하지만 그렇게 되면 허망하게 죽어간 사람들은…… 그리고 앞으로 저 빌어먹을 붉은 상자의 저주에 걸려들 사람들은 어떡한단 말인가……. 하아…… 한숨이 짐이 되어 다시 그를 짓눌렀다.

그래, 무슨 수를 써서라도 이 잔인한 굴레를 끝내야 해. 계속 이렇게 끌려갈 수만은 없다고! 무의미한 죽음을 더는 두고만 볼 수 없어!

다시 힘을 내어 내동댕이친 붉은 상자를 집어 들었다. 그래, 그깟 운명 얼마든지 받아들여 주겠어. 분노에 찬 도익이 붉은 상자를 찢어 열었다. 그러고는 절대 지지 않겠다는 각오로 쪽지를 펼쳐 읽었다.

<최도익. 당신은 하얀 펜의 주인으로 지목되었습니다.>

14. 그리고

실미는 정남이 했던 말을 떠올리며 소파에 몸을 파묻은 채 깊은 생각 속으로 빠져들었다.

"남보 코퍼레이션의 최종 목표는 붉은 상자를 자신들의 뜻대로 컨트롤하는 거야. 아니 더 크게는 붉은 상자가 가진 힘의 원천을 손에 넣길 원하고 있어. 그래서 단순히 아이템을 모으는 것에서 그치지 않고, 아이템을 만들어내는 것을 목표로 실험을 시작했지. 오래 전부터 차곡차곡 진행 시켜왔…… 쿨럭쿨럭. 아까도 말했다시피 불행인지 천운인지 네 동생의 혈액에서 특별한 성분이 발견되었고 쿨럭! 이놈의 기침이 또. 쿨럭! 만약 그렇지 않았다면 남보는 네 동생 치료를 진작에 중단했을 거야. 아니, 시작조차 하지 않았겠지. 전 세계에서 단 한 사람만이 걸린 엄청나게 희귀한 병의 치료를 위해 천문학적 돈을 써가면서 그런 시설을 만들고, 수많은 연구진을 붙인

데는 다 이유가 있는…… 쿨럭쿨럭. 쿨럭쿨럭. 잘 들어 이 상황을 해결하고 동생을 구할 방법은 단 하나뿐이야. 펜과 펜던트 그걸 손에 넣으면, 네가 원하는 미래로 바꿀 수 있어. 문제는 모두가 그 두 가지를 얻기 위해 혈안이 되어 있다는 거야. 게다가 수면 아래에 모습을 감추고 있던 하얀 펜이 든 5번 상자가 최도익이란 놈의 손에 들어간다는 내용이 적힌 상자가 나한테 보내졌고…… 쿨럭쿨럭 이제 그 사실을 놈들도 다 알게 됐어. 어떡해서든 남보 코퍼레이션 보다 빨리 손에 넣어야 해. 소문에는 본사 회장실 안에 특수하게 제작된 밀실이 있는데 거기에 수집한 아이템들을 보관한다고 해. 그곳은 뷰어로도 읽히지 않을 만큼 보안이 철저해서. 쿨럭!"

* * *

"지금까지 알게 된 것을 종합해 보면, 그 펜의 소유자가 된다는 것은……"

말을 꺼낸 영운이 망설여지는지 잠시 눈치를 살폈다. 그러고는 다시 조심스럽게 말을 이어갔다.

"개인의 의지가 상당 부분 손상될 가능성이 높아. 쉽게 말하자면, 펜의 지배를 받게……"

영운이 슬쩍 말꼬리를 내려놓았다.

"뭐 그렇다고 방법이 없는 건 아니야."

도익은 아무런 반응도 하지 않고 묵묵히 그 얘기를 듣기만 했다.

"매뉴얼 AXDN에 의하면 펜이 너한테 오기 전에 붉은 가위로 잘라 버리면 그런 일은 막을 수 있어. 물론 그 가위가 지금 어디 있는지 모른다는 게 문제이긴 하지만 말이야."

도익의 눈꼬리가 살짝 위로 올라갔다. 그러더니 무언가 떠올랐는지 입을 열었다.

"차명노가 그 가위로 서해안고속도로에서 내가 죽는다는 쪽지를 잘랐다고 했어."

"설사, 그놈이 가위를 가지고 있다고 해도, 행방이 묘연하잖아."

"장귀우의 말에 의하면 그놈 은신처를 털어간 게 남보 코퍼레이션이라던데. 정희가 버스에 두고 내린 6번 상자도 남보 코퍼레이션이 가져갔고."

"거긴 무슨 제약 회사가 아니라 수집 전문 업체야 뭐야? 뭘 죄다 가져가고 그래!"

"혹시 매뉴얼에 '6번 상자'에 대한 것도 있었어?"

"잠시만, 찾아볼게."

: NO.6 - 펜던트 (Pendant)

기능 : 1. 하얀 펜의 지배를 무력화.

2. 정해진 주인이 아니더라도 하얀 펜을 사용할 수 있음.

주의 : 상자에서 꺼낸 후 정확히 12시간 동안만 사용 가능.

지금은 정보를 최대한 많이 알고 있어야 하는 상황이라고 판단한 도익은 매뉴얼 AXDN 파일을 받아 차례차례 읽어나갔다. 영운이 그의 옆으로 와 함께 파일을 보며 말을 거들었다.

"어쨌든 지금은 가위나 펜던트 둘 중 하나가 반드시 필요해."

"문제는 그것들이 전부 남보 코퍼레이션에 있다는 거지……"

"가서 쏙 빼 오면 딱 좋겠구만."

"무슨 방법이 없을까?"

"그렇지 않아도 몇 번이나 남보 코퍼레이션을 해킹해 봤는데, 보안이 장난이 아니야. 무슨 미국 국방부보다 더하다니까. 아직도 첫 관문에서 고군분투 하고 있는데, 차라리 직접 침투해서 가지고 나오는 게 더 빠를 것 같다는 생각도 들어."

말을 마친 영운이 아쉬운 듯 입맛을 다셨다.

"그걸 누가해?"

"내 말이. 확실한 건 너나 나는 아니라는 거지. 정보국 비밀 요원 정도 되는 사람이라면 모를까."

영운이 실미의 집 쪽의 벽을 바라보며 고개를 주억거렸고, 도익의 눈도 같은 곳을 향했다. 그때 띵-동. 초인종이 울렸고, 마치 순서를 기다리다가 때가 되어 등장한 연극배우처럼 실미가 두 사람을 찾아왔다. 어리숙한 두 남자는 그녀가 도청을 듣고 왔다는 것을 전혀 눈치채지 못하고 이 역시 그동안 있었던 기막힌 우연들의 연속이라고만 생각했다. 뭐 그것도 그렇게 틀린 말은 아니다. 어쨌든 실미가 찾아왔고, 그녀가 꺼낸 말에 두 사람은 놀라지 않을 수 없었다.

"제가 가서 가지고 올게요."

＊＊＊

'잠시만 눈을 들어 하늘을 보세요.'

실미는 광고판에 조금의 눈길조차 나눠주지 않고서 오로지 앞만 보고 출입문을 통과했다. 이번에는 정보국 침투 때와는 다르게 아무런 변장도 하지 않았다. 로비로 들어선 그녀는 습관적으로 회전문에서부터 안내 데스크까지의 걸음 수를 헤아렸다. 그렇게 스물세 걸음 만에 데스크 앞에 도착했다.

"김남보 회장님 만나 뵈려고 왔어요."

"약속은 하셨나요?"

"네. 실미가 왔다고 하면 아실 거예요."

안내 데스크 직원이 전화기를 들고 내선 번호를 눌렀다.

"네. 여기 데스큰데요⋯⋯."

순간 데스크 직원의 손에서 수화기를 낚아채듯 빼앗아 들었다. 눈 깜짝할 사이에 벌어진 일이라 직원 역시 너무 놀라서 적당한 대처조차 하지 못했다. 실미는 전화기에 대고 소리치듯 말했다.

"회장님께 동생에 관한 얘기를 하러 실미가 찾아왔다고 전해! 전하지 않으면⋯⋯."

말을 채 끝맺기도 전에 달려온 보안 요원들에 손에 의해 전화기를 빼앗겼다. 순식간에 완전히 제압당했지만, 어떤 반항도 하지 않았다. 그저 마음속으로 메시지가 회장에게 전해지기만을 바랐다.

조사를 위해 보안실로 끌려간 실미는 침착하게 결과를 기다렸다.

그렇게 가늠할 수 없을 정도의 시간이 흘러갔고, 드디어 문이 열렸다. 심각한 얼굴의 보안과장이 안으로 들어와 뒤에 선 남자에게 "이여잡니다."라고 말했다. 뒤에는 넥타이를 매지 않은 정장 차림의 어깨가 아주 넓은 남자가 서 있었다.

"따라와."

그는 이렇게 짧은 말을 남기고서 앞장서 보안실을 나섰다. 실미는 어금니를 깨물었다. 어깨가 넓은 남자는 곧바로 회장실까지 직통으로 연결된 엘리베이터로 향했다. 올라가는 내내 그녀는 마음속으로 앞으로 실행할 계획을 계속해서 곱씹었다.

"그래서요? 엘리베이터를 탄 다음 어떻게 됐는데요?"

영운은 첩보 영화를 보고 있는 사람처럼 혼자 흥분해서 실미에게 다음 이야기를 종용했다.

"지금 제 무용담이나 듣고 있을 시간 없어요."

"시간이 없다니요?"

"안타깝게도 붉은 가위는 찾지 못했어요. 하지만 다행히 펜던트는 가지고 왔어요."

실미의 말을 들은 도익이 깊은숨을 내쉬었다.

"그러면 플랜B군요. 펜던트를 가지고서 하얀 팬을 찾아 봉인한다."

도익이 생각에 잠긴 사이, 실미는 영운에게 막대자석을 돌려주면서 고마움을 표시했다.

"덕분에 아주 쉽게 빠져나왔어요. 너무 싱거워서 재미는 없었지만."

"선견지명이 있어서 먼 데서 이걸 안 쓰고 도착지를 이 소파로 해놨다는 거 아닙니까."

영운이 한껏 우쭐해 하며 공치사했지만, 실미는 듣지도 않고 남보 코퍼레이션에서 가지고 온 펜던트와 뷰어를 테이블에 내려놓으며 말을 이었다.

"시간이 없다고 한 건. 펜던트는 가져왔는데 상자는 단단히 고정되어 있어서 가져오지 못했기 때문이에요. 여기 오기 직전에 이걸 꺼냈으니까. 지금 몇 시죠?"

"12시 30분이요."

"그럼, 펜던트를 꺼낸 게 12시쯤 되겠네요. 꺼낸 후 12시간 동안만 사용 가능하니까, 내일 낮 12시 안에 펜을 찾아서 봉인해야 해요."

"정말 시간이 없네요."

셋은 서로의 얼굴을 번갈아 바라보았다. 실미가 지도를 펴고 그 위에 뷰어를 올려놓았다. 그러고는 천천히 뷰어를 옮겨가며 살폈다. 기다렸다는 듯이 한쪽에서 붉은빛이 타오르듯 반짝였다. 그녀가 물었다.

"반짝이는 이곳에 그 펜이 있을까요?"

"틀림없어요. 설명할 수는 없지만 저기서 날 부르고 있는 게 강하게 느껴져요."

도익이 확신에 차서 대답했다.

"정말 혼자서 괜찮으시겠어요? 제가 같이 갈까요?"

"남보에 다녀온 것만으로도 충분히 고생하셨어요. 이건 저 혼자해야 할 일이에요."

지도를 살펴보던 영운이 어이없다는 듯이 혀를 찼다.

"뭐야? 또 목포야? 저기 너…… 서해안고속도로……."

이 말을 못 들었는지 도익은 대답도 하지 않고서 가방에 테이블위에 있는 것들을 전부 쓸어 담았다. 그러고는 자동차 키를 가지러잠시 방에 들어갔다가 서둘러 나왔다.

"펜을 찾은 다음, 배를 타고 멀리 나가서 바다 한가운데에 버릴거야."

영운이 막대자석을 건넸다.

"이것도 가져가. 위급할 때 써. 열두 시간 충전 안 하고도 아직 한두 번 더 쓸 수 있을 거야. 그게 뭐. 남보 코퍼레이션 밀실로 가긴 하겠지만 말이야."

영운이 멋쩍게 웃었다.

"고마워."

도익은 짧은 인사를 마치고 집을 나섰다. 단둘만 남게 된 실미와영운이는 잠시 동안 아무 말도 하지 않고 가만히 있었다. 침묵을 깬것은 실미였다.

"저도 가볼게요."

조급하게 굴지 않아도 목포까지는 늦어도 차로 다섯 시간 정도면 충분히 갈 수 있다. 아직 11시간 정도가 남아 있고, 뷰어가 어디 있는지 알려주기 때문에 늦을 리는 없다. 하지만 마치 지각한 수험생처럼 초조함이 감춰지지 않았다. 불길한 일이 일어날 것만 같은 기분은 떠나지 않았고, 불안과 조바심이 주위를 맴돌았다. 그래서인지 도익은 계속해서 따라오고 있는 자동차 한 대가 있다는 사실도 눈치채지 못했다. 실미는 들키지 않도록 주의하며 뒤를 밟았다. 여전히 정리되지 않은 마음으로 도익은 서해안고속도로에 접어들었다. 명노가 붉은 가위로 잘랐다는 자신의 죽음이 예견됐던 쪽지가 떠올랐다.

'붉은 상자는 왜 쪽지가 가위로 잘리게 된다는 것은 예언하지 못하는 걸까? 가위를 사용하는 건 예상치 못한 경로 이탈일까? 아니면 애초에 가위로 잘리기 위한 목적으로 만들어진 쪽지였나? 하나부터 열까지 전부 운명이라면 제아무리 발버둥 쳐봤자 소용없는 일 아닐까? 게다가 발버둥 치는 것까지 정해져있다면, 그런 거라면…… 이렇게 초조해할 필요가 없는 거 아닌가? 내가 목포에 가지 않는다고 해도 어떻게든 되지 않을까? 아니, 내가 아무리 그곳에 가지 않으려고 해도 결국엔 가게 되는 걸까?'

계속 이어지는 혼란은 갈피를 잡지 못하는 그를 뒤흔들며 밤의 고속도로로 쏟아져 내렸다. 좀처럼 끊일 것 같지 않던 혼돈은 전혀 예상치 못한 일을 계기로 끝나 버렸다. 멀리서 무언가 빠른 속도로 그의 자동차를 향해 달려왔다. 그럴 리 없다. 여긴 고속도로고 중앙

분리대가…… 생각을 다 마치기도 전에 잡아먹을 듯이 정면으로 달려드는 미치광이 역주행 자동차가 눈에 들어왔다.

"아악!"

서해안고속도로의 죽음의 그림자는 사라진 게 아니었나? 생각할 틈도 없이 다급하게 핸들을 꺾었다. 가까스로 역주행 차량과 충돌은 피했지만, 급격한 핸들 조작으로 인해 속도를 이기지 못하고 빙빙 돌다가 도로 한쪽에 처박혔다.

끼이익 - 콰광!

눈을 떴을 때, 그는 아이러니하게도 혹시 죽은 게 아닐까 생각했다. 하지만 의식이 돌아옴과 함께 통증들도 기다렸다는 듯이 깨어났다. 여기저기 아프지 않은 곳이 없었다. 다행히 안전벨트를 하고 있었고, 에어백도 잘 작동해서 치명적인 부상은 피할 수 있었지만, 몸이 받은 충격은 상당했다. 의식이 돌아왔다고는 해도 정신이 완전하게 차려진 것은 아니었다. 여기가 어딘지, 무슨 일이 일어났는지 인식하게 되기까지는 그 후로도 꽤 오랜 시간이 걸렸다. 침대에 겨우 기댈 수 있을 정도로 추슬러지자 그제야 해야 할 일이 떠올랐다. 때마침 앞을 지나던 간호사를 붙잡고 다급하게 물었다.

"지금 몇 시죠?"

무뚝뚝한 간호사는 대답 대신 벽에 있는 전자시계를 가리켰다.

AM 9 : 13

　정신이 번쩍 들었다. 다행히 아직 열두 시가 지나지 않았지만, 앞으로 세 시간 정도밖에 남지 않았다. 몸은 엉망에다가 이곳이 어디쯤 있는 병원인지도 모른다. 급한 마음에 침대에서 내려서기 위해 발을 디디다가 휘청. 지독한 어지럼 때문에 그대로 바닥에 고꾸라졌다. 감당할 수 없는 통증이 찾아왔지만 덕분에 잃어버린 줄 알았던 가방이 침대 아래에 있다는 사실을 알게 되었다. 다행이다. 물론 그것을 가져다 놓은 사람이 실미라는 사실은 알지 못했지만, 그게 중요한 게 아니다. 가방을 챙겨 온 힘을 다해 일어나 걸었다. 조금 떨어진 곳에서 휘청거리는 모습을 지켜보고 있던 실미는 달려가 도와주고 싶었지만, 그렇게 하지 말자고 자신을 애써 말렸다.

　어지럼증은 사정없이 그를 괴롭혀댔다. 속은 미식거리고 구토가 치솟았다. 당장이라도 전부 쏟아내야 할 것 같은 꿈틀거림이 몸 여기저기서 춤을 췄다. 이런 상태로 병원을 나서기 위해 비틀거리며 걸어가는데, 응급실 보안 요원이 제지했다. 하지만 곧바로 실미가 그에게 다가가 몇 마디 귓속말을 하자 보안 요원은 정중하게 사과를 하고 배웅까지 했다. 비틀비틀. 아무리 정신을 차리려 애써 봐도 도무지 정신은 돌아오지 않았다. 아주 가까운 거리에 실미가 있다는 사실조차 알지 못할 정도로 상태는 심각했다.

　달리는 택시 안에서도 어지럼증은 그를 놓아주지 않았다. 조금씩 나아지고 있었지만, 여전히 메슥거림은 멈추지 않았다. 창문을 열고 불어오는 바람을 향해 심호흡을 했더니 그나마 조금 나아진 것 같은 기분이 들었다. 그렇게 한참이 지나자, 충격을 받았던 뇌도 점차 제 기능을 찾기 시작했다. 곧바로 해야 할 일이 떠올랐고, 서둘러 영운에게 전화를 걸었다.

몇 시간째 연락이 없던 친구에게 전화가 오자 다짜고짜 화부터 냈다. 얼마나 걱정했는지 아냐고, 혹시나 방해될까 봐 전화도 안 했다고! 그간 밀렸던 말들을 폭포처럼 쏟아냈다. 하지만 아직 펜을 봉인한 게 아니라는 도익의 말에 다시 영운은 긴장 상태로 돌아갔다

"영운아, 낚싯배 섭외는? …… 잘했어……. 문자 확인해 볼게……. 수고했다."

다행히 목포에 도착할 때쯤에는 어지럼증은 상당부분 사라져 있었다. 몸이 여전히 정상은 아니었지만, 펜을 찾아 봉인할 정도는 될 것 같았다. 시간은 어느새 10시를 훌쩍 넘어 있었다.

뷰어가 가리킨 곳은 조금 오래돼 보이는 관광호텔이었다. 막상 로비에 들어서니 어떻게 해야 할지 감이 잡히질 않았다. 뷰어는 펜이 어느 객실에 있는지 까지는 나타내지 못했고, 그렇다고 일일이 객실을 뒤져볼 수도 없는 노릇이라 막막함은 커져만 갔다. 로비의 시계는 10시 45분을 지나고 있었다. 다급한 마음에 지푸라기라도 잡는 심정으로 무작정 데스크 앞에 섰다.

"저는 최도익이라고 합니다. 혹시……"

미처 용건을 말하기도 전에 직원은 미소를 한가득 머금고서

"아, 최도익 손님."

기다렸다는 듯이 방 번호가 적힌 카드키를 내어 주었다.

"맡겨두신 키 여기 있습니다."

적잖이 당황스러웠지만, 최대한 자연스럽게 행동하며 데스크를 등지고 돌아섰다. 받아 든 카드에는 608호라고 적혀 있었다. 엘리베이터의 문이 열렸고, 6층이 표시된 동그란 버튼을 누르자 숫자에 불이 들어왔다. 침이 말랐고 심장박동이 눈에 띄게 빨라졌다. 가방을 열어 펜을 무력화 시킬 수 있는 펜던트를 꺼내 바지 주머니에 넣었다. 6층에 내려서자 엘리베이터의 문이 바로 닫혔다. 낮은 천장과 기다란 복도가 눈에 들어왔다. 아직 오전인데도 저녁인 것 같은 분위기가 감돌았고, 바닥에 깔린 카펫은 걸을 때마다 발소리를 죽여 긴장을 더욱 고조시켰다. 드디어 그의 시선이 하얀 문에 붙어 있는 금색의 숫자 608에 다다랐다. 아주 잠깐, 벨을 누를까 망설였지만, 그냥 열고 들어가는 쪽을 선택했다. 카드를 가져다 대자 경쾌한 풀림 소리와 함께 문이 열렸다.

어느 정도 예상은 했지만, 안에는 아무도 없었다. 등 뒤로 문이 닫히고 잠기는 소리가 작게 들려왔다. 싱글 침대 하나와 작은 테이블이 전부인 아담한 크기의 방이었다. 붉은 상자는 커튼이 열린 창문 앞에서 일광욕을 하듯이 햇살을 받고 있었다. 안경 케이스 정도의 크기로 숫자 5가 선명하게 눈에 들어왔다. 드디어 기나긴 여행이 끝난 것 같은 기분이 가슴에 내려앉았다. 서둘러 상자를 집으려는데, 아래에 놓여 있는 흰색 편지봉투가 눈에 들어왔다. 거기에는 낯익은 글씨체로 '최도익 씨에게'라고 적혀 있었다.

안녕하세요. 저는 아연지라고 합니다. 만난 적도 없고 앞으로도 만나지 못할 분께 편지를 쓰는 것이 맞는 일인지 고민을 많이 했는데, 역시 사죄의 마음을 담은 글이라도 적는 것이 최소한의 도리라 생각되어 이렇게 펜을 들었습니다. 받는 분의 기분 따위는 생각하지 않고 제 마음이 편해지고자 하는 이기적인 행동이니 부디 넓은 마음으로 이해해 주시길 바랍니다.

죄송합니다. 고개 숙여 사과드립니다. 지금껏 받으셨던 붉은 상자 안에 든 쪽지들은 전부 제가 쓴 것입니다. 하지만 동시에 제가 쓴 것이 아니기도 합니다. 여기까지 오셨으니 제 말의 의미를 이해하실 거라 생각합니다. 하지만 어찌 됐든 제 손으로 썼다는 사실은 변하지 않습니다. 그 쪽지들로 인해 어렵고 힘든 시간들을 보내시게 된 점 깊이 사과드립니다. 또한 이 무거운 짐을 최도익 씨에게 넘기게 된 것도 진심으로 사과드립니다.

남편의 사진을 제 손으로 당신께 보냈던 그때, 저는 조만간 펜이 더 이상 저를 필요로 하지 않을 거라는 강한 느낌을 받았습니다. 그것이 무엇을 의미하는지 너무나도 잘 알고 있기 때문에 너무나도 두려웠습니다. 스스로를 저주하고 자포자기했습니다. 하지만 지금은 아무렇지도 않습니다. 그이가 저를 기다리고 있다고 생각하면, 오히려 그 시간이 빨리 왔으면 하고 바라고 있습니다. 당신이 나타나 저는 이 굴레에서 벗어나게 되었습니다. 뭐라고 감사의 말을 드려야 할지 모르겠지만, 동시에 너무나 죄송해서 몸 둘 바를 모를 지경이기도 합니다. 미안합니다. 앞으로 당신이 겪게 될 일들이 너무나 힘들다는 것을 알기에 사과드립니다. 그리고 정말로 고맙습니다. 저에게서 이 짐을 가져가 주셔서…… 더 이상 저주받은 펜을 들지 않게 해주셔서……

누군가에게 내 의지를 가지고 편지를 써보고 싶었습니다. 한편으로는 당신도 원망할 누군가는 있어야 한다고 생각했습니다. 그것이 악마 같은 시간을 견디는데 미약하지만 조금의 도움이 될 테니까요……. 저를 원망하고 탓하고 증오해 주세요. 고맙고 죄송한 마음을 보답할 수 있는 길은 당신에게 증오의 대상이 되는 것이라고 생각했습니다. 그러니 마음껏 저를 미워해 주세요. 그리고 기적이 일어나서 우리 모두가 이 꿈에서 깨어난다면, 그리고 깨어난 그 세상에서 다시 만날 수 있다면, 정식으로 사과할 기회를 주시기를 간절히 바랍니다.

복도 한쪽 벽에 기댄 채 도익이 들어간 방문을 바라보던 실미가 시간을 확인했다. 10시 58분. 그녀는 차분하게 걸음을 옮겨 608호 문 앞에 섰다.

도익은 편지를 내려놓고 찬찬히 5번 상자를 집어 들었다. 여러 사람의 운명을 좌지우지한 것 치고는 너무 가벼운 게 아닐까 라는 생각이 잠시 스쳐 갔다. 상자를 열자 너무나도 평범해 보이는 하얀색 펜이 들어 있었다. 자세히 살펴보니 클립 부분에 상자에 적힌 숫자와 같은 필체로 'NO.5' 음각이 새겨져 있었다. 우선, 펜을 상자에서 분리해 냈다. 자, 이제 이걸 가지고서 바다 한가운데로 나가서 던져

버리면 이 악몽은 끝난다. 간단한 일이다. 긴장할 필요도 없다. 결연한 마음으로 펜을 바라보았다.

털썩! 두 무릎이 바닥으로 떨어져 내렸다.

"으아아악!"

예상치 못한 일은 언제나 예상치 못하게 일어난다. 그의 두 눈이 걷잡을 수 없을 정도로 순식간에 시뻘건 핏줄로 가득해졌다. 처절한 비명이 작은 방을 가득 메우고도 흘러넘쳐 복도로 새어 나갔다. 608호의 문을 틀어막고 서 있는 것처럼 기대있는 실미의 미간이 찌푸려졌다. 그녀는 다시 시간을 확인했다. 11시다.

도익은 자신의 의지가 조금씩 펜에 의해 점령당해 가고 있다는 것을 온몸으로 느낄 수 있었다. 그럴 리 없어. 12시가 되려면 한 시간이나 남았다고! 바다로 나가서 펜을 던져야……

호텔방이 빙그르르 돌기 시작했다.

'어떻게 이런 일이!'

어찌된 영문인지 펜던트의 영향력이 한 시간이나 남아 있는데도 하얀 펜의 점령이 시작되었다.

'말이 안 돼. 펜던트가 펜의 지배를 무력화……'

그는 방이 엄청난 속도로 빙빙 도는 것이 환각임을 알았지만, 안다는 것 자체는 아무런 도움도 되지 못했다. 회전하는 방을 막을 방법은 어디에도 없었다. 절대로! 무슨 일이 있어도 펜에 잠식되는 일만은 막아야 한다고 생각하고 이를 악물면서 버텨봤지만 소용없었다. 이미 상당 부분 그는 최도익이라는 존재를 잃어가고 있었다. 제대로 숨을 쉴 수 없을 정도로 가슴이 답답해져 왔고, 어디서 시작됐는지 모를 타는 듯한 통증은 점점 더 그 범위를 넓혀갔다. 게다가 교통사고의 여파까지 더해져 몸은 부서지기 일보 직전까지 치달았다. 갈수록 방이 회전하는 속도는 빨라져만 갔다. 있는 힘을 다해 버텨 보려고 했지만, 이내 다시 고꾸라졌다. 시야는 흐릿해졌고 몸은 통제 불능으로 떨려왔다. 정신을 차리기 위한 사투도 거의 끝을 향해 달려가고 있었다.

"으으아아아악!"

바닥을 나뒹굴던 도익은 바들거리는 오른손을 들어 필사적으로 왼쪽 팔목으로 가져갔다. 평소라면 몇 초도 걸리지 않을 손쉬운 일이었겠지만, 지금 그에게는 마치 일만 년의 시간처럼 길게만 느껴졌다. 경련하는 오른손이 간신히 왼쪽 팔목에 감긴 아버지의 시계를 더듬었다.

동공이 조금씩 풀려갔다. 이제 얼마 남지 않았다. 힘겹게 침을 삼키며, 있는 힘을 모두 쥐어짜내 동그랗게 튀어 올라와 있는 시계의 용두를 엄지와 검지로 짚어냈다. 의식이 끈이 거의 끊어져 갈 그 찰나의 순간, 철컥. 겨우 그것을 잡아 뽑아냈다. 우연은 우연이 아니다.

그럼에도 불구하고 우연히도 현재 시각은 11시 2분이었다.

15. 다시

며칠 전.

영운이가 다크웹에서 찾아낸 아이템 매뉴얼을 읽고 있던 도익의 눈이 휘둥그레졌다.

'설마……'

프린트 용지를 내려놓으면서 그는 베일에 싸여 있던 어떤 것이 풀어지고 있음을 느꼈다. 그 길로 방으로 달려가서 서랍 속에 고이 모셔둔 작은 상자 하나 꺼내 들었다. 아버지가 남기신 손목시계가 들어 있는 가죽 케이스. 거대한 파도를 밀어내듯 굵은 침을 삼키고서 케이스의 말려 올라간 가죽의 한쪽 부분을 양 손가락 끝으로 잡고 아주 천천히 그것을 떼어냈다.

트드득-

케이스를 감싸고 있던 가죽이 어이가 없을 정도로 쉽게 벗겨졌다.

'왜 진작 알아차리지 못했을까?'

아버지의 유품이라는 이유로 지나치게 애지중지한 나머지 엉성하게 감싼 가죽조차 알아보지 못하다니! 겉을 감싸고 있는 가죽을 조금 더 밀어내자 또렷하게 적혀 있는 숫자 '3'이 드러났다. 두말할 것도 없이 가죽을 완전히 벗겨낸 상자는 선명한 붉은 색이었다.

: NO.3 - 갈색 손목시계 (Brown Watch)

기능 : 용두(크라운)를 잡아 빼면 현재 시각에서 정확히 12시간
　　　 전으로 되돌아감.

주의 : 상자에서 꺼내 손목에 찬 상태에서만 작동함.

　　　 지워진 12시간은 시계를 사용한 사람의 기억 속에만 존재
　　　 하고 완전히 소멸 됨.

　　　 시계와 착용자는 12시간 전의 위치로 각각 이동함.

　　　 되돌아간 직후부터 시계는 다시 상자 안에 12시간을 넣어
　　　 두어야 사용 가능.

핸디캡 : ▓▓▓▓▓▓ >> 파일 손상으로 불러올 수 없습니다.

관광호텔 608호. 펜에게 점령당하지 않기 위해 사투를 벌이고 있는 도익의 손목시계 바늘이 빠르게 거꾸로 돌아갔다. 그리고 마치 애초에 존재하지 않았던 것처럼. 지난 열두 시간 동안 있었던 모든 일들이 순식간에 전부 물거품처럼 사라졌다. 서해안고속도로의 교통사고도, 그녀의 편지도, 펜에 잠식당해가며 겪었던 고통도 전부

한낱 꿈처럼 그의 머릿속에만 저장되었을 뿐 실제로 일어난 일이
아니게 되어버렸다.

다시, 12시간 전 - 밤 11시 2분.

방에서 남보 코퍼레이션에 침투한 실미를 기다리고 있던 그때의
자신으로 되돌아왔다. 붕 뜬 것 같은 기분과 함께 어지럼증이 나타
났다가 곧 사라졌다. 지나온 열두 시간은 단지 선명한 꿈처럼 기억
될 뿐, 실제로 일어났던 일이라는 감각은 사라졌다. 땀조차 흐르
지 않았다. 공기의 흐름 역시 평소처럼 평온하기만 했다.

어찌 됐든 펜을 봉인하는 데는 실패했다. 실패의 원인을 찾지 못
한다면, 지금부터 열두 시간 후에는 다시 그곳 608호에서 똑같은
상황에 놓이게 될 것이다. 어떻게 해서든 다른 방법을 찾아야 한다.
가장 먼저 확인해야 할 일은 왜 펜던트의 능력이 왜 발휘되지 않았
는지를 알아내는 일이다.

"으아악!"

문밖에서 영운의 비명이 들려왔다. 실미가 막대자석을 이용해 남
보 코퍼레이션을 빠져나와 거실 소파에 도착했다는 신호다. 마치 처
음 겪는 일처럼 문을 열고 밖으로 나갔다.

"그래서요? 엘리베이터를 탄 다음 어떻게 됐는데요?"

영운은 첩보 영화를 보고 있는 사람처럼 혼자 흥분해서 실미에게

다음 이야기를 종용했고, 그 후에도 마치 녹화된 영상을 다시 튼 것처럼 열두 시간 전과 똑같은 대화를 이어갔다.

"시간이 없다고 한 건. 펜던트는 가져왔는데 상자는 단단히 고정되어 있어서 가져오지 못했기 때문이에요. 여기 오기 직전에 이걸 꺼냈으니까. 지금 몇 시죠?"

"12시 30분이요."

"그럼, 펜던트를 꺼낸 게 12시쯤 되겠네요. 꺼낸 후 12시간 동안만 사용 가능하니까, 내일 낮 12시 안에 펜을 찾아서 봉인시켜야 해요."

하지만 그만이 알고 있는 미래에서 이 펜던트는 무용지물이었다. 우선 펜던트가 진짜인지를 확인해야 한다. 여러 생각을 하는 중에도 대화는 정해진 수순을 밟으며 이어졌다.

"뭐야? 또 목포야? 저기 너…… 서해안고속도로…….""

영운이의 말을 애써 무시하고 도익이는 가방에 테이블 위에 있는 것들을 전부 쓸어 담았다.

그러고는 차 키를 가지러 간다고 하고서 방으로 들어갔다. 이전에는 이때 시계를 상자에서 꺼내서 손목에 찼지만, 이번에는 열두 시간 동안 넣어두어야 다시 사용할 수가 있기 때문에 상자째로 품에 넣었다. 나가려는데 영운이 막대자석을 던지면서 말했다.

"이것도 가져가. 위급할 때 써. 열두 시간 충전 안 하고도 아직 한두 번 더 쓸 수 있을 거야. 그게 뭐. 남보 코퍼레이션 밀실로 가긴 하겠지만 말이야."

영운이 멋쩍게 웃었다.

"고마워. 덕분에 그곳으로 갈 수 있게 됐어."

"어? 그게 무슨 소리야?"

집을 나선 도익은 이전처럼 목포로 향하지 않고, 미리 생각해 놓은 인적 드문 장소로 가서 곧바로 차를 세웠다. 펜을 찾으러 가기 전에 반드시 들려야 할 곳이 있기 때문이었다. 영운이 건네준 막대자석을 꺼내서 주저 없이 반으로 갈랐다. 그가 운전석에서 사라져가는 모습을 조금 떨어진 곳에서 망원경으로 지켜보고 있던 실미는 의아함을 감추지 못했다.

'왜? 남보 코퍼레이션으로 가는 거지?'

도착한 곳은 비행기 격납고를 방불케 할 만큼 넓었고, 밖의 시간이나 날씨를 가늠할 수 없을 정도로 완벽하게 외부와 차단된 그런 곳이었다. 밝기와 온도가 완벽하게 통제되는 거대한 박물관의 수장고를 연상시켰다. 가장 먼저 그의 눈을 사로잡은 것은 한쪽 벽면을 차지하고 있는 많은 사람들의 사진들로 만들어진 관계도였다. 아마도 붉은 상자와 연결된 사람들이라고 추측됐다. 가까이 다가가서 보니 아는 얼굴들이 하나둘 눈에 들어왔다. 순자 아주머니, 정희, 장원식, 실미, 장귀우…… 그리고 나. 이렇게 보니 잘 짜여진 이야기 속 등장인물들과 사건들에 관한 현황판 같이 느껴졌다. 그래서인지 전혀 현실감이 느껴지지 않았다. 조금 더 가까이 다가가 자신의 사진을 유심히 바라보았다. 그러고 있자니 내가 아닌 다른 사람인 것 같은 기분이 찾아왔다. 시선이 자연스럽게 옆쪽에 붙어있는 중년 남자의 사진으로 옮겼다. 기억난다. 빌딩에서 떨어진 중년 남자. 그 옆에는 아래에서 날벼락을 맞은 여자의 사진이 붙어 있었다. 자동차 위로 떨어져 내린 남자도 보였다. 이 운명의 사슬은 대체 어디까지 연결되어 있는 걸까? 이리저리 시선을 옮기다가 흑백 사진 한 장에 눈이 닿았다. 아래쪽에 '최해식 (사망)'이라고 적혀 있었다. 아버지다. 감정이 격해질 것 같아 서둘러 자리를 피했다.

처음에는 눈치채지 못했는데, 살피다 보니 붉은 상자들이 각각의 유리관 안에 빼곡히 들어 있는 것이 눈에 들어왔다. 그 규모와 분위기에 압도되어 입이 다물어지지 않았다. 도익은 알지 못했지만, 이곳에 도착한 순간부터 감시카메라는 그의 움직임을 하나도 놓치지 않고 살피고 있었고 카메라 뒤의 누군가는 어떤 제지도 하지 않고 그저 지켜보기만 했다.

실미가 가지고 온 펜던트는 진짜가 아니었다. 아마 그녀도 속았거나 착각해서 다른 걸 가지고 온 것 같다. 그렇다는 건 이곳 어딘가에 진짜 펜던트가 있다는 뜻이다. 늦기 전에 그걸 찾아서 빠져나가야한다. 지체할 시간이 없다. 유리관 안에 있는 상자들을 하나하나 살펴보던 그는 한쪽에 있는 투명색 커다란 문 앞에서 멈칫했다.

유리문 너머에는 병원용 침대 두 개가 나란히 놓여 있었다. 그 위에는 온 몸에 여러 기계장치들을 달고 있는 두 사람이 잠을 자는 것처럼 누워 있었다. 모두 낯선 얼굴이었지만, 도익은 왼쪽 침대의 남자가 누군지 정확히 알아볼 수 있었다. 얼굴의 반이 흉터로 채워진 사내. 귀우의 예상대로 명노를 데려간 것은 남보 코퍼레이션이었다.

"소감이 어떠신가?"

갑작스럽게 들려온 목소리에 놀라 성급히 고개를 돌렸다. 그곳에는 도무지 나이를 가늠할 수 없는 백발의 노인이 휠체어에 탄 채로 그를 바라보고 있었다. 왜소한 체구였지만 목소리에서는 단단한 힘이 느껴졌다.

"기다리고 있었네."

"저를요? 저를 기다리셨다고요?"

"조금 전에 맹랑한 아가씨가 다녀간 후에 짐작했지. 이제 네놈이 찾아올 거라고."

"혹시 그 네놈이란 게 저를 말씀하시는 건지?"

"그럼, 여기 자네 말고 불청객이 누가 있겠나?"

이건 또 무슨 상황이지? 펜던트에 문제가 생겼고, 겨우 시간을 되돌려 여기까지 왔다. 상자에 얽힌 사람들의 사진을 보게 됐고, 의식이 없는 차명노를 발견했다. 그런데 갑자기 나를 기다리고 있었다는 정체불명의 노인이 나타났다. 전혀 예상치 못한 전개다. 김남보 회장은 도익의 혼란과는 상관없이 아무렇지도 않게 이야기를 시작했다.

"그 아가씨가 거래를 제안하더군. 자기가 펜을 가져다줄 테니까, 대신 펜던트를 이용해서 딱 한 번만 그 펜을 사용하게 해달라고. 그래서 내가 그 펜으로 무얼 적으려는 거냐고 물었지. 그랬더니 동생의 완치를 적고 싶다는 거야. 저기 보이지? 흉악하게 생긴 놈 옆에 누워있는 삐쩍 마른 남자애. 걔가 바로 그 아가씨 동생이야. 그렇게만 하게 해주면 펜을 가지고 오는 것은 물론이고, 앞으로도 우리 회사를 위해 일하겠다고 하더라고. 그래서 내가 다시 물었지. 어떻게 펜을 가져올 거냐? 그랬더니 네 얘길 하더라고. 최도익 자네는 펜던트가 어떻게 생겼는지 모르니까 자기 계획대로 될 거라면서 허허허…… 그렇게 하라고 했어. 계획에 필요하다는 몇 가지 물건들을 내어주었더니 금세 가버리더라고."

도익은 이 노인이 자신에게 왜 이런 이야기를 하는 건지 되묻지 않았다. 관심은 오직 김 회장 옆쪽에 있는 유리관 속 9번 상자에 집중되어 있었다. 내 기억이 맞다면…… 9번은 붉은 가위다!

'자, 침착하게 정리해보자. 하나, 붉은 가위를 손에 넣는다. 둘, 자석으로 이곳을 빠져나간다. 셋, 내가 펜의 주인으로 결정되었다는 쪽지를 붉은 가위로 잘라버린다. 그러면 펜에 잠식당하는 문제는 간단하게 해결된다. 하지만 문제는 자석을 이미 두 번이나 사용했다는 데 있다. 매뉴얼에 막대자석은 이동 거리에 따라서 최대 4번까지 사용할 수 있다고 되어 있었지만, 이동 거리라는 것이 얼마간을 뜻하는지 모르니 이번에 막대자석이 제대로 작동할지 어떨지는 알 수 없다. 다시 돌아갈 수 있을까? 아니면 빠져나가지 못하고 저 노인의 수중에 갇혀버리게 될까?'

김 회장은 얘기를 계속 이어갔다.

"그런데 말이야. 만약에 저 아이가 낫게 되면 우리의 소중한 연구가 중단이 되고 말아. 그리고 그깟 펜 하나 찾는 건 우리 쪽에서 움직여도 되는 일이고. 그래도 하는 짓이 귀여워서 그냥 그렇게 하라고 보내줬어. 어떻게 할지 궁금하기도 하고, 재미있을 것 같더라고. 그런데 가만히 생각해 보니까. 최도익 네놈이 그냥 당하고만 있을 것 같지 않더라고. 명색이 최해식이 아들놈인데."

회장의 입에서 갑자기 아버지의 이름이 튀어나오자 정신이 번쩍 들었다.

"어떻게 아버지를? 혹시 저희 아버지와 아는 사이십니까?"

"어디 알다 뿐인가. 우린 각별한 사이였지."

노인은 도저히 믿기 어려운 말을 늘어놓았다.

"네놈을 언제 한번 봐야지 봐야지 했는데 이렇게 보게 되네. 허허허. 세상 참."

옛 생각에 잠겼는지 회장의 눈빛이 조금은 아득해졌다. 기회다. 상자를 낚아채서 빠져나갈 틈이 생기려고 한다. 아버지 얘기에 현혹되는 건 저 노인 하나면 족하다. 나는 아니다.

"네 아버지를 생각해서 내 충고 하나 할까 하는데. 아들 같아서 하는 얘기니까 잘 새겨듣게. 아무리 애를 써도 정해진 것은 바뀌지 않아. 물론 바뀐 것처럼 보일 때도 있겠지만, 결과적으로 보면 언제나 같지. 그러니 헛심 쓰지 말라는 말이네."

김 회장이 느슨해진 틈을 노려 재빠르게 휠체어 쪽으로 몸을 날렸다. 회장을 지키는 경호원들이 재빨리 눈치를 채고 휠체어를 감싸 그를 보호했다. 도익은 그 틈에 유리관을 발로 차 부수고는 가위가 든 붉은 상자를 손에 넣었다. 그러고는 곧바로 막대자석을 분리했다.

위험한 모험이었지만 그만한 가치는 있었다. 다행히 막대자석이 제대로 작동해 출발했던 차 안으로 돌아올 수 있었다. 붉은 가위를 얻게 되었으니 이제 펜의 지목으로부터 자유로워질 수 있다. 예상치 못한 일이 발생했지만, 뜻밖의 좋은 결과로 이어졌다. 좋은 징조다. 하지만 긴장을 늦춰서는 안 된다. 펜을 봉인할 때까지는 절대 방심은 금물이다.

문제의 쪽지를 꺼내 들었다.

<최도익. 당신은 하얀 펜의 주인으로 지목되었습니다.>

중요한 의식을 치르듯 차분히 숨을 골랐다. 심호흡을 하고 가위를 쪽지의 한가운데로 가져갔다. 그리고 손가락에 힘을 주어 가위를 조였다. 샤-악-. 날카로운 날이 종이를 스치고 지나갔고, 허망할 만큼 아무런 저항도 없이 쪽지는 두 동강 나서 아래로 떨어졌다. 그뿐이었다. 기분이 바뀌거나 어떤 징조도 느껴지지 않았다.

'정말 이걸로 된 걸까?'

문득 이 가위도 가짜가 아닐까 하는 생각이 찾아왔다. 그때 후드득 몇 방울의 비가 자동차 지붕을 때렸다. 고개를 들어 올려다보았지만 비가 올 것 같은 하늘은 아니었다. 역시나 비는 내리지 않았다.

아직 끝난 게 아니다. 목포로 가서 펜을 봉인해야 한다는 사실은 변하지 않았다. 펜을 없애지 않으면 이 비극은 끝나지 않는다. 막아야 한다. 두 번의 실패는 없다. 이번에는 기필코 깊은 바다에 속에 그 펜을 처넣고 말 것이다. 목포로 가자. 시동을 걸고 출발하려는데 조수석에 놓아둔 휴대폰에서 메시지 수신 벨이 울렸다. 발신자는 정희였다.

[아저씨. 무서워요. 도와주세요]

불길한 예감이 휘몰아쳤다. 곧바로 메시지 알람이 다시 들려왔다. 이번에는 검은 쪽지가 찍힌 사진이 첨부되어 있었다.

<민정희. 당신은 하얀 펜의 주인으로 지목되었습니다.>

벗어던진 굴레가 정희에게 갈 줄을 꿈에도 생각지 못했다. 불의의 일격을 당한 마음이 휘청거렸다. 물론 자신이 펜의 지목을 피하게 되면 필연적으로 다른 누군가 그 자리를 메우게 될 것이라고 어렴풋이 생각하긴 했지만 이렇게 노골적으로 가까운 사람이 그것도 어린 여고생 정희가 선택될 줄은 몰랐다. 당혹감을 넘는 깊은 죄책감이 몰려왔다. 펜을 깊은 바다에 봉인하면 정희는 괜찮을 거야. 그래, 그러면 괜찮을 거야.

과연 그럴까?

의문이 발목을 잡았다. 증명된 것은 아무것도 없다. 펜을 봉인 했을 때 선택된 주인이 어떻게 될지는 아무도 모른다. 위험해 질 수도 있다. 이유야 어떻든 정희를 위험에 빠뜨린 것이 나라는 사실은 변하지 않는다. 정희의 목숨이 내 손에 달렸다는 그 예언이 아직 끝난 게 아닐 수도 있다는 생각. 직시하기 싫은 현실이 가슴을 아프게 찔렀다. 정신 차리자. 지금 상황에서 할 수 있는 최선만 생각하자. 일단 펜을 봉인한 다음에 붉은 가위를 다시 사용할 수 있게 되는 열두 시간이 지나면 정희에게 온 쪽지를 자르자.

정말, 이게 과연 최선일까?

자동차는 출발하지 못하고, 그 자리에 계속 머물렀다. 그렇게 이러지도 못하고 저러지도 못하는 사이 열두 시간이 흘러버렸다. 다시 시계의 용두를 뽑을 수 밖에 없었다.

"그래서요? 엘리베이터를 탄 다음 어떻게 됐는데요?"
"시간이 없다고 한 건. 펜던트는 가져왔는데 상자는 단단히 고정되어 있어서 가져오지 못했기 때문이에요. 여기 오기 직전에 이걸 꺼냈으니까. 지금 몇 시죠?"

시계가 든 상자와 가방을 들고 집을 나와 목포로 향했다. 하지만 이번에는 고속도로가 아닌 기차역으로 차를 몰았다. 서해안고속도로로 가면 교통사고를 당하게 되고, 그렇게 되면 계획은 틀어진다. 시간을 아껴야 한다. 붉은 가위를 사용하는 것은 답이 아니라는 결론에 이르렀고, 이번에는 펜이 이전 소유자로부터 내게 넘어오기 전에 하얀 펜을 바다에 봉인하기로 했다. 최소한 그녀가 편지를 쓰기 전에 호텔에 도착하면 승산이 있을지도 모른다. 지금은 망설이기보다는 아주 작은 가능성이라도 있다면 도전해야 한다. 주차를 마치자마자 전력으로 기차역을 향해 뛰었다. 연휴를 목전에 두고 있어서인지 남아 있는 기차표가 거의 없었다. 어렵게 구입한 티켓 역시 출발 시간이 너무 빠듯했다. 지체할 시간이 없다. 출발까지는 10분도 채 남지 않았다. 서둘러 계단을 오르고 인파를 헤치며 승강장 입구로 들어섰다. 그때 운명이 또다시 우연이라는 핑계를 대며 심술을 부렸다.

업무를 마치고 지하철경찰대에서 나와 역내로 향하던 백동형 형사와 빠르게 달려가던 도익이 정면으로 부딪쳤다. 두 사람은 외마디 비명을 지르며 동시에 나자빠졌다.

"눈을 얻다 두고 다니는 거야!"

"죄송합니다."

털고 일어나던 두 사람은 서로를 보더니 약속이나 한 것처럼 놀라 잠시 멈췄다. 그 순간, 뭐라 말할 수 없는 불안이 도익을 엄습했다. 욕지거리를 쏟아내던 백 형사 역시 갑작스러운 도익의 출현에 눈이 동그래지긴 마찬가지였다. 시간이 없다. 제대로 추스르지도 않고 도익은 형사를 뒤로하고 승강장을 향해 달려 나갔다. 백 형사의 눈에는 영락없이 경찰을 피해 달아나는 범죄자로밖에 보이지 않았다. 형사의 본능이 추격의 신호탄을 쏘아 올렸다. 백 형사는 지지 않고 따라잡기 위해 내달렸다. 도익은 자신을 향해 달려오는 형사를 향해 열차 시간 때문에 뛰는 것뿐이라고 크게 항변했지만, 역사 소음에 부딪혀 사라져 갔다. 그나마 백 형사에게 도달한 목소리도 도 망치기 위한 어쭙잖은 변명으로 여겨질 뿐 전혀 먹혀들지 않았다. 어쨌든 결과적으로 기차에 오르는 데 성공했다. 하지만 백 형사는 긴급 상황으로 열차 출발을 지연시켰다. 그리고는 끝내 도익의 손에 철컥. 수갑을 채우고는 미소지었다.

"그래서요? 엘리베이터를 탄 다음 어떻게 됐는데요?"

이번에는 실미의 눈을 피해 조용히 영운이를 밖으로 불러냈다.

"네가 펜을 찾아서 봉인해야 할 것 같아. 이유는 나중에 전부 자 세하게 설명해 줄게."

"내가? 왜? 너는 뭐하고?"

"호텔 데스크에서 최도익이라고 말해, 608호 열쇠를 줄 거야. 거 기 가면 펜이 있어. 배는 내가 섭외해 놓을게. 절대로 자동차는 타지 말고, 목포까지는 기차를 타고 가. 시간 없어."

"뭐야? 대체 뭘 어쩌려고 이러는 건데?"

"그리고 절대 아무한테도 어떤 정보도 흘려서는 안 돼. 무슨 일 있으면 막대자석을 써서 탈출해. 남보 코퍼레이션으로 가도 괜찮아. 큰일이 생기지는 않을 거야."

제대로 납득하지도 못한 친구의 등을 떠밀어 택시를 태워서 기차 역으로 보냈다.

"서울역을 떠나 목포로 가던 KTX 열차가 궤도를 이탈하는 사고

가 발생했습니다. 사망자와 부상자가 속출하는 가운데……."

친구의 죽음이 전해졌다. 다시 시계의 용두를 뽑을 수밖에 없었다.

"그래서요? 엘리베이터를 탄 다음 어떻게 됐는데요?"

도익이 다급하게 통화버튼을 눌렀다. 상대는 두세 차례 신호가 간다음 전화를 받았다.

"어떻게 됐어? 펜은 바다에 버렸어?"

잠시 가만있던 귀우는 변명하듯 말을 늘어놓았다.

"이거. 미안하게 됐어. 회장님께서 펜을 가지고 오라고 하셔서 나로서는 별수 없었어. 구본수 그놈을 없애려면 남보 코퍼레이션의 힘이 반드시 필요하거든. 그러니까 이번에는 네가 양보해."

"그래서요? 엘리베이터를 탄 다음 어떻게 됐는데요?"

실미에게 소리치며 따져 물었다.

"도대체 왜 그랬어요? 김 회장이 순순히 동생의 완치를 펜으로 적게 해줄 거라고 생각했어요?"

실미는 냉정을 잃지 않고 최후 변론을 하듯이 대답했다.

"아니요, 애초에 그럴 생각은 하지도 않았어요."

"그럼 왜?"

"회장의 신임을 얻고 싶었어요! 됐어요? 더 이상은 알려고 하지 마요."

"그래서요? 엘리베이터를 탄 다음 어떻게 됐는데요?"
아무리 발버둥을 쳐봐도 모든 길은 막혀 있었다.
"그래서요? 엘리베이터를 탄 다음 어떻게 됐는데요?"
펜을 봉인하기는커녕 거대한 운명 앞에서 무력감만 커져갔다.
"그래서요? 엘리베이터를 탄 다음 어떻게 됐는데요?"
다시, 다시, 다시…… 횟수를 거듭할수록 완벽한 절망 속으로 빠져들어 갔다.
"그래서요? 엘리베이터를 탄 다음 어떻게 됐는데요?"

절대로 포기하지 않을 것이다. 절망이 찾아오면 그 절망 안에서 해법을 찾아 발버둥 칠 것이고, 무릎 꿇어지면, 거기서부터 다시 승부를 시작하면 된다. 이것이 나의 결론이다. 나는 이 열두 시간 속에서 살기로 했다. 그러면 아무도 나 때문에 다치거나 죽는 사람도 없을 것이고, 나 또한 펜의 노예가 되어 다른 사람을 불행하게 만들지 않아도 된다. 최악을 피하는 차악의 선택. 나 혼자 시간 속을 뱅뱅 돌면 아무 일도 일어나지 않는다. 승부는 계속되지만, 승자는 없다. 마치 가위바위보를 하면서 계속 주먹만 내는 것과 같다. 아무도 보자기를 내지 않는다면 승부는 영원이 유예된다.

시간이 얼마나 지났을까?

아니지…… 몇 번의 열두 시간을 살았을까?

아니…… 그런 게 무슨 의미가 있을까?

"그래서요? 엘리베이터를 탄 다음 어떻게 됐는데요?"

점점, 내가 왜 시간의 굴레에 빠진 건지, 그것마저도 혼란스러워지는 순간이 찾아왔다.

"그래서요? 엘리베이터를 탄 다음 어떻게 됐는데요?"

뭘 위해서 이러는 것인지. 왜 펜을 봉인하려고 하는지. 그런 이유도 잊은 지 오래다.

"그래서요? 엘리베이터를 탄 다음 어떻게 됐는데요?"

"그래서요? 엘리베이터를 탄 다음 어떻게 됐는데요?"

"그래서요? 엘리베이터를 탄 다음 어떻게 됐는데요?"

"그래서요? 엘리베이터를 탄 다음 어떻게 됐는데요?"

머릿속이 하얗게 되어버렸다.

"소감이 어떠신가?"

휠체어에 앉아서 도익을 바라보던 김 회장이 물었다.

"기다리고 있었네. 조금 전에 맹랑한 아가씨가 다녀간 후에 짐작했지. 이제 네놈이 찾아올 거라고."

분명히 몇 번이나 들었던 말인데 도무지 이해되질 않았다. 이후에도 회장은 알아들을 수 없는 말을 계속했다. 익숙할 대로 익숙해진

이 공간이 갑자기 낯설게 느껴졌다.

"…… 네놈이 당하고만 있을 것 같지 않더라고…… 명색이 최해식이 아들놈인데."

"저기…… 죄송한데…… 저희 아버지 성함이…… 뭐라고요?"

순간 김 회장의 눈빛이 달라졌다.

"뭐야? 너 혹시…… 그 시계! 그걸 사용한 거냐?"

그는 영문도 모르고 고개를 끄덕였다. 이에 회장은 난데없이 벼락같이 화를 냈다.

"대체 몇 번이나 쓴 게야!"

이에 도익은 아무런 말도 하지 못했다.

메시지 : 파일 손상 부분 복구 - 내용 추가 - 내용은 아래와 같음.

: NO.3 - 갈색 손목시계 (Brown Watch)

핸디캡 : 한 번 사용할 때마다. 뇌에 치명적 충격이 가해짐. 기억력 이상 등의 증상 발현.

"그래서요? 엘리베이터를 탄 다음 어떻게 됐는데요?"

누군지 알 수 없는 덩치 큰 남자의 이 말을 뒤로 하고 집을 나섰다. 근데 여긴 누구 집이지? 잠깐, 내가 시계를 챙겼나? 모르겠다. 어디로 가야 할지, 뭘 해야 할지도. 뇌가 온통 조각조각 나서 어떤 것이 상상이고 어떤 것이 현실인지 구분이 되지 않는다. 최도익이라는 이름조차 어색하게 느껴진다.

한참을 걷다가 낯익은 건물을 앞에서 발이 멈췄다. 언제 봤더라? 기억나지 않는다. 워낙 기억나지 않는 것들이 많아 대수롭지 않게 생각된다. 건물에 전면광고가 걸려 있다.

[잠시만 고개를 들어 하늘을 보세요.]

시키는 대로 하늘을 바라보았다. 옥상이 눈에 들어왔다. 그 길로 당연한 수순을 밟듯 옥상으로 향했다. 아무도 없는 옥상 한쪽 구석에 낯익은 붉은 상자가 놓여 있었다. 어렴풋이 길을 물어봤던 검은 양복의 중년 남자가 떠올랐다. 저 상자는 분명 그 사람이 두고 간 것이라는 느낌이 들었다.

'그래 그런 일이 있었지……. 그다음에 어떻게 됐더라…….'

가까이 다가가 상자를 열어 검은색 쪽지를 꺼내 펼쳐보았다.

<꿈에서 빠져나올 수 있는 단 하나의 방법은 잠에서 깨어나는 것이다.>

난간에 올라섰다. 여기서 뛰어내리면 꿈에서 깨어날 수 있을까?

그리고 얼마 후 남자는 바닥을 향해 곤두박질쳤다.

꿈에서 깨어났다.

미리 준비해 놓은 검은 정장을 입고 집을 나섰다. 문을 열었는데 발아래 붉은 상자가 놓여 있었다. 혼란스럽다. 길고 지독한 꿈을 꾸다가 잠에서 깨어났는데 다시 꿈속에 들어 온 것 같은 느낌이다. 기분을 전환하기 위해 산책을 하기로 했고, 그렇게 거리를 헤매다가 큰길에 다다랐다. 거기서 우연히 꿈속에서 '나'였던 남자를 보게 되었다. 그에게 다가가 말을 걸었다.

"저기요…….."

"네?"

막상 불렀는데 할 말이 없어 괜히 떠오르는 대로 지껄여댔다.

"혹시…… 남보 빌딩이 어디 있는지 아세요?"

"아, 남보 빌딩이요……. 이 길 따라서 쭉 가시면 돼요. 아, 저기 전면 광고 붙어 있는 건물 보이시죠? [잠시만 눈을 들어 하늘을 보세요.]라고 크게…… 바로 그 건물이에요."

"감사합니다."

내 의사와 상관없이 나는 꿈에서 그 남자가 그랬던 것처럼, 똑같이 남보 코퍼레이션 빌딩이 어딘지 물었다.

이런……! 이것도 꿈이다……. 깨어나야 한다!

옥상 난간에 올라서서 아래를 내려다본다. 그리고 집을 나설 때 문 앞에 놓여 있던 상자를 열어 안에 든 쪽지를 다시 읽는다.

<꿈에서 빠져나올 수 있는 단 하나의 방법은 잠에서 깨어나는 것이다.>

옥상 난간에 올라서 아래를 내려다보았다. 까마득하다.

여기서 뛰어내리면 정말 잠에서 깨어날 수 있을까?

멀리로 여자가 택시에서 내려 빌딩을 향해 걸어오는 모습이 보인다.

에필로그

- 가위바위보!

모두가 주먹만 내는 가위바위보는 여전히 계속되고 있다. 이 게임의 끝이 어딘지 아는 사람은 아무도 없다. 길고 지루한 시간이 허깨비처럼 흘러갔다. 그러다 누군가 보자기를 냈고, 그것으로 작은 동요가 일었지만 이내 잠잠해졌다. 보자기를 낸 것이 나인지 아닌지는 그다지 중요하지 않다. 누구라도 상관없다. 보자기를 냈다는 것 자체에 의미가 있다. 핵심은 우리를 가둔 이 운명이라는 꿈을 부수고 나갈 수 있는 첫 번째 꿈틀거림이 시작됐다는데 있다. 보자기는 그 출발점이다.

확실한 것 하나는 언제나 보자기는 주먹을 이긴다는 사실이다.

: 붉은 상자는 다시 돌아온다.